W0294626

FRANCKE

Helene Hübener

Großmütterchen

FRANCKE
Verlag der Francke-Buchhandlung GmbH

Das Buch erschien früher in unserer Reihe
„Heimatlicht“ als Band Nr. 17

Die Deutsche Bibliothek – CIP-Einheitsaufnahme

Hübener, Helene:
Großmütterchen / Helene Hübener. – Marburg an der Lahn : Francke, 1997
ISBN 3-86122-312-0

Alle Rechte vorbehalten
© 1997 by Verlag der Francke-Buchhandlung GmbH
35037 Marburg an der Lahn
Umschlaggestaltung: Reproservice Jung, Wetzlar
Umschlagillustration: Gudrun Dresbach
Satz: Druckerei Schröder, 35083 Wetter/Hessen
Druck: St.-Johannis-Druckerei, 77922 Lahr

Heimatlicht Geschenkausgabe

Inhaltsverzeichnis

Großmutter auf Reisen

„Großmutter will morgen zur Stadt fahren", jubelten die Kinder.

„Weiß denn Großmutter nicht, daß es morgen schneien und daß die Fahrt bitterkalt sein wird?" fragte Pfarrer Ries, der behaglich im Sofaeckchen saß und aus seiner langen Pfeife große Dampfwolken vor sich herblies.

„Großmutter hat einen großen Fußsack", rief eine Stimme aus der Kinderschar.

„Und warme Tücher und Mäntel", eine andere.

„Und Doßmama muß uns schöne Sachen kaufen", quäkte ein kleiner Krauskopf von zwei bis drei Jahren dazwischen.

„Ich wünsche mir eine Trommel und Trompete", schmetterte der siebenjährige Philipp, während das älteste neunjährige Töchterchen hinzufügte: „Und ich eine Puppenstube! Großmutter hat alles aufgeschrieben, sie kauft für jeden etwas ein."

„Quält mir die gute Großmutter nicht allzusehr", mahnte der Vater; „sie hat euch an den Geburtstagen so reich bedacht, da müßt ihr jetzt bescheiden sein."

„Zu Weihnachten will sie uns viel schenken. Sie will in einen großen Spielwarenladen gehen und für uns alle einkaufen."

So schwirrte es durcheinander, als sich die Tür öffnete und die Mutter der Schar sichtbar wurde. Sie trug ein großes Brett mit Kaffee und Milch, während ein junges Mädchen, die Stütze des Hauses, folgte, mit Brot, Butter und was sonst zum Vesper gehörte. Nun entstand unter den Kindern neue Bewegung; ihre Aufmerksamkeit und Gedanken wurden auf ein anderes Feld gelenkt, alles eilte an den Tisch, es wurde mit Stühlen gerückt und mit Tassen geklappert, bis auf ein energisches Wort vom Vater allgemeine Ruhe eintrat.

„Wo bleibt denn unsere Großmutter heute?" fragte der Pfarrer seine Gattin, eine frische, jugendliche Erscheinung, der man es nicht ansah, daß sie bereits Mutter von fünf Kindern war.

Bevor die Gattin antworten konnte, rief eine Stimme aus der anderen Stube:

„Großmutter bittet um Entschuldigung, daß sie etwas später kommt, sie wird gleich erscheinen."

Man hörte eine weibliche Stimme mit einer männlichen reden; die männliche sagte: „Ja, Frau Elsner, um sieben Uhr müssen wir fort, es ist weit zur Stadt, und meine Pferde müssen sich ausruhen, bevor wir die Rückreise antreten, es wird Ihnen doch nicht zu früh sein?"

„Nein, Christian, es ist mir recht so, ich werde pünktlich fertig sein."

„Will denn die Großmutter wirklich zur Stadt?" fragte der Pfarrer seine Frau.

„Sie will, es läßt sich nichts machen."

„Und ich denke, der Herr Schwiegersohn erteilt mir seine gütige Erlaubnis", sagte eine angenehme, wohlklingende Stimme.

Eine Dame in den fünfziger Jahren, der man die Großmutter entschieden noch nicht ansah, trat mit diesen Worten an den Tisch und setzte sich an den Platz, der ihr oben vorbehalten war. Gesprächsthema bildete die morgige Reise in die Stadt. Die Kinder waren gewohnt, bei Tische zu schweigen, wenn die großen Leute redeten. Aber sie verfolgten mit großem Interesse die heutige Unterhaltung, die sich um das „Für“ und „Wider“ der Reise drehte. Mit angstvollen Mienen hörten die Kinder, wie die Eltern es der Großmutter vorstellten, daß sie bei dem unsicheren Wetter sich nicht der Gefahr des Erkältens aussetzen dürfe. Als aber Frau Elsner erklärte, sie würde die Reise dennoch unternehmen, es gebe ja Fußsäcke und Mäntel die Hülle und Fülle, da gab es leuchtende Augen und freudestrahlende Angesichter; ein jedes der Kinder barg in sich die Hoffnung auf Erfüllung eines Lieblingswunsches.

„Die Großmutter reist doch in die Stadt“, ging es flüsternd durch die Reihen, und eh' man sich's versah, waren die kleinen Plappermäulchen wieder in Bewegung.

Es war ein liebliches Familienbild, das sich dem Beschauer darbot, in dem großen behaglichen Wohnzimmer des Pfarrhauses zu Dornburg. Die in den besten Jahren stehenden Eltern, umgeben von einem Kranz blühender Kinder und als geliebtes Jahresfrist ihre Heimat im Pfarrhause aufgeschlagen hatte, seit der Gatte von ihrer Seite genommen war.

Sie hatte hier einen gesegneten Wirkungskreis gefunden, da sie sich hauptsächlich den Kindern widmete und dadurch ihrer Tochter wesentlich half. Auch in der Wirtschaft unterstützte sie die Frau Pfarrerin, denn die geringen Einkünfte der Pfarre schlossen das Halten vieler Dienstboten aus. Außer dem Knecht, Christian, und dem Dienstmädchen, Marianne, gab es nur noch die Stütze, Fräulein Linchen, und da ein großer Garten vorhanden war, außerdem etwas Ackerwirtschaft, so war niemand um Arbeit verlegen.

Der Pfarrer war ein gelehrter Herr, der sich nicht gern um praktische Dinge kümmerte, sondern alles, was dahin gehörte, seiner lieben Hausfrau überließ. Er fühlte sich am wohlsten im Studierzimmer, trieb eifrig Theologie und schrieb Aufsätze in theologischen Zeitschriften; man sprach davon, daß er die Landpfarre bald mit einer Anstellung in der Hauptstadt vertauschen werde. Vorderhand war ihm die Stille des Landlebens ganz angenehm, da er eine große wissenschaftliche Arbeit vor hatte. Dessen ungeachtet war er ein treuer Seelsorger seiner Gemeinde und erwarb sich die Liebe seiner Beichtkinder durch sein freundliches, leutseliges Wesen. Leider konnte er, da er so viele Privatstudien trieb, sich seiner Familie nicht in dem Maße widmen, wie es seine liebe Ehehälfte gewünscht hätte. Ein Machtwort des Vaters tut oft mehr als das Tadeln der Mutter. Doch hatte nun Frau Dorothea seit Jahresfrist eine treue Hilfe an ihrer Mutter, was sie um so dankbarer anerkannte, als sie sie früher ganz hatte entbehren müssen.

Die Eltern der Frau Pfarrer waren Deutsche, hatten aber, durch besondere Verhältnisse veranlaßt, ihr Heim in Holland gehabt. Der Vater war erster Buchhalter in einem der bedeutendsten Geschäfte Amsterdams gewesen, hatte in den letzten Jahren viel gekränkelt und war vor etlichen Jahren seinem Leiden erlegen. Nun bat die einzige Tochter die Mutter, zu ihnen zu ziehen. Frau Elsner zögerte, doch das Alleinsein im fremden Lande wurde ihr unerträglich, und wenn sie auch, ihrer traurigen Erlebnisse wegen, gewünscht hätte, nie wieder nach Deutschland zurückzukehren, so überwog die Liebe zur einzigen Tochter, die ihren Gatten, einen deutschen Pastor, auf wunderbare Weise in Amsterdam hatte kennen- und liebengelernt, alle Bedenken.

Sie war zur großen Freude ihrer Kinder und Enkel eines Tages eingetroffen mit den Worten: „Da habt ihr mich, nun werdet ihr mich nicht wieder los!" Von da an war Frau Elsner nicht nur ein gern gesehenes, sondern auch ein unentbehrliches Familienmitglied des Pfarrhauses zu Dornburg. Der Pfarrer begegnete der Schwiegermutter mit Achtung und Ehrerbietung; sie, eine kluge, geistig begabte Frau, unterhielt sich gern mit dem Schwiegersohn über Dinge, die die gewöhnliche Bildungsstufe überschritten, doch konnte sie sich auf der anderen Seite nicht versagen, ihn mitunter seines zerstreuten

Wesens wegen zu necken. Der Herr Pfarrer konnte vergessen, daß er zu Mittag gerufen war; er konnte vergessen, daß ihm ein Ankleidestück fehlte; ein leises Mahnen seiner Gattin: „Väterchen, du hast noch keine Halsbinde um, oder dein Vorhemdchen sitzt schief", entlockte ihm ein freundliches Lächeln. Er pflegte dann seinen Arm um seine Gattin zu schlingen und zu sagen: „Wie gut, daß ich eine Frau habe, die an alles denkt."

Am gemütlichsten war der Pfarrer, wenn er zum Nachmittagskaffee mit seiner langen Pfeife erschien. Dann war er zugänglich für Familiensorgen und Familienfreuden, dann ergötzte er sich an dem Geplauder seiner Kinder und an dem Geschwirre, das die kleine Schar um ihn bereitete. Sein Liebling war wohl Therese, die Älteste, Neunjährige, für gewöhnlich „das Röschen" genannt. Die drolligen Einfälle und das originelle Wesen der Kleinen zogen ihn an, es wurde ihm schwer, eine Strafe an ihr zu vollziehen, welche die Mutter für nötig hielt, wenn sie einen ihrer tollen Streiche ausgeführt hatte. Bösartig war das Kind nicht, aber wild und ausgelassen, zu Dummheiten immer aufgelegt. Ihr um zwei Jahre jüngerer Bruder war ihr unzertrennlicher Gefährte. Philipp liebte sein Schwesterchen über alles, er wäre für es durchs Feuer gegangen, wenn es hätte sein müssen. Er folgte ihr durch dick und dünn, wenn sie im Sommer durch Wald und Flur streifte, und durch Eis und Schnee, wenn's im Winter mit den Schlitten nach dem Dorfteich ging. Die jüngeren Kinder blieben einstweilen noch unter der Obhut des Hauses, es waren drei Mädchen, Emmi, Nanni und Mariechen, gewöhnlich Miezi genannt.

Fräulein Linchen, die Stütze des Hauses, war ein liebes Mädchen, das unermüdlich tätig war von früh bis abends und sich vor keiner Arbeit scheute. Freilich hätte die Frau Pfarrer gewünscht, sie sollte ihre Gedanken ein wenig mehr beisammen haben, oder Zerbrechliches etwas fester halten, denn es verging fast kein Tag, wo es nicht platzte oder krachte in Fräulein Linchens Nähe, aber alles konnte ja nicht in einer Person vereinigt sein. Die Reue, die das junge Mädchen zeigte über zerbrochene Tassen, Gläser und Teller, rührte das weiche Herz der Pfarrerin, daß sie nicht lange böse sein konnte. So hoffte sie, daß Fräulein Linchen mit der Zeit lernen würde, Gedanken und Gefäße fester zu halten, und dachte nicht daran, um dieser Fehler willen einen Wechsel vorzunehmen, wohl wissend, daß es keine vollkommene Stütze in dieser Welt gibt, ebensowenig, wie wir alle vollkommene Menschen sind.

Heute, zum Beginn unserer Erzählung, leuchteten Fräulein Linchens Augen. Die Aussicht, morgen mit Frau Elsner zu Weihnachtseinkäufen in die Stadt zu fahren, war so wunderschön, daß sie gar nichts anderes denken mochte. Frau Pfarrerin beriet mit ihr am Abend, nachdem die Kinder schlafen gegangen waren, über verschiedene wichtige Einkäufe; hatte man Gelegenheit in der Stadt, so mußte an alles gedacht werden. Die Hausfrau war vor etwa vierzehn Tagen schon dort gewesen und hatte ihre Einkäufe besorgt, morgen mußte sie daheim bleiben, da es vor dem Feste noch mancherlei im Häuslichen zu tun gab, sie auch die Kinder nicht gern der noch jungen Marianne allein überließ.

Die Großmutter war nach Tisch hinaufgegangen in ihr Stübchen, das mit Recht ein großmütterliches Heim genannt werden konnte. Es war ein Ort stillen Friedens und behaglicher Ruhe. Das wußte die sonst lärmende Kinderschar. Wer dies Gemach betrat, mußte fein säuberlich und artig erscheinen. Hier sammelte Großmütterchen die Kleinen um ihren Lehnstuhl, um ihnen Bilder zu zeigen oder schöne Geschichten zu erzählen; hier suchte sie durch manch gutes Wort Samenkörner für die Ewigkeit zu streuen. Hier war es auch, wo die Kinder, so viele ihre Händchen schon rühren konnten, heimlich für die Eltern kleine Arbeiten anfertigten unter der leitenden Hand der guten Großmutter. Frau Elsner, die lange in der Fremde allein gestanden hatte, fühlte sich erwärmt und erquickt durch das Familienleben, welches sich ihr hier bot, so daß sie Gott täglich für seine Führung dankte, nicht ahnend, daß sie selbst schon der Familie unentbehrlich geworden war, daß das Zusammenleben mit ihr der Tochter reichen Ersatz bot für vieles, das sie als Mutter vieler Kinder nach außen entbehren mußte.

Frau Pfarrer Ries waltete still im Hause ihres

Berufes als Hausfrau, war daneben ihres Mannes treue Gehilfin, wenn es galt, in der Gemeinde Kranke zu besuchen oder Arme zu unterstützen. Sie gehörte zu jenen Frauen, die nicht viel Aufhebens von ihrem Tun machen, die in der Stille wirken; sie gehörte zu denen, von welchen gesagt wird: „Als die nichts innehaben und doch alles haben." Ein wenig mehr Energie hätte man ihr mitunter gewünscht. Frau Elsner war lebhafter, energischer, griff einmal durch, wenn es sein mußte. Aber die Naturen ergänzten sich, und die Frauen lebten in innerster Herzensgemeinschaft.

Frau Elsner rüstete zur morgigen Fahrt. Auf dem Tisch lagen die heute geschriebenen Wunschzettel der Kinder. Die Großmutter sah sie durch, und ein stilles Lächeln flog über ihre Züge. Dann steckte sie sie alle in ihr Ledertäschchen, holte ihren Geldbeutel und füllte ihn mit dem, was sie lange für die Kinder gespart hatte. Große Reichtümer hatte sie nicht, im Gegenteil, sie hatte sich, so lange sie verheiratet war, immer nach der Decke strecken müssen, hielt es aber mit dem Wahlspruch: „Der Zufriedene ist der Reichste" und fühlte sich reich, wenn sie anderen geben konnte. Für ihre Enkelkinder hatte sie immer etwas übrig; in diesem Punkte war sie schwach, obwohl sie sich heute vornahm, nichts Unnützes zu kaufen und nicht alles Geld, das der Sekretär barg, mitzunehmen.

Sie begab sich früh zur Ruhe, um Kräfte zu sammeln für den morgigen anstrengenden Tag.

Die Fremde

Der Vater hatte falsch prophezeit. Es schneite nicht, es war schönes, klares Frostwetter. Der Schnee, der die Tage vorher in ergiebiger Menge gefallen war, lag auf den Dächern der Häuser; ein blauer Himmel wölbte sich über der Stadt; in der Sonne glitzerten die bereiften Bäume und Sträucher, so daß alles einen freundlichen, weihnachtlichen Anblick gewährte, wozu nicht wenig die schön geschmückten Läden mit den ausgehängten Kostbarkeiten beitrugen.

Eine ältere, in einen Pelz gehüllte Dame ging rüstigen Schrittes in der Hauptstraße auf und ab, die verschiedenen Läden prüfenden Auges musternd, dann wieder die Straße entlang sehend, als warte sie auf jemand.

Da kam ein junges Mädchen von mittlerer Statur, im Winterjacket und Pelzbarett, die Wangen von der Kälte gerötet, eilig der Dame entgegen: „So", sagte sie, „nun sind alle Pakete im Schlitten untergebracht, jetzt habe ich die Hände frei, wenn wir in den Spielwarenladen wollen."

„Freilich, das ist die Hauptsache", entgegnete Frau Elsner, „kommen Sie, Fräulein Linchen, dieser Laden scheint mir der beste zu sein."

Die Großmutter wurde jugendlich belebt, als sie inmitten aller Herrlichkeiten stand. Am liebsten hätte sie den ganzen Laden, mit allem, was er Schönes bot, mitgenommen; da das nicht anging, galt es eine Auswahl zu treffen unter den vielen hübschen Spielsachen. Zuerst eine heißersehnte Puppenstube für das Röschen. Der Kaufmann holte mit Zuvorkommenheit alles heran, was er in dieser Art bieten konnte.

„O, sehen Sie, Fräulein Linchen", rief Großmütterchen entzückt, „wie schön ist dies Puppenhaus mit den kostbar dekorierten Zimmern und den reizenden Püppchen, wenn das Röschen hätte!"

Aber nicht allein der Preis machte den Ankauf unmöglich, sondern auch der Transport hatte seine großen Schwierigkeiten. So wurde denn unter langem Hin- und Herberaten eine andere Wahl getroffen, eine kleinere, einfachere Puppenstube; mit einem ehrenwerten steifen Vater und einer ebenso würdigen Mutter auf dem Sofa, und um den Tisch herum auf Stühlen die Familie, Arme und Füße in waagrechter Haltung vor sich streckend. Dann wurde für Philipp ein Pferd gekauft, ein Brummkreisel und eine Trompete. Nun kamen die kleineren Mädchen an die Reihe, die wunderniedlichsten Puppen luden zum Kaufen ein, Großmutter mußte wieder das Sprichwort an sich erfahren: „Wer die Wahl hat, hat die Qual."

„Nehme ich diese oder jene, raten Sie mir, Fräulein Linchen, oh, wenn die Kinder diese Herrlichkeiten sehen könnten."

„Sie sind gewiß auch eine Großmutter", ließ sich eine alte Dame vernehmen; „ich bin auch hier, um für meine vielen Enkel einzukaufen; es ist aber ein schöner Laden, man findet hier alles."

Die Käufer und Verkäufer schwirrten durcheinander, unsere Großmutter suchte und wählte und legte ein Stück Spielzeug zum anderen, bis Fräulein Linchen sich die bescheidene Frage erlaubte: „Frau Elsner, werden wir auch alles fortbringen, es ist schon so viel auf dem Schlitten?"

„Es ist nur einmal Weihnachten, Fräulein Linchen, sehen Sie, diesen reizenden Hühnerhof muß ich noch für Miezi einhandeln, dann soll's genug sein."

Nachdem nun der Kaufmann ermahnt worden, alles vorsichtig einzupacken und in den Gasthof zu senden, wo Christian ausgespannt hatte, verließen die Damen den Laden.

Großmutter sandte noch einen schmerzlichen Blick zurück auf alles Schöne, das sie hatte nicht mitnehmen können, aber es war nun des Guten genug, ihr Geldbeutel mahnte dringend an das Verlassen der Stadt, wo jeder Laden neue Reize bot, jeder zur Einkehr lud. Der Tag neigte dem Ende zu, hier und da wurden schon Lichter angezündet, das war für Frau Elsner das Zeichen zum Aufbruch. Sie ließen sich im Gasthof eine Tasse heißen Kaffee geben, dann ging es dem Heimatdorfe zu.

Das Wetter war nicht mehr so schön wie es gewesen. Der Himmel hatte sich am Nachmittag düster grau umzogen, ein scharfer Wind hatte sich erhoben und Schneewetter heraufgebracht. Die Damen waren wohl in ihren Pelzen und Mänteln gegen die Kälte verwahrt, aber unangenehm war es doch, wenn der Wind die Schneeflocken ins Gesicht trieb. Es hatte die Tage vorher schon viel geschneit, die Felder lagen unter einer festen Schneedecke und die Gräben waren bis an den Rand gefüllt, so daß sie vom Wege aus nicht mehr erkenntlich waren. Aber Christian kannte seinen Weg gut. Wie ein Pfeil flog der Schlitten dahin; nun war das Holz erreicht, das ziemlich auf der Mitte des Weges lag. Die Tannen rauschten geheimnisvoll im Winde.

Es erfaßte Fräulein Linchen ein leichtes Schauern, sie drängte näher zur Großmutter heran.

Diese lauschte seit einigen Minuten auf Töne, die klagend durch den Wind zu ihr drangen.

„Was ist das, Christian, es wird doch niemand verunglückt sein."

„Es scheint mir ein Wagen umgeworfen zu sein."

Er fuhr nun ganz langsam, erkennen konnte man die Gegenstände rings umher, obwohl der Mond, der schon aufgegangen, hinter Wolken verdeckt war. Als man näher kam, gerade am Ausgang des Waldes, sah man eine dunkle unförmige Masse vor sich, man hörte eine schimpfende Männerstimme, eine klagende weibliche und weinende Kinder. Nun war man zur Stelle und sah das Unglück. Ein Wagen lag umgeworfen im Graben, der Kutscher war dabei, die Pferde loszuschirren; eine weibliche Gestalt schüttelte sich den Schnee von den Kleidern mit der Hand, im Arm hatte sie ein weinendes

Kind, während sich ein anderes schluchzend an sie schmiegte.

„Haben Sie Erbarmen, nehmen Sie uns mit“, rief die Gestalt.

„Wohin wollen Sie, arme Frau?“

„Wir sind auf dem Wege nach Lindstädt und haben Unglück gehabt, der Wagen ist zerbrochen, wir müssen im Schnee umkommen, wenn Sie uns nicht mitnehmen.“

„Wir fahren in entgegengesetzter Richtung“, wollte die Großmutter sagen, aber das war ja alles einerlei. In diesem Augenblick mußte Hilfe geschafft werden; man konnte unmöglich die Frau und die Kinder hier auf der Landstraße lassen.

„Aber wie wollen wir Platz finden?“ flüsterte Fräulein Linchen, „wir haben ja alle die Weihnachtspakete auf dem Schlitten.“

„Kann alles nichts helfen“, war der Großmutter Antwort, „es muß gehen!“

Und es ging. Man schmiegte sich eng zusammen und nahm die erschöpfte Frau in die Mitte. Ein großes Paket, das Fräulein Linchen auf dem Schoß hatte, warf sie einstweilen aus dem Schlitten, um es nachher, wenn alle saßen, wieder aufzunehmen. Der kleine Knabe, der dreijährig schien, wurde neben Christian zwischen verschiedenen Paketen untergebracht, das kleine Würmchen nahm die Großmutter unter ihren Pelz. Der Kutscher wollte Leute herbeiholen aus der hinter dem Walde gelegenen Schmiede, die ihm helfen sollten, den Wagen aus dem Graben zu ziehen, und dann denselben, mit Hilfe der Pferde und der Leute, in dieselbe Schmiede zu befördern. Christian wäre gern behilflich gewesen, aber der Kutscher meinte, er wäre froh, wenn die Dame und die Kinder sicher untergebracht wären, und die Großmutter, welche merkte, daß die Unbekannte gänzlich erschöpft war, drängte zum Weiterfahren. Sie fragte nur noch: „Ist es Ihr eigener Wagen?“ worauf die schwache Antwort erfolgte: „Nein, ein Lohnfuhrwerk, es ist aber schon im voraus bezahlt.“

„Fräulein Linchen“, begann nun die Großmutter, „wir hatten doch ein Fläschchen Portwein mitgenommen, ich kann die Arme nicht frei machen, holen Sie es aus meiner Tasche und geben Sie der Dame einen Schluck.“

Fräulein Linchen suchte lange danach, es war schwierig, die Arme zu bewegen, da auch sie eingezwängt saß. Aber nun hatte sie das Fläschchen und gab es der Fremden. Ein Schluck daraus belebte die arme, fast Erstarrte, so daß das „danke Ihnen herzlich“ schon kräftiger klang.

Nun ging es in schnellem Trabe weiter. Gesprochen wurde fast gar nicht unterwegs; ein jeder hatte in seiner bedrängten Lage mit sich zu tun und sehnte sich das Ende der Fahrt herbei. Endlich tauchten die dunklen Umrisse des Dorfes auf, noch ein Viertelstündchen und Christian fuhr durch das offene Tor des Pfarrhauses.

Hier hatte man schon mit Spannung auf das Kommen des Schlittens gewartet, sobald das Schellengeläute und das Stampfen der Pferde hörbar war, wurde mit Lichtern hin- und hergelaufen und die Haustür geöffnet. Kinderstimmen jubelten: „Großmutter kommt aus der Stadt“, alles drängte nach dem Ausgang; die Mutter, mit dem Kleinsten auf dem Arm, wehrte den Kindern, bei dem Schneewetter ins Freie zu treten. Doch es war kein Halten mehr.

„Großmutter!“

„Doßmama!“

„Hu es schneit!“

So scholl es von allen Seiten.

Jetzt stand der Schlitten.

„Wo ist Marianne? Sie muß mir helfen“, rief Frau Elsner.

Marianne eilte herbei und streckte hilfsbereit ihre Arme aus, in der Meinung, Weihnachtspakete in Empfang zu nehmen. Was war denn das! Ein lebendiges Kindlein wurde ihr in die Arme gelegt, das, eben aus tiefem Schlummer erwacht, zu weinen begann. Marianne ging mit ihrer Bürde ins Haus, und da sie merkte, daß das kleine Mägdlein stehen konnte, setzte sie es in den erleuchteten Hausflur.

Im Hui waren sämtliche Kinder des Pfarrhauses um die Kleine versammelt und sahen staunend auf das wunderliche Weihnachtspaket, das vom Schlitten gekommen war.

„Was weinst du denn?“ fragte Röschen, sich zu

ihm niederbeugend, „hier hast du einen Apfel, nun sei stille.“

Dies wirkte. Die Kleine, augenscheinlich verblüfft durch alle die kleinen muntern Gesichter, die zu ihr niedergebeugt waren, schwieg stille und schaute mit großen, dunklen, fragenden Augen von einem zum andern. Jetzt zeigte sich ein Lächeln auf dem Gesicht, denn Marianne kam wieder, an der Hand einen kleinen niedlichen Knaben, unter dessen Pelzmütze braune Locken hervorguckten. Auf dem Arm hielt Marianne das kleinste Pfarrtöchterlein, welches die Frau Pfarrerin ihr ausgehändigt hatte, damit sie den übrigen Insassen des Schlittens heraushelfen konnte.

An Weihnachtspakete dachte vorderhand niemand. Sie schüttelte den Kopf und fragte sich immer wieder: „Was hat dies alles zu bedeuten?“

Nun stieg zunächst die Großmutter vom Schlitten. Kaum konnte sie gehen; die Füße waren ganz steif geworden von dem eingezwängten Sitzen. Die Arme waren ihr eingeschlafen, da sie das schwere Kind beständig gehalten hatte.

„Das war eine schwierige Rückfahrt, liebe Tochter“, dann sich zu der Fremden wendend: „Kommen Sie, Liebe, wir wollen Ihnen herunterhelfen.“

Die Unbekannte machte den Versuch, auf den Tritt zu steigen, wäre aber, wenn die beiden Frauen sie nicht schnell gestützt hätten, umgesunken. Sie wurde ins Familienzimmer geführt, wo sie sich erschöpft auf einen Lehnstuhl niederließ. Fräulein

Linchen, die vor lauter Taschen und Paketen, die sie auf dem Schoß hatte, kaum zu sehen war, konnte sich nun endlich frei machen und auch vom Schlitten klettern. Die Reisenden aber sowohl als die zu Hause Gebliebenen waren alle in gleicher Weise gespannt, nun endlich zu hören und zu sehen, was es für eine Bewandtnis mit den aufgefundenen Leuten habe.

„Es tut mir so leid", sagte die Fremde, „daß wir Sie belästigen mußten, wer konnte ahnen, daß wir dies Mißgeschick mit dem Wagen haben würden. Darf ich denn mit meinen Kindern um ein Nachtquartier bitten, da es unmöglich ist, heute abend weiterzukommen?"

Die Pfarrerin versicherte freundlich, sie dürfe bleiben, so lange es ihr gefiele, worauf die Fremde den Kopf schüttelte und dabei blieb, morgen müsse sie unbedingt nach Lindstädt, von wo sie mit der Bahn nach der Residenz weiterreisen müsse. Dort sei ihr ältestes Töchterchen, Meta, bei Freunden, diese wolle sie abholen und dann mit den drei Kindern in die neue Heimat. Wo aber die neue Heimat sei, ob sie Witwe war oder der Mann noch lebte, welche Stellung derselbe im letzteren Falle bekleidete, das blieb zunächst verborgen. Die Frauen mochten die erschöpfte Unbekannte nicht durch Fragen belästigen; sie sorgten im Gegenteil für ihre Ruhe und Bequemlichkeit, während die Kinder im Nebenzimmer mit den kleinen Fremdlingen beschäftigt waren, die sich unter den Pfarrkindern bald heimisch fühlten.

Während Röschen das kleine Mädchen auf dem Schoß hatte, trugen die andern Kinder herbei, was sie an Spielsachen hatten. Des Knaben Augen leuchteten, als Philipp ihm einen Pferdestall vorführte mit dem Bemerken, die zerbrochenen Pferde würden zu Weihnachten durch lauter neue ersetzt; seine Großmutter, die sehr reich sei, sei heute in der Stadt gewesen und habe viel eingekauft.

Die kleinen Mädchen brachten ihre Püppchen und legten sie der Kleinen auf den Schoß, während Röschen ihr mit großem Eifer die Namen der Puppen vortrug und sie auf die Mängel und Gebrechlichkeiten derselben aufmerksam machte.

„Du bist gewiß besser gegen deine Puppen als die Schwestern. Sieh nur, dieser haben sie einen Arm ausgerissen und diese hat keine Beine mehr. Dieser sind die Augen in den Kopf gerutscht, wir haben schon viel geschüttelt, aber sie gehen nimmer heraus. Wie heißest du eigentlich, kleines Mädchen?"

„Ich heiße Martin und sie heißt Mariechen", antwortete der Knabe für sie.

„Wohin wollt ihr denn?"

„Zum Großvater", war die Antwort.

„Wo wohnt er?"

„Ich weiß es nicht, er wohnt weit fort."

„Ach, ihr wollt ihn gewiß zu Weihnachten besuchen, das ist hübsch. Unsere Großmutter wohnt bei uns, sonst würden wir sie auch einmal besuchen. Jetzt kommt Fräulein Linchen mit der Milch, ich gebe dir zu trinken, Mariechen, nicht wahr?"

Die Kleine nickte zustimmend und schlang die Ärmchen um Röschen, die nun mit großem Eifer für die Bewirtung der fremden Kinder sorgte.

Frau Pfarrer ging, als sie die Fremde leiblich erquickt hatte, hinauf, um mit Hilfe Mariannens im Gaststübchen ein Lager für sie und die Kinder herzurichten. Der Ofen wurde geheizt und das Bett mit einer Wärmflasche versehen. Dann begab sich die Hausfrau zu ihrem Mann ins Studierzimmer. Es war warm, hell und behaglich darin, tiefer Friede herrschte hier, alle Ereignisse der Außenwelt waren spurlos an dem gelehrten Herrn vorübergegangen. Er hatte wohl mit seinen leiblichen Ohren das Summen und Schwirren da draußen gehört, aber gegen den täglichen Kinderlärm war er abgestumpft, wenn er mit seinen Büchern und seinen Schreibereien beschäftigt war. Trat aber seine liebe Gattin zu ihm, hatte er stets ein freundliches Wort oder Lächeln für sie.

„Du studierst hier in größter Ruhe und weißt nicht, was wir schon alles erlebt haben. Die Großmutter ist heimgekehrt."

„Habe ich mir gedacht. Ich hätte ihr gern einen guten Abend geboten – aber du weißt, mein liebes Frauchen, dieser Aufsatz muß bis morgen fertig sein, – zum Abendbrot bin ich bei euch."

„Aber außer der Mutter ist noch jemand mitgekommen" – und nun erzählte Frau Dorothea von der blassen Frau und ihren Kindern, die unterwegs mit dem Wagen verunglückt waren und welche die

Großmutter mitgebracht, damit sie die Nacht nicht obdachlos seien. Die Erzählung nahm denn auch das Interesse des Pfarrers in Anspruch. Wo es galt, einem Notleidenden oder Unglücklichen zu helfen, war er der Erste. Er hieß darum alles gut, was seine Gattin angeordnet hatte, und versprach, sobald es seine Arbeit erlaube, herüberzukommen.

„Wir wüßten gern, wer die Frau ist“, sagte die Pfarrerin, „sie scheint eine gebildete Dame zu sein, und die Kinderchen sind gut erzogen. Es ist, als hätte sie viel Trauriges erlebt, denn Kummerfalten liegen auf der Stirn, und das Gesicht hat einen traurigen Ausdruck, auch trägt sie Trauerkleider.“

„Vielleicht ist sie Witwe, liebes Kind, doch ausfragen dürfen wir sie nicht, wenn sie uns nicht freiwillig von ihren Erlebnissen erzählt. Doch sieh“, – er blätterte in seinen Büchern, „noch zwei Seiten, dann bin ich fertig.“

Frau Pfarrer hörte schon wieder das Kritzeln seiner Feder, eine Mahnung, daß der Gatte nicht länger gestört sein mochte. Sie begab sich wieder ins Wohnzimmer, wo die Großmutter eben der Unbekannten den Arm reichte und sagte: „Das beste für Sie ist vollkommene Ruhe, nicht wahr, Dorothea, das Gastzimmer ist in Ordnung?“ Frau Pfarrer bejahte es, und die Frau, die dem Umsinken nahe war, ließ sich willenlos von beiden Frauen hinaufführen und entkleiden. Die Pfarrerin eilte dann, die Kinder zu holen, die gern der Aufforderung, mit Mütterchen schlafen zu gehen, Folge leisteten.

Am Abend sprachen die Erwachsenen noch lange von den Ereignissen des Tages; endlich begaben auch sie sich zur Ruhe.

Frau Dorothea hatte vielleicht ein halbes Stündchen geschlafen, da erwachte sie von einem Lichtschein, der durchs Fenster drang. Es war, als ob jemand draußen auf dem Hofe mit einer Laterne hin- und herging. Christian konnte es nicht sein, der war längst zu Bett. Sollte ihr Mann zu einem Kranken geholt werden? Jetzt war das Licht verschwunden, es war doch vielleicht nur eine Täuschung. Sie lag eine Weile wach, die Augen nach dem Fenster gerichtet. Jetzt erschien das Licht wieder – beunruhigt stand sie auf, warf ihren Schlafrock über und trat ans Fenster. Sie sah deutlich, daß jemand vom Stall herkam und mit der Laterne aufs Haus zuschritt.

Sie war eine mutige Frau und fürchtete sich nicht, nahm deshalb ein Licht und ging an die Haustür, um zu öffnen. Diese, die verschlossen sein sollte, war zu ihrem Schreck nur angelehnt. Jetzt wurde sie behutsam geöffnet und – Großmutter erschien, in einen großen Mantel gehüllt, eine Laterne in der Hand.

„Aber, beste Mutter", rief die Pfarrerin, „du auf nächtlicher Wanderung begriffen, was hat das zu bedeuten?"

„Sorge dich nicht, Dorchen, mir fehlt eins meiner Weihnachtspakete, und zwar das größte, wertvollste, die Puppenstube für das Röschen."

„Weißt du denn, ob es überhaupt auf den Schlitten gepackt war?“

„Gewiß, ich habe es eigenhändig hineingelegt, das Ereignis mit der Fremden hat mich so eingenommen, daß ich beim Abladen der Pakete nicht aufgemerkt habe, ich glaubte nun, es sei im Schlitten vergessen.“

„Wir wollen doch Linchen fragen“, riet die Pfarrerin, „sie hat, wie ich meine, alle Sachen in dein Zimmer getragen.“

Die beiden Frauen gingen an die andere Seite des Hauses, wo in einem schmalen Stübchen Fräulein Linchen die an diesem Tage hochwillkommene Ruhe gefunden hatte. Aber es half nichts, sie mußte nach dem vermißten Stück gefragt werden.

Nach einigen schlaftrunkenen Äußerungen kam endlich eine Antwort in wachem Zustand.

„Alle Pakete, die auf dem Schlitten waren, sind nach oben gekommen in Ihr Zimmer, Frau Elsner, ich wüßte nicht, wo es sein könnte.“

Mit diesem Bescheid mußten sich die Frauen zufrieden geben.

Frau Pfarrer ging noch einmal nach oben mit der Mutter, um suchen zu helfen. Da sah es wie lauter Weihnachtsbescherung aus. Auf dem Tisch war ein reizender Hühnerhof aufgebaut, daneben standen Pferde für Philipp, kurz alles, was Großmutter Schönes eingehandelt hatte, war ausgepackt und ausgelegt.

„Du einzig gute Mutter“, rief Frau Dorothea

gerührt, „das hast du alles heimgebracht für die Kinder!" Diese erwiderte verlegen, sie hätten noch ein wenig aufbleiben müssen und sich an den Sachen freuen nach dem ereignisreichen Tage. Man suchte und spähte nach dem verlorenen Stück, es fand sich nicht.

Fräulein Linchens schöner Schlaf war dahin. Wie ein Schrecken durchfuhr es sie, daß bei dem Unglück im Walde etwas mit dem Paket passiert sein müsse. Je mehr sie grübelte, desto klarer wurde es ihr, daß sie das fragliche Stück von der Bank genommen und einstweilen auf den Schnee geworfen hatte, um Raum für den Knaben zu schaffen. Ja, so war es gewesen! Natürlich hatte sie das Paket wieder aufnehmen wollen, sie erinnerte sich aber nicht, es getan zu haben. Nun lag es da, wahrscheinlich zerstampft und zertreten von den Pferden, oder wenn das nicht, so würde es morgen der erste beste mitgehen heißen. Die schöne Puppenstube! Und die arme Großmutter! Aber am meisten war sie selber zu beklagen. Was wurde es nun für Schelte geben für ihre Unachtsamkeit, denn bekennen mußte sie es ja am andern Morgen, und dann – sie war so geknickt, daß sie zu weinen begann, ja, bittere Tränen weinte sie in ihr Kopfkissen, bis ein wohltätiger Schlaf ihrem Kummer ein Ende machte. Auch die beiden Frauen begaben sich, da ferneres Suchen nutzlos erschien, zur Ruhe, und endlich lag das Pfarrhaus zu Dornburg in tiefem Frieden.

Verschiedene Aufregungen

Der andere Tag brachte der Aufregungen viele. Fräulein Linchen hatte nicht nur das Weihnachtspaket im Schnee liegen lassen, sie hatte auch die wichtigste Besorgung für Frau Pfarrer vergessen.

„Linchen, denken Sie auch ja an die Hefe. Sie wissen, übermorgen wollen wir backen, und im Dorf gibt's keine."

Linchen hatte daran gedacht, noch im Spielwarenladen hatte sie sich an diese wichtige Besorgung erinnert, aber dann gab es so mancherlei in den Straßen und den hellerleuchteten Läden zu sehen und zu bewundern; – sie wußte selbst nicht, warum es ihr nicht eingefallen war, als sie beim Bäkker die Semmel gekauft hatte. Und nun mußte sie es bekennen! Das gab viel Verdruß am frühen Morgen.

„Aber Linchen!" – mehr brachte Frau Pfarrer nicht heraus, obgleich sie diesmal ernstlich böse war. Es wurde ihr so schwer, ihren Leuten etwas zu sagen, und wenn Großmutter mit ihrer Energie auf sie einredete: „Dorchen, jetzt mußt du zeigen, daß du Hausfrau bist, du verlierst sonst alle Autorität", so fühlte sie wohl, daß die Mutter recht hatte, aber, indem sie sich zu einer Strafrede vorbereitete, stieg ihr die Angst bis in den Hals, wie einem Kinde, das in der Schule aufsagen soll und nichts weiß. Auch heute morgen fühlte sie, daß Linchen eine Strafpredigt verdiene, daß sie sie einmal tüchtig aufrütteln müsse.

Sie waren beide allein, Linchen in der Küche, Frau Pfarrer nebenan in der Speisekammer, deren Tür geöffnet war. Es wurde ihr leichter, zu beginnen, wenn sie den Sträfling nicht sah.

„Fräulein Linchen, es muß anders werden, diese Gedankenlosigkeit ertrag' ich nicht länger. Es ist nicht das erste" – hier trat sie aus der Speisekammer, um nun, da sie den Anfang glücklich überwunden hatte, energisch fortzufahren.

„Es ist nicht das erstemal", – plumps! da lag die ehrenwerte Frau Pfarrer. Irgend jemand hatte unachtsamerweise einen leeren Korb vor die Tür gesetzt, und die Hausfrau, welche einen Topf Milch in der Hand trug, suchte mit ihren Augen Linchen, die gesenkten Hauptes schuldbewußt am Herd stand. Sie übersah das Hindernis, – stolperte und während der Topf zerbrach, spritzte die Milch, das Frühstück der Kleinen, weithin in die Küche.

„Wer hat denn das getan?" stöhnte die Frau Pfarrer, während Linchen, angsterfüllt und teilnehmend zugleich, herzusprang, ihr beim Aufstehen behilflich war, sie zu einem Stuhl führte, ihr die Milchflecken aus dem Kleide wusch und so liebenswürdig und aufmerksam sich erwies, daß Frau Dorothea darüber vollständig ihre Rede vergaß.

„Ich laufe schnell zur Bäuerin, Frau Pfarrer, und hole frische Milch, Sie sollen sehen, ich bin gleich wieder hier."

Wie der Wind war sie hinaus, und ehe Frau Pfarrer sich besinnen konnte, kam sie mit einem mächtigen Topf Milch wieder, trug ihn mit den Tassen ins Frühstückszimmer, holte alles Erforderliche mit solcher Schnelligkeit und Gewandtheit, daß Frau Pfarrer nicht im entferntesten mehr daran dachte, das gute Mädchen auszuzanken.

Im warmen, behaglichen Wohnzimmer saß bereits die blasse Fremde auf dem Sofa, in ernstem Gespräch mit der Großmutter, während im Nebenzimmer die Kinder mit den neuerworbenen Freunden tobten. Es hatte schon Geschrei gegeben, und die Großmutter hatte steuern müssen, dann weinte Nanni jämmerlich, weil Röschen ihr auf die Hand getreten hatte. Als Frau Elsner diese deshalb schalt, klagte sie: „Warum haben wir auch so viele kleine Kinder, daß man auf sie treten muß." Endlich war das Gleichgewicht wieder hergestellt, und es trat Ruhe ein.

„Also Offizier ist Ihr Mann gewesen; was Sie mir da eben erzählt haben, ist sehr traurig", sagte die Großmutter teilnehmend.

„Wenn man Ihnen wenigstens die Pension gelassen hätte!"

„Darauf konnte ich keine Ansprüche geltend machen nach dem, was ich Ihnen mitgeteilt habe."

„Und nun wollen Sie mit den Kinderchen zu Ihrem Vater?"

Die Fremde errötete und sagte leise: „Ich muß ja

froh sein, daß er mich und die Kinder überhaupt aufnimmt."

„Gehen Sie denn nicht gern?"

„Es wird mir schwer", war die ausweichende Antwort.

„Lebt denn Ihre Mutter nicht mehr?"

„Leider nicht. Oh, wenn meine Mutter lebte ..." Sie brach mitten im Satz ab, als fürchte sie, zuviel zu sagen.

„Wo lebt denn Ihr Herr Vater?"

„In dem kleinen Städtchen Beckedorf, einige Meilen von der Residenz entfernt."

„In Beckedorf!" fuhr die Großmutter auf, als erschrecke sie. Sie sah die Fremde forschend an, als wollte sie aus ihren Gesichtszügen etwas herauslesen; es zeigte sich auf dem Gesicht der alten Dame Erstaunen, Wundern, Erschrecken. Es war aber nur für einen Augenblick. Sie hatte bald wieder ihren gewöhnlichen ruhigen Gesichtsausdruck. Teilnehmenden Tones sagte sie: „Ich will Sie nicht weiter ausfragen, verzeihen Sie, daß ich so viele Fragen gestellt habe; es war aufrichtige Teilnahme an Ihrem Geschick."

„Ich weiß es, ich weiß es", war die Antwort, und ein paar Tränen stahlen sich über die blassen Wangen der unglücklichen Frau.

„Dorothea", sagte die Großmutter zur eintretenden Tochter, „unser lieber Gast hat soeben den Wunsch ausgesprochen, so bald es geht zur Stadt befördert zu werden. Sie wurde schon gestern in der Residenz erwartet; man wird in Sorge um ihr Ausbleiben sein."

„Dann muß Christian anspannen und heute noch einmal zur Stadt fahren."

„Oh, wie schön!" rief Fräulein Linchen leuchtenden Auges.

„Was haben Sie denn Schönes dabei?" fragte der Pfarrer lächelnd, der sich eben auch ins Wohnzimmer begeben hatte.

„Frau Pfarrer", rief Linchen und umschlang die Hausfrau in stürmischer Bewegung, „nun ist ja Gelegenheit, das Vergessene zu holen. Wäre es nicht am besten, ich führe noch einmal mit, ich könnte die Dame an den Bahnhof bringen, die vergessene Hefe kaufen, und nachsuchen, ob sich das verlorene Paket wiederfindet."

„Ich kann Sie nur heute nicht entbehren, Fräulein Linchen. Wir wollen meines Mannes Zimmer reinigen, da müssen Sie notwendig mithelfen, damit es möglichst schnell fertig wird."

„Es braucht gar nicht gereinigt zu werden, bestes Frauchen!" Mit diesen Worten klopfte der Eheherr seine Frau sanft mit der Pfeife auf die Schulter.

„Du glaubst nicht, wieviel besser es sich darin arbeitet, wenn alles bleibt, wie es ist, als wenn ihr meine Bücher durcheinanderwühlt."

„Aber, liebster Mann, das kannst du doch von mir nicht sagen."

„Na, lassen wir das. Fräulein Linchen, Sie tun mir wirklich einen Gefallen, wenn Sie mitreisen."

Auch der Großmutter leuchtete es ein; es mußte doch etwas geschehen, um das schwer vermißte Paket wieder zu bekommen.

Also Linchen fuhr mit, und innerhalb einer halben Stunde sollte die Reise vor sich gehen. Es war ein klarer, schöner Frosttag, der Schnee hartgefroren; auf dem Dorfteich sah man schon die Jugend mit Schlittschuhen und Schlitten herumhantieren.

Die Fremde wurde mit Speise und Trank erquickt und mit warmen Sachen genügend versehen. Nachdem sie allen herzlich gedankt hatte für das gewährte Obdach und, was mehr wert war, für die empfangene Liebe und Teilnahme, sauste der Schlitten davon. Fräulein Linchen sah sich noch einmal um und nickte der Frau Pfarrer freundlich zu.

„Sie sollen sehen, diesmal vergesse ich nichts."

„Vater", begann das Röschen, als der Schlitten außer Sicht war, „eigentlich sollte heute der Schulunterricht ausfallen."

„Aus welchem Grunde, mein Töchterchen?"

„Nun – nun" stockte das Röschen, „weil die fremde Dame eben abgereist ist."

„Das ist kein sehr triftiger Grund zum Freigeben", meinte der Pfarrer und kratzte sich bedenklich hinter den Ohren.

„Und der zweite Grund?"

„Weil heute so sehr schönes Frostwetter ist und wir gern Schlittenfahren möchten."

„Da hast du freilich recht." Es entstand eine Pause,

der Pfarrer stand unschlüssig da. Es wäre schon sehr vorteilhaft, den Unterricht heute einzustellen und statt dessen an seiner Lieblingsarbeit schreiben zu können.

„Was meinst du, Mutter?"

„Dem Philipp könnte ein wenig Stillsitzen nicht schaden, er ist von Natur etwas träge, Unterbrechungen sind nie gut", war die sanfte Antwort der Mutter.

„Aber Mutter", flehte das Röschen, „denke doch nur, das schöne Frostwetter, so ein Tag kommt vielleicht nie wieder. Zudem ist die erste Stunde doch schon versäumt."

„Nun, da lauft", sagte der Vater, wandte sich kurz um und verschwand in seinem Studierzimmer.

Röschen und Philipp jubelten, die Kleinen krähten lustig dazwischen, und während die Mutter diesen die Mäntelchen anzog und die Kapuzen aufsetzte, holten die Großen den Schlitten, die Kleinen wurden hineingesetzt und fort ging's in sausendem Galopp. Nach einer Stunde brachte man die Kleinen mit blaugefrorenen Nasen und weinenden Gesichtern wieder. Röschen erklärte, für sie sei es in der warmen Stube besser, nun sollte das Vergnügen erst seinen Anfang nehmen. Sie eilte hinauf in ihre Puppenkammer. Hier saßen ihre Lieblinge steif und gradbeinig und guckten mit nichtssagenden Gesichtern in die Welt.

„So, heute sollt ihr auch ein Fest haben, ihr mögt doch?" Mit diesen Worten ergriff sie die größte

Puppe beim Kopf, nahm die andern alle in den Arm, ging mit ihnen hinunter, packte sie in den Schlitten und eilte Philipp nach, der erklärt hatte, er ginge nun auf die Wiesen, dort seien die andern Jungen auch, sie solle ihm folgen. Bald war sie da mit ihren Schönen, die das größte Staunen der Dorfmädchen erregten. Ein bißchen wichtig machte sie sich gern mit dem, was sie hatte, und mit den Puppenkindern ließ sich besser umspringen als mit den kleinen Schwestern. Sie litten nicht durch die Kälte und bekamen keine blauen Nasen, wiewohl sie keine Mäntel trugen, sondern Kleider von rotem, blauem und gelbem Flor.

Es waren mehrere Stunden vergangen. Großmütterchen hatte schon einige Male besorgt nach den ältesten Kindern ausgeschaut, von denen noch immer nichts zu hören und zu sehen war. Sie ging hinauf, auf dem Boden war ein Fenster, von dem aus man den Dorfteich überblicken konnte. Die Tür zur Puppenkammer stand weit offen, und was lag denn da? Es sah aus wie ein Haufen aus dem Wasser gezogener Sachen! Da standen Röschens Schuhe, schwer mit Wasser getränkt, daneben lagen nasse Strümpfe, und etwas weiter ein Chaos von Sachen, triefend und naß, Großmutter konnte nicht ergründen, was es sei. Bei näherer Besichtigung merkte sie es. Sie zog ein Stück heraus, das war ja Röschens beste Puppe in einem schrecklichen Zustand, ebenso alle andern. Die Haare aufgelöst und triefend, die Florkleider, durchweicht, hatten sich gegenseitig von ihren Farben mitgeteilt; die Köpfe, sofern sie von Pappe waren, hatten viel von ihrer Schönheit eingebüßt, farblos und hager schauten die Gesichter drein. Großmutter stand da und schüttelte den Kopf.

„Hier ist wieder eine große Dummheit passiert", sagte sie endlich.

Unruhig horchte sie, ob noch nichts von den Kindern zu hören sei, da kam Philipp die Treppe herauf, sichtlich in Verlegenheit, als er die Großmutter bei den nassen Sachen fand.

„Wo ist Röschen?" fragte sie streng.

„Sie ist im Eßzimmer, du möchtest auch zu Tisch kommen, Großmutter."

„Erst sage mir, was dies zu bedeuten hat."

Philipp bekannte ehrlich, Röschen wäre immer mit den Puppen über den Graben gefahren, der die Wiesen voneinander trennt. Er habe sie gewarnt, sie habe es doch getan, da habe es plötzlich einen Krach gegeben, der Schlitten sei eingebrochen und die Puppen kopfüber ins Wasser gestürzt. Das Röschen sei sehr erschrocken, da auch sie beinahe bis an die Knie im Wasser gewesen sei; sie sei aber flugs nach Hause gelaufen, habe Schuhe und Strümpfe gewechselt und die unglücklichen Puppen in die Kammer gebracht, geschadet habe es ihr gar nichts.

Großmutter schüttelte nur den Kopf und folgte Philipp ins Eßzimmer.

Als Röschen die beiden miteinander kommen sah,

machte sie ein verlegenes Gesicht, das noch bedenklicher wurde, als Philipp ihr im Vorübergehen zuflüsterte: „Sie weiß es!"

Großmutter blieb nie etwas verborgen, was Röschen heute so sehr gewünscht hätte. Ihr selbst hatte das Einbrechen Spaß gemacht, aber das durfte sie freilich nicht laut werden lassen, sonst würde es noch mehr Schelte geben.

Nach Tisch nahm Großmutter die Kleine an die Hand, ging mit ihr hinauf, zeigte ihr die nassen Sachen und sagte ruhig: „Jetzt schaffe erst Ordnung hier, nimm die nassen Strümpfe und hänge sie auf, stelle die Schuhe zum Trocknen an den Herd und die Puppen, die unglücklichen Wesen, hänge auf die Leine, die schönen Kleider sind dahin, sie können sich Weihnachten nicht darin sehen lassen. Nun weiß ich auch, warum gerade dein Weihnachtspaket verloren gehen mußte. Es ist die Strafe für deine Unart."

Röschen senkte das Köpfchen und tat, wie Großmutter befohlen. Sie war sehr geknickt. Sie hatte wohl von einem verlorenen Paket reden hören, aber daß es gerade das für sie bestimmte Geschenk gewesen, war außerordentlich schmerzlich.

Und es folgte noch mehr. Großmutter entließ sie mit den Worten: „Wenn ich heute abend Geschichten erzähle, darfst du nicht zu mir kommen."

Das war die größte Strafe. Großmütterchen wußte so wunderschöne Geschichten, sie hatte gerade eine begonnen, nun durften die anderen

Kinder die Fortsetzung hören, sie nicht. Der Tag hatte so schön begonnen und nahm einen so traurigen Fortgang.

Gegen Abend, als es dämmerte, saß Frau Elsner nach dem ereignisreichen Tage allein in ihrer Stube. Immer wieder wanderten ihre Gedanken zu der Fremden, die in ihrem Gesicht, vorzüglich in ihren Augen, etwas gehabt hatte, das sie wundersam berührte. Sie war aus Beckedorf, aus ihrem eigenen Heimatstädtchen, das jetzt deutlich vor ihr stand, mit dem grauen spitzen Kirchturm und den Häusern mit den roten Ziegeldächern, umgeben von grünen Bäumen. Jetzt sah sie im Geiste ihr väterliches Haus, wohl das stattlichste im Ort, mit dem großen schönen Garten, in dem sie als Kind so glücklich gewesen. Auch die Jugendzeit hatte sie froh genossen, – dann kam das Schwere, – doch daran wollte sie jetzt nicht mehr denken. Die Unbekannte wollte zu ihrem Vater, hätte sie doch nach dem Namen dieses Mannes gefragt! Es war immer, als ob eine innere Stimme ihr sagte: „Er ist es." Sie wehrte solchen Gedanken und bemühte sich, loszukommen von den Erinnerungen, die auf sie einstürmten, – da kamen die Kinder ihr zu Hilfe. Sie klopften eben und begehrten Einlaß, um von der Großmutter die begonnene Geschichte weiter zu hören.

Fräulein Linchens Fahrt war vom Glück begünstigt gewesen. Sie hatte die Fremde mit ihren Kindern an den Bahnhof begleitet und sie auch abfahren sehen nach der Residenz, wo sie mit ihrem ältesten Töchterchen Meta, die eine Freundin zu sich genommen hatte, zusammenzutreffen gedachte.

Dann hatte Fräulein Linchen die zum Weihnachtsstollen so wichtige Hefe besorgt und hatte mit Christian die Rückfahrt angetreten.

„Christian“, begann sie, als sie die Stadt im Rükken hatten, „nun müssen wir alles dransetzen, die Puppenstube wiederzufinden. Denken Sie nur, die arme Frau Elsner hat so viel Geld dafür ausgegeben, und nun ist alles dahin!“

„Fräulein Linchen, eigentlich, wenn Sie mir's nicht übel nehmen, war es von Ihnen eine große Dummheit, das Paket aus dem Schlitten zu werfen, denn das konnten Sie sich gleich denken, daß Sie das vergessen würden, wieder aufzupacken, Sie wissen doch selbst, daß Sie so kurz von Gedanken sind.“

„Nun fangen Sie auch noch an, Christian, denken Sie sich lieber etwas Gescheites aus, wie wir wieder zu dem Paket kommen.“

„Ja, ich soll die Fuhre aus dem Schlamm ziehen, das glaub' ich“, sagte Christian schmunzelnd und kratzte sich hinter den Ohren.

„Na, dumm bin ich mein Lebtag nicht gewesen, ich hab's“, sagte er plötzlich.

„Wir fahren nach der Schmiede und fragen da nach. Der fremde Kutscher wollte Leute daherholen, die ihm helfen sollten, den zerbrochenen Wagen zum Schmied zu bringen – die müssen das

Paket haben liegen sehen und werden es mitgenommen haben. Am Wege lag es nicht mehr, das haben wir beide ja gesehen."

„Nun gut, Christian, wir fahren in die Schmiede. Vielleicht glückt es."

Gesagt, getan. Sie bogen um die Waldecke und hatten in einem Viertelstündchen die Schmiede erreicht. Eine rüstige junge Frau trat aus der Haustür und fragte nach ihrem Begehr. Doch schon war Fräulein Linchen vom Schlitten gesprungen und fragte, ob sich wohl ein Paket hier gefunden habe.

„Freilich", sagte die Frau „die Leute brachten es vorgestern abend mit, als das Unglück an der Waldecke passiert war. Wenn ich gewußt hätte, daß es zu Weihnachten sollte beschert werden, dann hätt' ich's freilich meinen Kindern nicht gegeben, sondern hätt' es oben hinauf in die gute Stube gesetzt. Aber sie haben nichts zerbrochen, kommen Sie nur hinein, sie spielen eben damit."

Die Frau öffnete die Tür und ließ Linchen eintreten. Diese tat einen Freudenschrei, als sie den schmerzlich vermißten Gegenstand erblickte, näherte sich aber ängstlich dem Tisch, an dem die kleinen Mädchen saßen und höchst vergnügt mit den verschiedenen Püppchen spielten. Sie fürchtete, daß schon etwas zerbrochen oder abgestoßen sei, aber es war alles in schönster Ordnung. Die Kinder jedoch erhoben ein Zetergeschrei, als man sich anschickte, ihnen das Spielzeug zu nehmen; nur fortgesetzte Tröstungen der Mutter, sie wolle morgen in die Stadt, um ihnen eine ebensolche Puppenstube zu holen, konnten sie einigermaßen beschwichtigen.

Es wurde alles zusammengepackt, und Fräulein Linchen fuhr glücklich wie ein König davon. Die Großmutter war nicht minder glücklich, als ihr das verloren geglaubte Paket wieder eingehändigt wurde.

„Seht ihr“, sagte sie, „Wohltun trägt Zinsen. Hätten wir die Fremde nicht in die Stadt befördert, wäre mein Paket in der Schmiede geblieben, nun kann ich meinem Röschen doch die Freude machen.“

Sie hatte das Röschen so sehr lieb, und wenn sie sie hatte strafen müssen, doppelt. Das Mägdlein stand, während die andern Kinder der schönen Geschichte lauschten, draußen vor der Tür, ängstlich wartend, ob die Großmutter wohl noch rufen werde. Als die andern Kinder entlassen waren, schlüpfte sie durch die Tür, eilte auf die Großmutter zu und bat sie unter Schluchzen um Verzeihung. Diese ermahnte das Kind, das wilde, hastige Wesen fahren zu lassen.

„Ein kleines Mädchen“, sagte sie, „muß sanft und gesittet einhergehen, nicht wie ein wilder Junge umhertoben und Dummheiten machen.“

Röschen gelobte Besserung, und Großmütterchen benutzte die weiche Stimmung des Kindes, um edle Samenkörner in das kleine Herz zu streuen. Das war oft Großmutters Arbeit oben in ihrem Heim, während die Mutter, mit Arbeiten überhäuft, nicht die Zeit fand, sich eingehender mit den Kindern zu beschäftigen.

Acht Tage nach dem eben Erzählten wurde das Weihnachtsfest im Pfarrhaus zu Dornburg gefeiert. Der Kinder Augen leuchteten in heller Freude, ihnen waren ihre kindlichen Wünsche aufs schönste erfüllt. Aus den Angesichtern der Eltern strahlte eine Freude, die nicht von dieser Welt war. Sie hatten erfahren, und erfuhren es jedes Jahr mehr, daß das Christkindlein selber die schönste und seligste Gabe ist. Wem das Kindlein geboren wird im Herzen, der hat teil an allen Schätzen, die es mitbringt, an den Schätzen, die vom Himmel sind. Daß auch die Kinder immer wieder darauf hingeführt wurden, war selbstverständlich. Es war der Eltern und der Großmutter Wunsch und Gebet, daß auch sie einst die himmlischen Gaben und Schätze für die begehrenswertesten halten möchten.

In der Pension

Acht Weihnachten waren vergangen, und nun war's Ostern. Der Pfarrer von Dornburg weilte längst nicht mehr dort; er war schon seit mehreren Jahren in die Hauptstadt berufen, als Oberpfarrer an der Nikolaikirche.

Das Röschen war ein großes, schlankes Mädchen geworden; das urwüchsige, kräftige Wesen hatte sie behalten. Sie hatte einen feinen Kopf zum Lernen, war in der höheren Töchterschule immer eine der Ersten gewesen und wußte auf alles zu antworten, wenn sie gefragt wurde. Sie war überhaupt nicht um Antworten verlegen, konnte keck und vorlaut sein, so daß die Mutter oft klagte: „Ihr Wesen ist nicht wie es sein muß, sie ist für ihre Jahre zu naseweis, wo lernt sie nur Sittsamkeit und Bescheidenheit?" Die Großmutter gab den Rat, sie ein Jahr in eine Pension zu geben, weit fort. Es sei jedem jungen Mädchen gut, in andere Verhältnisse zu kommen, sie lerne das Elternhaus schätzen und nehme in der Fremde leichter an, was ihr fehle, als daheim.

So wurde hin- und herüberlegt, bis schließlich das Pensionat von Fräulein Hochberg in A., das in einem sehr guten Ruf stand, für Röschen auserwählt wurde. Sie sollte nach ihrer Konfirmation ein Jahr dort zubringen, man hoffte das Beste davon.

Das Pensionat in A. lag fern von der Heimat, es gab viele Tränen zum Abschied. Aber ein Jahr eilt schnell dahin, ehe Röschen es sich versah, war Ostern vor der Tür, und die Aussicht, wieder in die Heimat zu kommen, belebte sie sehr.

Wir müssen nun einkehren in Fräulein Hochbergs Pensionat.

Ein großes, schönes Haus, umgeben von einem hübschen, wohlgepflegten Garten, liegt in einem der Vororte von A. Nach der Rückseite zu ist das Haus von Bergen begrenzt, nach vorn hat man einen freien, weiten Blick über den Strom, über Felder, Gärten und Wiesen. Aus einem der geräumigen Erdgeschoßzimmer dringt lautes, fröhliches Geplauder, und doch sind bereits zehn der Pensionärinnen abgereist, um die Osterferien daheim zu verleben oder, wenn die Erziehung vollendet, das Pensionat für immer zu verlassen. Nur die fünf letzten, die eine längere Fahrt haben, werden erst mit dem Frühzug des nächsten Tages die Heimreise antreten. Werfen wir einen Blick in das Zimmer. In der Mitte stehen mehrere lange Tische mit Tintenfässern, Büchern und Schreibmaterialien bedeckt. An den Wänden hängen große Landkarten, auch einige Schränke stehen dort zum Aufbewahren von Schreibgeräten. Die Fenster sind mit grauen Zuggardinen versehen, große hochlehnige Stühle stehen um die Tische herum oder sind daruntergeschoben.

An einem der Tische sitzen fünf Mädchen, anscheinend mit einer schriftlichen Arbeit beschäftigt. Die Schule war allerdings schon geschlossen, aber da die Aufsichtslehrerin erkrankt war und verschiedene andere hatten Pensionärinnen begleiten müssen, so sah sich Fräulein Hochberg veranlaßt, diesen Fünfen noch eine kleine Arbeit zuzuerteilen, um so die allzugroße Aufregung und Munterkeit zu dämpfen.

Plötzlich springt die eine auf und läuft, den Federhalter in der Hand, ans Fenster. Mit den Worten: „Kinder, ich halt' es nicht mehr aus in der dumpfen Stube", zieht sie den Fensterknopf in die Höhe, ein Ruck – und der Flügel ist geöffnet.

„Herrliche Luft da draußen, Thea, komm bitte, stecke die Nase einmal hinaus, es ist köstlich, sage ich dir."

Sofort war die Gerufene, ein kleines schwarzäugiges Mädchen von untersetzter Gestalt, an ihrer Seite.

„Es ist ja Unsinn, daß wir hier noch arbeiten müssen", riefen sie beide wie aus einem Munde.

„Ich schreibe keinen Federstrich mehr – da!" Mit diesen Worten warf Röschen, denn sie war es, den Federhalter aus dem Fenster.

„Aber Röschen! Nun kannst du ja deine Arbeit nicht mehr machen", sagte ihre Nachbarin, und eine Stimme vom Tisch her rief: „Pfui, Röschen, die letzte Arbeit bei Fräulein Hochberg! Überhaupt deine letzte Arbeit hier in der Pension, du solltest dich schämen."

„Unüberlegt wie immer", lachte eine andere.

Ja, unüberlegt war es, das mochte wohl unser

Röschen selbst einsehen, doch – Federhalter gab es ja noch genug im Schulzimmer, um dieses kleinen Gegenstandes willen wollte sie sich den schönen Frühlingstag nicht verbittern lassen.

„Komm, Thea, laß uns die schöne Frühlingsluft genießen." Mit diesen Worten umschlang sie ihre Gefährtin.

Beide beugten sich weit aus dem Fenster und plauderten von allem Schönen, was sie daheim erleben würden. Thea von Immenhoff kehrte auf das Gut ihrer Eltern zurück und träumte von den Sommervergnügungen, denen sie entgegengehen würde. Röschen erzählte von dem großen Geschwisterkreis, wie sie mit den Schwestern in den nahen Wald gehen wollte und mit Philipp, dem ältesten und einzigen Bruder, umherstreifen. Das Leben lag vor ihnen so rosig und schön, sie ahnten nicht, daß es auch sein Schweres haben konnte.

„Was denkt ihr beide euch eigentlich bei der unvollendeten Arbeit, wollt ihr wirklich Fräulein Hochberg mit einem Bruchstück unter die Augen treten?" sagte dasselbe Mädchen, das erst schon gewarnt hatte.

„Das laß unsere Sorge sein, Frau Polizeimeisterin" war Theas schnelle Antwort, doch ein Blick auf die Uhr mochte ihr zeigen, daß es höchste Zeit sei, zur Pflicht zurückzukehren, denn sie sagte halblaut zu Röschen: „Wir müssen eilen, in einer Viertelstunde kann Fräulein Hochberg hier sein."

Mit einem Satz sprang Röschen vom Fensterbrett

und ging an den Tisch zurück. Ihr wurde keine Arbeit schwer, so war es auch mit dieser schnell vorwärtsgegangen, aber ein Stück, der Schluß, fehlte noch. Sie eilte an die Schulschränke, um sich dort einen beliebigen Stahlfederhalter zu holen. Aber, o weh! sie waren verschlossen, einer nach dem andern.

„Könnt ihr mir nicht aushelfen?“ bat sie kleinlaut die Mitschülerinnen, die alle nicht in der Lage waren. Sie hatten zufällig nur einen Halter, und den brauchten sie selber.

„Warum bist du so unvernünftig“, schalt Olga, die schon zweimal gewarnt hatte, „nun sieh, wo du bleibst.“

Traurig ging Röschen ans Fenster zurück und sah hinaus. Ja, da lag der Halter mitten im Wege. Wenn sie doch winken könnte. Oder wenn doch jemand käme, der ihn hinaufreichen könnte! Es war niemand zu sehen – ein schneller Entschluß – weg war sie!

„Wo ist Röschen geblieben?“ fragte eben Thea, und sah verwundert nach dem Fenster.

Da tauchte der blonde Kopf eben über der Fensterbrüstung auf; der Federhalter flog in die Stube und ihm nach das Mägdlein. Schnell schloß sie das Fenster, eilte an ihren Platz, und als sie eben das Buch aufschlug, um weiterzuschreiben, öffnete sich die Tür. Die Vorsteherin des Pensionats trat ein.

Sie hatte etwas Hoheitsvolles, Achtunggebietendes in ihrem Wesen, ein Blick aus ihren dunklen ausdrucksvollen Augen erzielte sofortige Ruhe, wenn sie in die Klasse trat.

„Es war so laut hier“, sagte sie mit ernster, wohlklingender Stimme. Sie trat näher an den Tisch und sah die schreibenden Mädchen der Reihe nach an. Ihr Blick blieb auf Röschen haften, die in fliegender Eile das Versäumte nachzuholen suchte.

„Mein liebes Kind“, fragte sie dieselbe, „warst du eben im Garten?“

Röschen senkte tief den Blick, ihr Gesicht war wie in Glut getaucht, sie stammelte ein leises „Ja.“

„Was veranlaßte dich, auf diesem ungewöhnlichen und für dich unpassenden Wege dorthin zu gehen?“

„Ich wollte meinen Federhalter wieder holen.“

„Ich begreife nicht, wie der Federhalter, mit dem du hier am Tisch beschäftigt warst, durch die geschlossenen Fenster in den Garten gekommen ist, erkläre es mir.“

Röschen rang die Hände krampfhaft unter dem Tisch, endlich stieß sie hervor: „Ich ging ans Fenster, öffnete es und sog die schöne Frühlingsluft ein und da – da – warf ich die Feder hinaus vor – lauter Übermut.“

„Und tatest weit mehr in deinem Übermut, sprangst selbst zum Fenster hinaus und klettertest wie ein wilder Junge wieder hinein.“

„Den Sprung habe ich aus Angst getan, nicht aus Übermut.“

„Kind, Kind“, sagte Fräulein Hochberg kopfschüttelnd, „solche Streiche machst du am Vorabend deiner Entlassung, das tut mir sehr leid. – Wie weit seid ihr Mädchen mit euren Arbeiten?“

„Gerade fertig“, riefen die vier.

Fräulein Hochberg ließ sich die Hefte geben und sah sie durch.

„Es ist gut, Kinder. Ich kam eigentlich, um euch zu sagen, daß ihr heute abend den Tee bei mir im kleinen Balkonzimmer trinken sollt, Fräulein Korff hat uns kleine Kuchen dazu gebacken.“

Die jungen Mädchen ließen ein freudiges „O“ hören und Röschen, die inzwischen mit ihrer Arbeit fertig geworden war, stand eilends auf, beugte sich zur Vorsteherin hernieder, küßte ihr die Hand und bat, ihr nicht böse sein zu wollen.

„Ich möchte noch mit dir sprechen“, war die Antwort.

„Jetzt kommt Fräulein Winter, sie wird ein Stündchen mit euch spazierengehen. Du, Röschen, bringe mir dein Buch auf mein Zimmer.“

Fräulein Hochberg ging, Röschen folgte mit traurig gesenktem Blick. Nun ging ihr der wunderschöne Spaziergang auch noch verloren!

„Jetzt wird es noch etwas geben!“

„Warum ist sie aber auch so wild.“

„Und so dumm! Fräulein Hochberg kann von ihrem Balkon aus alles sehen, was an unsern Fenstern vorgeht.“ So schwirrte es durcheinander.

Dann liefen die Mädchen, holten ihre Hüte und Jacken, und wanderten mit Fräulein Winter munter zum Gartentor hinaus.

„Nach der Stadt, liebstes Fräulein Winter“, bat Thea, „ich möchte noch so gern einige Kleinigkeiten einkaufen für Eltern und Geschwister.“

„Wir auch, wir auch“ ,stimmten die übrigen bei, „wir können ja mit der Pferdebahn fahren.“

„Da es nun einmal ein Spaziergang sein soll, so werden wir gehen“, bestimmte Fräulein Winter.

„Aber wie schade, daß Röschen nicht dabei ist, wo steckt sie denn?“ fügte sie verwundert hinzu.

„Da kommt sie schon“, rief Josepha von Langen, eine schlanke Blondine, „oh, wie mich das freut!“

Thea aber lief ihr entgegen, und da sie die verweinten Augen von Röschen sah, fragte sie ängstlich, was es gegeben.

„Gar nichts“, sagte Röschen, und dabei perlten ihr wieder die Tränen aus den Augen.

„Fräulein Hochberg war so lieb und gut; sie hat mich so schön ermahnt, daß ich fest entschlossen bin, anders zu werden. Weißt du, Thea, dir will ich es anvertrauen, was ich zu meiner Rettung tun will. Ich will Lehrerin werden.“

Thea brach in ein schallendes Gelächter aus.

„Du, Lehrerin? Nein, Röschen, das kann wohl dein Ernst nicht sein.“

„Doch, doch“, flüsterte Röschen, „beim Studieren kommt der Ernst des Lebens, da vergißt man alle Torheiten und wird, ohne daß man es merkt, ernst und gesittet. Ich möchte so gern Fräulein Hochberg ähnlich werden, das ist mein Ideal.“

„Du sprichst ja weise wie ein Professor, nun komm aber, die andern sind uns weit voraus."

Mit schnellen Schritten hatten sie Fräulein Winter bald eingeholt, und lachend und plaudernd schritten die jungen Mädchen nun vor der Lehrerin her der nahen Stadt zu.

Das Pensionshaus hatte eine günstige Lage, in schöner lachender Gegend, von Bergen und Wald begrenzt. Die Kinder atmeten frische, reine Bergluft ein und konnten dabei die Vorzüge des Stadtlebens genießen. Das Einkaufen in der Stadt machte den jungen Mädchen immer großes Vergnügen, besonders heute, wo sie für die Ihrigen etwas mitzunehmen gedachten. Bald sah man sie in einem reich ausgestatteten Schmuckladen einkehren und dort allerlei Sachen aussuchen, womit sie Eltern und Geschwister zu erfreuen gedachten.

Thea von Immenhoff und Josepha von Langen mußten über reiche Mittel verfügen, denn es kam ihnen nicht darauf an, wieviel die ausgewählten Gegenstände kosteten. Röschen und Olga mußten schon rechnen und überlegen, die fünfte aber, Meta, ein feines blasses Mädchen mit ovalem Gesicht, tiefblauen Augen und lichtblondem Haar, das in Flechten um den Kopf gewunden war, stand in der Ladentür und sah auf die Straße hinaus mit halb traurigem, halb verlegenem Ausdruck.

„Nun, Meta", sagte Fräulein Winter freundlich und trat zu ihr: „Willst du denn gar nichts kaufen?"

Meta errötete, Tränen traten ihr in die Augen, als

sie sich abwandte und sagte: „Ich darf nicht, mein Großvater hält so etwas für unnötig."

„Dein Großvater muß ein ..."

„Thea", sagte Fräulein Winter verweisend und legte ihre Hand auf Theas Mund, „nicht so!"

Thea schwieg, aber die andern Mädchen, die mit ihren Einkäufen fertig waren, flüsterten sich leise etwas zu, was weder Fräulein Winter noch Meta, die mit dieser ging, hörten. Sie besuchten noch mehrere Geschäfte in der Stadt, in allen wurde etwas gekauft, nur Meta blieb entweder draußen und sah sich die Bilder an, oder aber sie stand abseits im Laden und betrachtete gleichgültig die schönen Sachen.

Auf dem Balkon des schönen Landhauses stand Fräulein Hochberg und schaute nach den Mädchen aus. Die Ruhe, die für gewöhnlich auf ihrem Angesicht lag, hatte einer Unruhe, ja einer gewissen Angst Raum gemacht. Sie hatte ein soeben eingetroffenes Telegramm in der Hand. Ruhelos ging sie vom Balkon durch die geöffneten Flügeltüren in das Zimmer zurück, das, mit aller Bequemlichkeit ausgerüstet, einen äußerst geschmackvollen und behaglichen Eindruck machte. In der Mitte war der Teetisch gedeckt; hier gedachte Fräulein Hochberg mit den fünf Mädchen den letzten Abend zu speisen und dann noch einige Stunden mit ihnen zu verleben. Und nun kam dies Telegramm, das Schrecken und Verwirrung brachte. Wenn doch Fräulein Winter mit den Mädchen käme! Sie hatte schon einen Boten nachgeschickt; aber er konnte sie nicht gefunden haben, sonst hätten sie längst hier sein müssen.

Jetzt kamen sie plaudernd durch den Garten. Sie waren in fröhlicher, lebhafter Stimmung.

Thea ging an Fräulein Winters Arm, sie schien etwas Lustiges zu erzählen, denn diese lachte sehr und rief: „Thea, höre auf, du machst es heute zu arg, sieh doch, Fräulein Hochberg wartet schon und winkt."

Die Vorsteherin stand wieder auf dem Balkon und bat Fräulein Winter, als sie näher kam, schnell zu ihr zu kommen. Es mußte etwas in Fräulein Hochbergs Blick und Haltung die letztere erschreckt haben, denn sie wandte sich an die Mädchen und sagte ernst: „Geht schon einmal ins Klassenzimmer, legt eure Sachen ab und wartet, bis ich euch rufe. Ich glaube, Fräulein Hochberg will mich allein sprechen."

Die Mädchen gehorchten und standen schon lange bereit, als Fräulein Winter mit verstörter Miene eintrat und Thea winkte, ihr zu folgen. Befremdet sahen die vier andern Mädchen ihnen nach, sie wunderten sich, warum Thea allein zu Fräulein Hochberg gerufen wurde.

Plötzlich ertönte ein lauter Schrei, dann war wieder alles still. Das Lachen und Schwatzen verstummte nun auch im Klassenzimmer; die Pensionärinnen sahen sich ängstlich an, eine sagte zur andern: „Es muß etwas passiert sein."

Bangigkeit durchzog die jungen Herzen, es

herrschte eine gedrückte Stimmung, wie etwa bei einem heranziehenden schweren Gewitter.

Nun näherten sich Schritte; die Tür wurde geöffnet, Fräulein Winter erschien mit verweinten Augen.

„Kinder, wollt ihr mir schnell helfen, unsere arme Thea muß in einer halben Stunde mit dem Schnellzug abreisen, ihr Vater ist plötzlich gestorben, wir wollen für sie einpacken."

Die betroffenen Mädchen waren natürlich zur Hilfe bereit. Wie plötzlich war nun die Freude in Trauer verkehrt! Alle wußten, mit welcher Liebe Thea an ihrem Vater hing, wie sie noch heute mit besonderer Sorgfalt Geschenke ausgesucht hatte, mit welchen sie ihm eine Freude zu machen gedachte. Nun sollte sie ihn nie wiedersehen. Wie ernst konnte doch das Leben sein! Und wie dankbar mußten sie sein, daß sie selber noch ihre Eltern hatten, außer Meta, die ihren Vater schon früh verloren hatte.

Thea hatte mit dem Packen ihrer Sachen heute schon fröhlich begonnen, nicht ahnend, daß andere Hände es für sie vollenden würden. Fräulein Winter nahm das schwarze Kleid, in welchem Thea im vorigen Jahr konfirmiert worden war, wieder aus dem Koffer und brachte es in Fräulein Hochbergs Zimmer, in welchem Thea, in eine Sofaecke gedrückt, schluchzend und weinend saß. Fräulein Hochberg veranlaßte sie, mit ihr ins Nebenzimmer zu gehen, um sich dort anzukleiden. Sie erhob sich, die Vorsteherin schlang ihren Arm um sie und suchte sie mit linden Worten zu trösten, während Fräulein Korff, die nimmer rastende Wirtschafterin der Anstalt, damit beschäftigt war, ein schwarzes Band um Theas runden Hut zu befestigen. Jetzt ließ sich der bestellte Wagen hören; Fräulein Winter erschien reisefertig; sie sollte auf der Vorsteherin Wunsch Thea begleiten. Diese war nun auch unter vielen Tränen zur Abfahrt bereit. Die Freundinnen standen traurig im Hausflur und streckten der Tiefbetrübten die Hände entgegen. Zu langem Abschied war keine Zeit. Auch konnte Thea nichts sagen, nur weinen. Die jungen Mädchen sahen die schwarze Gestalt in den Wagen eilen und davonfahren.

„Kommt, Kinder", sagte die Vorsteherin, als der Wagen außer Sicht war.

Sie folgten der Dame des Hauses langsam, ohne ein Wort zu sprechen, ins Balkonzimmer. Dort brannte eine helle Lampe auf dem Teetisch, es sah alles so freundlich und behaglich aus, und wenn nicht die traurige Botschaft dazwischen gekommen wäre, so wäre es nun ein vergnügter Abend gewesen. Fräulein Hochberg pflegte an solchen Abenden den Kindern als ältere Freundin zu begegnen und in ungezwungener Weise mit ihnen zu verkehren. Heute herrschte natürlich eine gedrückte Stimmung, es war zu jäh und unvorbereitet gekommen. Wie ganz anders hatte sich auch Thea den Empfang im elterlichen Hause vorgestellt.

Fräulein Hochberg sah sehr blaß und erregt aus, obwohl sie sich äußerlich zusammennahm.

„Meine lieben Kinder“, sagte sie, „das ist ein trauriger Abschluß unseres Zusammenlebens. Ihr habt fröhliche Stunden miteinander verlebt, nun habt ihr mit der Freundin auch den Schmerz empfunden.“ Dann sprach sie mit jeder eingehend über ihre Heimat und Angehörigen, fragte die Mädchen im allgemeinen, wie sie künftig ihre Zeit anzuwenden gedächten, und ermahnte sie alle, die Zeit nicht zu vertändeln, sondern etwas Nützliches zu schaffen, zur Ehre Gottes und zur Wohlfahrt des Nächsten.

„Und wenn ihr unsicher seid, wozu euch wohl Gott berufen, in welcher Art ihr ihm am besten dienen könnt, so seht auf das, was euch zunächst liegt, seht das als euren euch von Gott zugewiesenen Beruf an. Es werden jetzt oft die nächstliegenden Pflichten vergessen über dem Streben nach fernliegenden Dingen, in denen wir Ehre und Ansehen vor den Menschen suchen. Alles zur Ehre Gottes, nichts zum eigenen Ruhm, wollt ihr mir das versprechen? Wie die Blumen sich der Sonne verlangend entgegenstrecken, um von ihr Licht, Wärme, Wachstum und Gedeihen zu erlangen, so sollt ihr als Blumen im Garten Gottes euch der Sonne zuwenden, von der ihr täglich Licht und Leben empfangt, ohne welche ihr innerlich nicht wachsen und gedeihen könnt. Ihr wißt, wer unseres Herzens Sonne ist; wollt ihr eurem Heiland treu bleiben und ihn in eurem Leben bekennen?“

Die Herzen waren heute weich, sie versprachen es alle; sie versprachen, der treuen Lehrerin und Erzieherin zu schreiben, auch wenn es möglich sei, sie einmal zu besuchen. Sie mußten sie alle liebhaben, auch die, welche ihre Strenge erfahren hatten, sie hatte etwas in ihrem Wesen, das jedem Liebe und Vertrauen einflößte.

Am andern Morgen frühzeitig war viel Leben und Bewegung im Pensionat. Koffer und Reisetaschen wurden von den Dienstbeflissenen ins Haus gebracht. Endlich erschienen auch die vier Mädchen reisefertig und verabschiedeten sich von Fräulein Hochberg, ihr nochmals dankend für alles empfangene Gute. Fräulein Korff geleitete die Jugend an den Bahnhof.

Fräulein Hochberg aber stand auf dem Balkon ihres Hauses und winkte den Scheidenden mit dem Taschentuch. Diese erwiderten die letzten Grüße der teuren Lehrerin auf das herzlichste, ehe sie die Gartenpforte durchschritten. Nun waren sie hinaus, ihren Blicken entschwunden. Sie blieb sinnend eine Weile stehen. Wieder vier, die ins Leben hinaustraten. Wie würde eine jede ihren Weg gehen? Würden sie fest bleiben in dem, was ihnen verkündigt war? Würden sie einen guten Kampf kämpfen, wenn die Versuchungen und Prüfungen des Lebens über sie kommen würden? Sie faltete ihre Hände und bat Gott, daß er sie alle segnen wolle und sie behüten auf ihrem Wege. Dann ging sie langsam in ihr nun vereinsamtes Haus zurück, um sich in den nächsten Wochen zu erholen von ihrem nicht leichten Beruf, und dann in frischer Kraft den neuen Kursus mit so und so viel neuen Pensionärinnen und Schülerinnen zu beginnen.

Die Heimreise

Eine Strecke konnten die Mädchen alle zusammen fahren. Sie waren froh darüber, daß sie ein Abteil für sich hatten, so konnten sie plaudern nach Herzenslust. Sie sprachen viel von Thea, die nun so traurige Tage verlebte. Josepha meinte, sie würde sie bald wiedersehen, ihre Güter grenzten aneinander, und die Eltern verkehrten zusammen. Röschen wußte dies. Thea hatte ihr oft erzählt, daß sie mit Josepha von Langen und ihrem Bruder Alexander schon von Kindheit an befreundet gewesen sei, doch schien es immer, als ob die beiden Mädchen nicht gut zueinander paßten, in der Pension waren sie nie intim gewesen. Röschen dagegen hatte sich immer sehr zu der lustigen, etwas leichtlebigen Thea hingezogen gefühlt, sie bedauerte heute, daß sie die Reise nicht zusammen machen konnten; sie verstanden sich sehr gut und hatten immer etwas zu beraten. Mit Olga, der „Polizeimeisterin", wie sie allgemein in der Pension genannt wurde, hatte sie nicht viel gemein, es mochte wohl daher kommen, daß sie stets etwas an ihr zu tadeln fand, daß sie immer verstand, Röschens Fehler in ein grelles Licht zu setzen.

Auch jetzt, da sie ihr gegenübersaß, musterte sie sie mit Kennermiene.

„Röschen, an deiner Jacke ist unten ein Knopf lose, den hättest du dir festnähen können; auf deinem Hut liegt etwas Staub."

„Olga, laß jetzt nur das Tadeln, du bist nicht meine Gouvernante, wir wollen uns die letzten Stunden des Beisammenseins nicht verbittern."

„Das denke ich auch", sagte die sanfte Josepha, die eigentlich der Liebling der ganzen Pension war. Aber weil sich alle um ihre Gunst bewarben, hatte Röschen sich ihr bisher wenig genähert, gefallen hatte sie ihr jedoch immer, und als Vorbild nahm sie sie lieber als die selbstgerechte Olga, die sich gern mit ihrem Wissen und Können über alle erhob. Meta war, wie immer, die Stillste; sie war die am wenigsten Bekannte in der Pension, weil sie sich stets zurückzog und viel allein war. So fiel es auch heute nicht auf, daß sie still und gedrückt in einer Ecke saß und träumerisch zum Fenster hinaussah.

„Ich werde nun bald einen andern Weg einschlagen, ihr Lieben", sagte Olga. „An der nächsten Station muß ich aussteigen, dort habe ich Aufenthalt. Hoffentlich sind meine Verwandten an der Bahn, geschrieben habe ich."

Sie packte ihre Sachen zusammen, und nach kurzer Zeit hielt der Zug an einem Kreuzungspunkt der Bahn. Olga schüttelte allen kräftig die Hand, man wünschte sich gegenseitig glückliche Heimkehr – da riefen schon ein paar Damen: „Olga, liebe Olga, da bist du ja." Die eine, ziemlich umfangreich, mit kurzem Atem, konnte nicht so schnell herbeilaufen, während die jüngere, Olgas Kusine, diese bereits abküßte und ihr die Sachen abnahm. Nun gesellte sich noch ein Herr dazu, wahrscheinlich der Onkel. Man ging ins Restaurant, sich zu erfrischen – da wurden auch schon die Türen zugeschlagen, der Zug ging weiter und unsere drei Mädchen fuhren unaufhaltsam weiter, der Heimat entgegen.

„Nun werde ich wohl die Erste sein, die aussteigt“ , sagte Josepha, „unser Gut liegt nicht weit von der Station Tiefensee, dort werde ich abgeholt.“

„Dann bleiben nur wir beide übrig, Meta“, sagte Röschen freundlich.

„Wie weit fährst du?“

„Bis Beckedorf“ war die Antwort.

„Beckedorf? Das ist ja ein Städtchen in unserer Nähe, sieh, da wohnen wir gar nicht weit voneinander. Man fährt von Beckedorf bis A. nur eine Viertelstunde. Du bist gewiß schon oft in der Residenz gewesen, willst du mich nicht einmal besuchen; wir wohnen der Nikolaikirche gegenüber.“

Meta wurde wieder, wie immer, rot und antwortete befangen: „Ich weiß nicht, ob ich nach A. kommen werde.“

„Nun, dann werde ich einmal nach Beckedorf kommen und dich besuchen, ist es dir recht?“

Meta antwortete nicht, sondern errötete noch tiefer. Die häuslichen Verhältnisse mochten wohl eigentümlicher Art sein. Röschen beachtete Metas Verlegenheit nicht weiter. Sie wußte, Metas Mutter war Witwe und lebte bei ihrem Vater; vielleicht liebte der letztere keinen Besuch, dann wollte sie natürlich nicht lästig fallen.

„Röschen, meine Eltern gehen nächsten Winter nach A., dann können wir beide uns mitunter sehen", sagte Josepha freundlich.

„Oh, liebe Josepha, das wäre wunderschön", rief Röschen erfreut, „dann habe ich doch eine Pensionsfreundin in der Nähe."

Josepha und Röschen unterhielten sich jetzt eifrig, keine bemerkte, wie sich über Metas Wange eine Träne stahl.

Nach mehrstündiger Fahrt war man in Tiefensee. Nun war es an Josepha, auszusteigen. Röschen wollte ihr eben ihre Sachen hinausreichen, da eilte ein Diener herbei, der das junge Fräulein ehrfurchtsvoll grüßte und sich mit ihrem sämtlichen Gepäck belud. Die beiden Zurückgebliebenen sahen dann, nachdem Josepha sich freundlich verabschiedet hatte, wie ein eleganter offener Wagen an der Seite des Bahnhofsgebäudes hielt, wie ein junger Leutnant auf Josepha zueilte und sie brüderlich begrüßte, wie sich Josepha hurtig in den Wagen schwang und mit ihrem Bruder davonfuhr.

„Wie ist sie reizend", fuhr es Röschen heraus, „ich glaube, ich könnte sie sehr liebhaben!"

„Und ich könnte dich lieb haben", hätte Meta sagen mögen, wenn alles gewesen wäre, wie es hätte sein müssen. So schwieg sie, und Röschen schwieg natürlich auch, was ihr schwer wurde, denn sie redete gern, aber sie mochte nun nicht noch einmal anknüpfen. Es hätte so hübsch sein können, wenn sie beide sich nun, als die nächst Wohnenden, recht eng aneinander hätten anschließen können, aber wenn Meta einmal nicht wollte, es gab ja schließlich in A. Freundinnen genug.

So sahen sie beide zum Fenster hinaus, jede in einer Ecke des Wagens, ihren Gedanken nachhängend. Ab und an wurde eine kurze Bemerkung gemacht über gleichgültige Gegenstände, oder man verzehrte eine Semmel, bis endlich der Schaffner Metas längst ersehnte Station abrief. Sie erhob sich, als die Tür geöffnet wurde, und Röschen konnte, als sie ihr die Handtasche hinausreichte, nicht unterlassen, zu sagen: „Ich hoffe, Meta, wir sehen uns doch einmal."

„Ich hoffe es auch", war die von einem leisen Seufzer begleitete Antwort, dann ergriff sie plötzlich Röschens beide Hände und drückte sie so warm und innig, wie nur jemand tun kann, der viel Gefühl hat. Ein inniger Blick aus den schönen tiefblauen Augen traf Röschen, daß diese ganz überrascht war. Dann schlüpfte sie davon.

Neugierig sah die Zurückgebliebene ihr nach, sie hätte gern gewußt, wer wohl zu Metas Abholung gekommen sei. Diese schritt allein ihres Weges, ohne sich umzublicken. Sie schien nicht erwartet zu werden. Röschen schüttelte den Kopf. Ein seltsames Mädchen, so scheu und unnahbar, und doch lag in dem letzten Blick etwas Anziehendes, Fesselndes! Sie beschloß, sie gelegentlich doch aufzusuchen, sie hätte zu gerne einen Blick in die häuslichen Verhältnisse getan.

Röschen war nun allein. Sie ließ das eben verlebte Jahr noch einmal an sich vorübergehen, gedachte aller Pensionsfreundinnen, besonders ihrer lieben Vorsteherin und deren liebevoller Ermahnungen und Lehren. Beim Andenken an die letzteren stieß sie einen tiefen Seufzer aus. Sie mochte so vieles, was sie nicht durfte, hatte aber seit gestern den Entschluß gefaßt, alles zu lassen, was für ein junges Mädchen nicht wohlanständig war. Nun, Großmutter würde schon mit dafür sorgen, daß alles einen guten Gang ging, und wenn sie das ausführte, was sie sich gestern nach der Unterredung mit Fräulein Hochberg vorgenommen hatte, dann mußte sie in Kürze ein ganz gesetztes Frauenzimmer werden. Wie gut, daß sie es Olga nicht gesagt hatte, sie würde sie recht verspottet haben. Nun dachte sie an das liebe Elternhaus, was würden sie alle sagen, wenn sie, die Älteste nach einjähriger Abwesenheit nach Hause kam? Das Herz fing an, mächtig zu schlagen.

Jetzt pfiff es ja schon, nun rollte der Zug langsam in die Bahnhofshalle, jetzt hielt er. Ehe sie sich's versah, wurde die Wagentür aufgerissen von der kräftigen Hand eines etwa fünfzehnjährigen Gymnasiasten, und mit den Worten: „Guten Tag, Röschen, bist du glücklich da, Alte?“, bemächtigte er sich ihres Handgepäcks und schritt dann an der Seite der erwachsenen Schwester der Stadt zu.

Er mußte von daheim erzählen, und tat es nach Art der Brüder nur, indem er die rasch hintereinander von Röschen gestellten Fragen kurz und knapp beantwortete.

„Wie geht's in der Schule, Philipp, du bist doch nicht heruntergekommen?“

„Seit Weihnachten nicht“, war die Antwort.

„Wie schön“, rief Röschen, „da werden sich die Eltern freuen.“

Philipp machte ein etwas verlegenes Gesicht, als ob die Freude der Eltern zweifelhaft sei.

„Warum sind denn Emmi, Nanni und Miezi nicht zum Abholen gekommen?“

„Weil sie noch mit Empfangsfeierlichkeiten zu tun hatten, du weißt, sie tun immer alle drei dasselbe.“

Nach einem viertelstündigen Gang waren sie bei der Nikolaikirche angelangt, in deren Schatten das traute Pfarrhaus lag.

Heimkehr

Röschen beschleunigte ihre Schritte, eiligen Fußes sprang sie die zur Haustür führenden Stufen hinauf, die Tür wurde geöffnet und sie lag in den Armen ihres guten Vaters, des würdigen Oberpfarrers, der diesmal der Erste war, der das Töchterchen erspäht hatte und schnell mit seiner Pfeife aus dem Studierzimmer gekommen war. Doch da kam auch schon das Mütterlein, gefolgt von einem halben Dutzend großer und kleiner Mädchen, Emmi, Nanni und Miezi, dreizehn-, zwölf- und elfjährig und drei kleine Nachkömmlinge, Eva fünf, Lieschen vier und Trudchen zweijährig. Während die Mutter ihr ältestes Kind umschlungen hielt, krabbelte es um sie herum, eins zupfte sie am Ärmel, eins am Rock, eins wollte ihr die Jacke ausziehen, das andere den Hut abnehmen – Röschen küßte sie alle der Reihe nach und sagte dann: „Nun laßt mich aber weitergehen, daß ich zur Großmutter komme."

Die Großmutter kam schon zu ihr. Da stand sie in der Tür mit ihrem lieben, freundlichen Gesicht und dem bekannten weißen Häubchen. Sie breitete ihre Arme aus und drückte ihren Liebling, der so lange fern gewesen war, innig ans Herz. Wie hatte sich das Röschen herausgemacht, wie stattlich und groß war sie geworden! Ganz der Mutter Ebenbild, nur daß Röschens Wangen die blühende Farbe der Gesundheit trugen, während der Mutter Gesicht blaß und schmal geworden war. Aber die klugen grauen Augen, das starke, etwas rötlichblonde Haar, das Stumpfnäschen, alles hatte sie mit der Mutter gemein.

Groß und Klein war nun im großen Wohnzimmer vereinigt. Als das Geschwirre der kleinen Schwestern überhand nahm, und die jüngsten neugierig Röschens Tasche untersuchten, ob sie wohl etwas mitgebracht habe, klopfte der Vater auf den Tisch und gebot Ruhe.

„Oh, da kommt Fräulein Linchen“, rief er erfreut, „nehmen Sie einmal die ganze Gesellschaft mit hinaus bis zum Abendbrot.“

Fräulein Linchen war wirklich noch immer Stütze des Hauses. Sie hatte sich von Jahr zu Jahr vervollkommnet und war immer mehr verwachsen mit der Familie, deren Sorgen und Freuden sie schon seit mehr denn zehn Jahren mitgetragen hatte. Einmal wäre sie beinahe untreu geworden; ein junger Maler hatte sie zu ehelichen begehrt. Sie schwankte lange hin und her, endlich meinte sie: die Nase wäre ihr etwas zu groß und der Geruch der Farbentöpfe sei ihr unerträglich, zudem sei sie noch jung, es könne ihr ja auch noch eine bessere Gelegenheit geboten werden. Sie habe es gut im Pfarrhause und wolle bleiben. Frau Pfarrer, die ihrem Glück nicht im Wege hatte sein wollen, war innerlich froh, daß Linchen blieb – und die Sache war abgetan.

Fräulein Linchen war in einem Verwundern und Staunen, wie Röschen sich herausgemacht habe, und meinte, nun würde sie recht im Hause helfen können, Arbeit gebe es für sie alle. Dann aber, des Pfarrers Wink gewärtig, sammelte sie ihre Küchlein und ging mit ihnen ins Nebenzimmer. Die drei älteren Mädchen sahen es als selbstverständlich an, daß sie Fräulein Linchen nicht folgten, sie glaubten alles Recht zu haben, jetzt bei ihrer großen Schwester zu bleiben. Emmi holte ihren Strickstrumpf, während Nanni und Miezi Garn wickelten.

„Wie tugendhaft", rief Röschen, „das habe ich in eurem Alter noch nicht getan."

„Wir werden immer fleißiger", antwortete Großmutter „je mehr Füßchen es gibt, desto mehr Strümpfe werden gebraucht."

Als der Vater sich eine Weile an der großen Tochter erfreut hatte, klopfte er ihr auf die Schulter und sagte freundlich: „Gut, mein Töchterchen, daß wir dich wiederhaben." Dann ging er hinüber in sein Zimmer und vertiefte sich in die Wissenschaften, froh, wenn ihn nichts von außen störte.

Er hätte sich etwas mehr um die Kinder, besonders um den Gymnasiasten kümmern sollen. Aber das besorgten ja Mutter und Großmutter alles viel besser als er, meinte er. Er schrieb lieber Aufsätze und Kritiken in theologischen Blättern, als daß er mit dem Jungen Cäsar übersetzte und sich über seine vielen Fehler ärgerte. Das konnte Herr Bruger, sein Vikar, tun, dem er, außer seinen anderen Pflichten, auch die übertragen hatte, sich täglich um seines Sohnes Arbeiten zu kümmern. Das übte den jungen Mann, und ihm ersparte es manchen Ärger.

Die Mutter sorgte in umfassender Weise für das Ganze, aufs beste unterstützt von der klugen, praktischen Großmutter. Ja, man hätte fast sagen können, der schwerere Teil fiel der Großmutter zu; sie hatte eine größere Umsicht, einen weiteren Blick, eine festere Gesundheit. Es wurde von Frau Oberpfarrer allerdings viel verlangt, der große Kinderkreis, das Hauswesen mit Hof und Garten und dann der Beruf als Pfarrfrau einer großen Gemeinde erforderte körperliche und geistige Kräfte. Sie tat, was sie konnte, war unablässig tätig von früh bis spät, aber ohne die Großmutter hätte sie es doch nicht fertiggebracht, daß die Kinder aufs Wort gehorchten, und daß die Armen und Kranken in der Gemeinde nicht vergessen wurden.

Emmi, Nanni und Miezi schienen zu denken, daß sie im Stricken und Garnwickeln auch des Guten zu viel tun könnten. Sie sahen sich verständnisvoll an, eins, zwei, drei, war die Arbeit aufgerollt, die Stühle beiseite gesetzt und hui! wie der Wind waren alle drei zur Tür hinaus.

„Wir können sie ja noch alle Tage sehen", hatte Emmi den andern zugeflüstert.

„Und Philipp hat schon zweimal ans Fenster geklopft!" Das war bestimmend gewesen.

Nun waren Mutter und Großmutter allein mit der heimgekehrten Tochter und hielten ein trauliches Dämmerstündchen mit ihr.

„Weißt du", sagte die Mutter, „daß ich dir oben ein

kleines Zimmer eingerichtet habe? Ich denke, es wird dir lieb sein, wenn du dich mitunter aus dem Gewirre hier unten in dein kleines Reich flüchten kannst; es ist für erwachsene Töchter so hübsch, ein eigenes Zimmer zu haben."

Röschen dankte der Mutter stürmisch für den neuen Beweis der Liebe, und als diese später mit ihr nach oben ging und nach links die zweite Tür öffnete, ertönte von ihren Lippen der freudige Ausruf: „Das blaue Zimmer soll meins sein, das hübscheste im ganzen Hause! Du gute Mutter!"

Ja, es war ein hübsches kleines Zimmer, hell und freundlich. Die lichtblauen Tapeten, die weißen Vorhänge, das Sofa mit dem hellen Überzug, der alte Schreibtisch von den Großeltern, am Fenster ein Vogelbauer mit einem laut zwitschernden Vöglein, alle Bilder bekränzt, die Tür mit einer Girlande versehen, das alles entzückte Röschen. Die Fenster waren im Sommer weinumrankt, sie gewährten Aussicht auf einen schöngepflegten Blumengarten, darüber hinaus sah man auf Felder und Wiesen und auf den hellschimmernden Strom.

Röschen dankte immer wieder der Mutter mit bewegten Worten und rief aus: „Wie gut hab' ich's, daß liebe Eltern treu für mich sorgen."

Die Mutter streichelte ihr Töchterchen und sah sie liebevoll an. Dann gingen sie hinunter, wo das fleißige Fräulein Linchen schon den Tisch gedeckt hatte. Philipp neckte sich mit den Schwestern, als der Vater erschien, ward alles still. Gleichzeitig mit ihm betrat ein noch nicht sichtbar gewesener Hausgenosse das Zimmer. Es war der schon vorhin erwähnte Gehilfe des Herrn Oberpfarrers, der Vikar Bruger, der schon längere Zeit im Hause weilte und vollständig als Familienglied angesehen wurde. Er war ins Haus gekommen, als Röschen fünfzehn Jahre zählte. Er hatte den frischen Backfisch gern und war dem Vorhaben, sie ins Pensionat zu schicken, sehr abhold gewesen. Seiner Meinung nach war es Unsinn, die Mädchen mit Gelehrsamkeit zu füttern, aber er wurde nicht um Rat gefragt und mußte schweigen.

Die Begrüßung zwischen ihm und Röschen war also keine formelle, sondern vielmehr eine unbefangene, harmlose, er hatte sich auf Röschens Wiederkommen gefreut, obwohl er ihr nicht sehr sympathisch war.

Die Großmutter, so war es von jeher eingeführt, saß obenan. Zur Rechten hatte sie den Herrn Schwiegersohn, zur Linken Herrn Bruger. Die Kinder waren je nach dem Alter verteilt; die Mutter saß unten zwischen den Kleinen, Röschen ihr zur Seite, zwischen Nanni und Miezi war Fräulein Linchens Platz.

Herr Bruger schien ein besonderer Freund der Großmutter zu sein, sie wandte sich oft an ihn. Es war möglich, daß seine Art zu reden ihr mehr zusagte, als das oft zerstreute Wesen ihres Schwiegersohnes. Letzterer konnte, wenn er nicht in ein gelehrtes Gespräch mit Herrn Bruger verwickelt war, sein Abendbrot einnehmen, ohne ein Wort zu sprechen, er vergaß seine Umgebung vollständig.

Auch heute schien er noch mit seinen Gedanken in der Studierstube zu sein, als Großmutter ihn plötzlich aufrüttelte mit den Worten: „Nun, lieber Schwiegersohn, freust du dich nicht über die erwachsene Tochter?"

„Ja so", meinte der würdige Herr und sah sich suchend um, „das hatte ich ganz vergessen."

Alle lachten, sie kannten den Vater. Herr Bruger benutzte den Augenblick allgemeiner Heiterkeit, einen forschenden Blick auf das aus der Pension entlassene Fräulein zu werfen. Sie half der Mutter Butterbrote zu streichen für die Kleinen und steckte sie ihnen in die ausgestreckten Händchen.

Herr Bruger fühlte sich veranlaßt, irgend etwas zu sagen, er räusperte sich schon ein paarmal, nun kam es heraus: „Fräulein Röschen, es ist sehr gut, daß Sie nun daheim sind, Sie können der Mutter eine treue Stütze im Haushalt sein."

Fräulein Linchen warf Herrn Bruger einen erzürnten Blick zu, bis jetzt war sie noch Stütze des Hauses, ganz beiseiteschieben ließ sie sich doch noch nicht.

Röschen, die diesen Blick aufgefangen hatte, erwiderte frank und frei: „Eine bessere Stütze als Fräulein Linchen kann Mutter an mir nicht finden, ich habe übrigens die Absicht, Lehrerin zu werden."

Es war, als ob eine Bombe geplatzt wäre, so unerwartet kam allen dieses Wort. Sogar der Vater schien es gehört zu haben, denn er ließ seine Semmel aufs Tischtuch fallen und sagte: „Was, der Tausend, das ist ja etwas ganz Neues!"

Philipp und die Schwestern kicherten, die Mutter in ihrer sanften Weise meinte, das solle sie sich erst einmal nach allen Seiten hin überlegen. Die Großmutter aber klagte: „Früher war das anders. Wenn eine Tochter erwachsen war, mußte sie in die Küche, ins Waschhaus, in den Garten. Jetzt muß jedes Mädchen sich seinen eigenen Beruf wählen, und für die Familie ist sie verloren. Kind, Kind, wer hat dich auf diese unglückliche Idee gebracht?"

„Ich bin selbst darauf verfallen."

Fräulein Linchen schaute auf einmal wieder freier und heiterer um sich, ihre ihr seit Jahren liebgewordene Stellung schien ihr aufs neue geschenkt. Während Linchen beglückt aussah, konnte man an Herrn Bruger das Gegenteil wahrnehmen. Er machte eine süßsaure Miene zu Röschens Antwort und sagte erzwungen: „Wie wird es dann mit dem Herumschweifen im Freien, mit den Waldspaziergängen und mit all dem Schönen, woran Sie früher Gefallen fanden?"

„Es wird alles aufgesteckt; ich vergrabe mich hinter einem Wall von Büchern und lerne und studiere, bis ich das Examen glänzend bestanden habe."

„Und dann, und dann?" fuhr Herr Bruger erregt fort.

„Dann gründe ich eine Schule", erwiderte Röschen übermütig, „dann lehre ich meine Schülerinnen alles Gute, was ich eingeheimst habe.“

„Und wenn im Sommer die Fenster des Schulzimmers geöffnet sind und die Blumen duften, die Bienlein summen, dann sagt Fräulein Röschen zu ihrer Klasse: ‚Es ist herrliches Wetter, wir wollen ein wenig ins Freie gehen‘, und Lehrerin sowie Schülerinnen wählen dazu den kürzesten Weg, der durch die Fenster in den Garten führt.“

„Wie kommen Sie darauf?“ fragte Röschen betroffen, während eine rote Glut Gesicht, Nacken und Hals bedeckte.

„Sie pflegten es früher oft so zu machen“, sagte Herr Bruger mit etwas spöttischem Ton, worauf die Großmutter ihn vorwurfsvoll ansah, ihre Hand auf seinen Arm legte und schmollend sagte: „Deshalb ist ja Röschen in die vorzügliche Pension gekommen, damit sie sich solche Unschicklichkeiten abgewöhnen sollte, von solchen Dingen weiß sie jetzt nichts mehr.“

Herr Bruger bereute, das letzte gesagt zu haben, er war zu ärgerlich, darum war es ihm herausgefahren; er hatte nicht bedacht, daß er nicht mehr den Backfisch von früher, sondern eine erwachsene junge Dame vor sich hatte. Röschen senkte den Blick und war froh, daß sie niemand weiter beachtete. Innerlich aber war sie so böse auf Herrn Bruger, ihre Sympathie hatte er ganz verscherzt. Der Vikar war ein abgesagter Feind aller Frauengelehrsamkeit. Das fröhliche Naturkind Röschen hatte ihm prächtig gefallen, so wie es war. Nun sollte sie auch vollgepropft werden mit allem gelehrten Krimskrams; ihre einfache Denkweise, ihr originelles Wesen sollte eingezwängt werden in den Schraubstock der Gelehrsamkeit: er mußte unwillkürlich seufzen, als er sich dies alles so überdachte.

Die Großmutter sah ihn an und sagte beschwichtigend: „Nun, Herr Vikar, fassen Sie die Sache nicht zu tragisch auf, wir sind noch lange nicht so weit."

Es erfolgte zwischen Frau Elsner und Herrn Bruger nun ein Gespräch über Frauenberuf und Frauenemanzipation. Die beiden wurden sehr eifrig im Verurteilen der Frauen, die es den Männern gleichtun, sich auf dieselbe Stufe der Bildung und Gelehrsamkeit mit ihnen stellen wollten. Herr Bruger erging sich darin, das Weib der Zukunft schonungslos zu schildern, während der Oberpfarrer ruhig seinen Tee trank und das ihm von seiner Frau bereitete Schinkenbrötchen mit sichtlichem Behagen dazu verzehrte.

„Nun, lieber Schwiegersohn", redete Großmutter Seine Hochehrwürden an, „was sagst du zu dem allem?"

„Ich finde den Schinken ausgezeichnet", war die Antwort, worauf allgemeine Heiterkeit erfolgte, was dem Papa zeigte, daß er wieder einmal abwesend mit seinen Gedanken war. „Ja, allerdings war ich drüben bei meinen Schreibereien; ich habe eine Kritik, die mir viel Kopfzerbrechen macht, ihr müßt mich heute entschuldigen. Es ist ja schön, liebe Mutter, daß du dich so lebhaft mit Herrn Bruger unterhältst." Als er nun vernahm, wovon die Rede gewesen, sagte er gutmütig lächelnd: „Wollen uns nicht zu sehr ereifern über die Frau der Zukunft. Es geht alles eine Zeitlang so fort, die Bewegung wird noch mächtiger werden, die Frauen werden sich immer mehr den Männern gleichberechtigt fühlen, je mehr sie zum Studium zugelassen und ihnen alle Wege geöffnet werden. Aber es wird, das ist meine feste Überzeugung, eine Rückbewegung eintreten, die Frauen werden wieder zurückkehren in ihre Sphäre, es wird allmählich wieder Mann und Frau sein, die Mannfrau aber verschwinden."

Herr Bruger wollte das nicht gelten lassen, er sah sehr schwarz in dieser Sache. Endlich, nachdem das Thema noch eine Zeitlang behandelt war, rief der Oberpfarrer: „Nun, ich bin froh, daß ich ein Weib habe, das den Namen verdient in des Wortes schönster Bedeutung." Dabei warf er seiner Frau einen zärtlichen Blick zu, und indem er auch Röschen, die sich eifrig mit Philipp unterhielt und gar nicht auf das Gespräch da oben geachtet hatte, freundlich zunickte, fügte er hinzu: „Ich hoffe auch, daß meine liebe älteste Tochter, wenn sie wirklich darauf besteht, Lehrerin zu werden, sich allezeit echte Weiblichkeit bewahren wird."

Röschen errötete, Herr Bruger murmelte etwas in seinen Bart, was Röschen leider nicht verstand. Nach Tisch erfolgte ein buntes Durcheinander, als jeder dem andern „Gesegnete Mahlzeit" wünschte. Herr Bruger gab Röschen nicht, wie er sonst zu tun pflegte, die Hand, sondern machte ihr eine Verbeugung. Er sah verstimmt aus und verließ das Zimmer. Beim Hinausgehen suchte er an Philipp heranzukommen, kniff ihn empfindlich ins Ohr und sagte nur das eine Wort: „Schlingel!"

„Was hast du denn wieder verbrochen?" fragte Röschen leise.

„Ich wollte mein Tintenfaß reinigen, spülte es am Fenster um, glaubte nicht, daß unten jemand vorüberging. Da hat er etwas aufs Haupt bekommen."

„Pfui Philipp!"

„Er quält mich immer so entsetzlich mit dem Latein."

„Du bist also seit Weihnachten nicht wieder heruntergekommen, Philipp?"

„Gewiß nicht", beteuerte dieser.

Nanni, die das letzte gehört hatte, kam heran und sagte: „Er kann ja gar nicht herunterkommen, er ist schon der unterste in der Klasse!"

„Aber, Philipp", rief Röschen entsetzt, „das ist ja schrecklich."

Philipp, der es für geraten hielt, dies Thema nicht weiterzuspinnen, zuckte mit den Achseln und verschwand.

Das war ein wunder Fleck in dem sonst schönen Familienleben. Die Mutter, die kaum allen ihren Pflichten genügen konnte, sah es als selbstverständlich an, daß der Sohn beim Lernen unter Vaters

Aufsicht stehen müsse. Philipp saß wohl auch in seinem Zimmer, wurde aber nicht genügend beaufsichtigt, die Amtsgeschäfte und Privatstudien nahmen den Vater so ein, daß er für seinen Sohn keine Zeit hatte. Der Vater konnte böse, ja heftig werden, wenn Philipp am Schluß des Semesters mit schlechten Zensuren und Anmerkungen nach Hause kam. Aber dem abhelfen, sich eingehend und väterlich um die Arbeiten des Sohnes kümmern, lag nicht in seiner Art. Herr Bruger, sonst ein vortrefflicher Mensch, hatte auch nicht die rechte Weise. Er wollte es durch Strenge erzielen, handhabte zu viel mit Ohrenkneifen und bösen Worten, so daß Philipp immer mehr Abscheu gegen das Lernen bekam.

Über dies alles dachte Röschen nach, als sie am Abend zuerst in ihrem reizenden Stübchen allein war. Wie viel hatte sie in den paar Stunden im Elternhause erlebt. Auf einmal stand Fräulein Hochberg vor ihrer Seele und alles, was sie beim Abgang gesagt. „Sucht euren Beruf in dem, was euch am nächsten liegt."

Würde Röschen wohl einen Beruf im Elternhause finden? Bei den jüngeren Kindern? Wohl vorderhand nicht. Eltern und Großmutter waren ja da, und Fräulein Linchen, dazu ein kräftiges Dienstmächen. Sie mußte sich gänzlich den Büchern widmen, sollte anders eine gute Lehrerin aus ihr werden.

Aber welch schöner Gedanke, wieder daheim zu sein und im Daheim ein so schönes Nestchen gefunden zu haben, wie ihr blaues Stübchen es war. Hier konnte sie lernen und Briefe schreiben an ihre Freundinnen; hier konnte sie singen und dichten und was es alles gab in ihrem Sinn. Mit dankbaren Gefühlen gegen Gott und die Eltern legte sie sich den ersten Abend nach ihrer Heimkehr schlafen und spann goldene Zukunfsträume.

Metas Heim

Wo war Meta geblieben, als der Schaffner „Beckedorf“ rief?

Still und einsam war sie den bekannten Weg vom Bahnhof ins Städtchen gewandert, Bekannte traf sie keine, sie waren ja, solange sie in dem Ort wohnten, fast mit niemand in Berührung gekommen. Früher, als der Vater lebte, hatten sie in einer größeren Garnisonsstadt gewohnt. Dann mußte etwas sehr Trauriges passiert sein, der Vater, der Offizier gewesen, hatte seinen Abschied bekommen und war seitdem düster und einsilbig gewesen. Bald darauf wurde er von einem Gehirnschlag getroffen und starb nach wenigen Stunden. Die Mutter war in trostloser Lage. Eines Tages, Meta erinnerte sich dessen noch heute, war der Großvater eingetreten, den die Kinder sonst nie gesehen hatten. Er hatte sich lange mit der Mutter eingeschlossen, gegen Abend war er wieder verschwunden, ohne den Kindern Lebewohl gesagt zu haben. Die Mutter schien nicht gerade getröstet durch seinen Besuch, im Gegenteil, sie seufzte oft und hatte verweinte Augen. Eines Tages eröffnete sie den Kindern, daß sie ihren Heimatort verlassen und in eine kleine Stadt ziehen würden. Sie würde dem Großvater, da die Großmutter nicht mehr lebte, den Haushalt führen, und er würde für sie sorgen. Die Kinder hatten sich Großvaters Haus, nach der Mutter Beschreibung, groß und weit ausgemalt. Wie aber waren sie enttäuscht, als sie in das zukünftige Heim kamen!

Wir begleiten Meta jetzt dahin. Sie eilte durch das Städtchen, ohne sich viel umzusehen; sie war, wie gesagt, wenig bekannt, da sie fast gar nicht mit der Außenwelt in Berührung kam. Einige schauten ihr neugierig nach, wie es in kleinen Städten üblich ist, nicht weit von ihrem Hause bemerkte eine Frau zu einer andern: „Ist das nicht Frau Hauptmanns Älteste? Ein hübsches Mädchen! Wie wird die sich mit dem Alten zurechtfinden?“

„Nun, er wird sie wohl ebenso quälen, wie er die Mutter quält, der alte Geizhals.“

Meta stand jetzt vor einem großen grauen Hause, das wohl das vornehmste der Stadt war. Es hatte im Erdgeschoß hohe Bogenfenster, aber da alle Läden und Jalousien geschlossen waren, machte es einen düstern, toten Eindruck. Es hatte an der einen Seite einen kleinen Anbau, der ein Flügel des Haupthauses sein konnte, oder ein Pförtnerhäuschen. Um dies kleine Haus ging Meta herum, bis sie auf einen geräumigen Hof kam, von dem aus eine Tür in das Häuschen führte. Am Brunnen waren zwei Kinder beschäftigt, ein blasses Mädchen von etwa zehn Jahren und ein etwas älterer Knabe. Sie faßten eben einen Eimer Wasser, um ihn gemeinsam ins Haus zu tragen. Sobald Meta ihre Namen rief, wandten sie sich um, und als sie die ältere Schwester erblickten, setzten sie den Eimer hin und eilten, dunkelrot vor Freude, auf dieselbe zu. Doch war es auffallend, daß sie nicht, nach Kinderart, aufjauchzten, sondern mit leiser, gedämpfter Stimme sprachen, als ob jemand in der Nähe schlafe.

„Wo ist die Mutter?“ fragte Meta ebenso leise.

„Der Großvater ist bei ihr.“

„Dann wollen wir warten, bis er fort ist“, meinte sie.

„Ja, er ist heute sehr böse, weil die Mutter ihm gesagt hat, daß du nach Hause kommst.“

Meta wurde es so heiß, sie schluckte einige aufsteigende Tränen hinunter und sagte zu den Geschwistern: „Kommt, wir wollen einmal hinunter an den Bach gehen.“

Sie faßte die Kinder bei der Hand und ging an der hohen Mauer, die den Garten des großen Nachbarhauses vom Hof abschloß, entlang, den Hof hinunter, durch einen kleinen Gemüsegarten, den die fleißigen Hände der Mutter schon in Ordnung gebracht hatten. Die Kinder zeigten auf die sauber geharkten Beete und erzählten der Schwester, wie sie hier Bohnen gelegt, dort Erbsen, wie auf der andern Seite Möhren gesät seien und andere nützliche Küchengewächse.

„Aber Veilchen gibt es viele“, riefen die Kinder fröhlich, „sieh nur hier am Abhang ist alles blau, auch Anemonen gibt es, rote und weiße.“

Die Kinder pflückten eifrig, und Meta atmete auf. Dort rauschte zu ihren Füßen das muntere Bächlein unaufhaltsam über Steine dahin; Erlen und Birken standen am Rande, an letzteren hingen schon Kätzchen, und kleine grüne Blättchen entfalteten sich überall. Von hier aus konnte man auch in den großen Nachbargarten hinübersehen; dort gab es schöne alte Bäume und Rasenplätze, aber recht verwildert sah alles aus, wie schade, daß Haus und Garten unbewohnt waren. Die Vöglein zwitscherten und sangen um die Wette, als wollten sie dem jungen Mädchen einen Willkommensgruß bringen. Ihr traten wieder die Tränen in die Augen, welch ein trauriger Einzug war es doch nach einjähriger Abwesenheit.

Nun erklang der Mutter Stimme. Sie rief die Kinder, die schnell in den Hof eilten, um das Wasser, auf das die Mutter wartete, ins Haus zu bringen. Meta folgte langsam, Mutter und Kinder waren längst verschwunden, als sie durch die Tür ins Haus trat. Aber da stand die Mutter. Welche Fülle von Liebe malte sich in ihren Zügen, als sie die Arme weit ausbreitete und die Tochter umfing. Diese legte, leise weinend, ihr Haupt an der Mutter Brust.

Frau Hauptmann von Wrede führte ihr Kind in ein kleines freundliches Zimmer, dessen Fenster zwar nach dem Hof gingen, das aber sonst an Gemütlichkeit und Geschmack nichts zu wünschen übrig ließ. Nur sehr eng und klein waren die Räume, welche Frau von Wrede bewohnte, auch sehr niedrig, aber sie hatte sich dran gewöhnt, während es Meta, die aus dem Pensionshaus kam, ärmlich, ja dürftig erschien. Aber sie war bei der Mutter und blieb bei ihr, mochte es noch so eng im Stübchen sein, wenn sie nur ihr Mütterchen wieder hatte, mit ihr alles teilen konnte, ihr das Schwere tragen helfen, ihr beistehen, die kleinen Geschwister zu erziehen. Das war gewiß ihr Beruf, den der Herr ihr gegeben, es war das nächstliegende, darauf sollten sie achten, hatte Fräulein Hochberg gesagt. Es war freilich oft eng und beklommen im Häuschen, in der Nähe des strengen und wunderlichen Großvaters. Aber, wenn sie an das Gärtchen dachte mit dem Abhang und dem rauschenden Bächlein da unten mit den schönen Blumen und an die großen Bäume, die aus dem Nachbargarten herübergrüßten, da freute sie sich auf den Sommer und auf die Nachmittagsstunden, die sie nach getaner Arbeit mit der Mutter hier zubringen würde, sicher vor dem Großvater, der nie das Gärtchen betrat. Sie sagte immer und immer wieder der Mutter, wie sie sich freue, daheim zu sein, wunderte sich nur, welch betrübtes Gesicht dieselbe dazu machte und wie sie nicht viel darauf erwiderte.

Das Häuschen hatte nach vorn und nach hinten drei durcheinandergehende Stuben aufzuweisen, die vorderen bewohnte der Großvater, die nach hinten gelegenen hatte er seiner Tochter und ihren Kindern als Wohnung angewiesen. Der Eingang in das Haus geschah vom Hofe, rechts von der Haustür war die kleine Küche, daneben ein Vorratskämmerchen. Im Giebel lag noch ein kleines Stübchen, das Frau Hauptmann für Meta eingerichtet hatte, in dem Glauben, sie dürfe ihre Tochter zu Hause behalten. Sie hatte diese hinaufgeführt, damit sie sich vom Staub und Schmutz der Reise befreie und ihren Anzug ordne. Meta stand, als sie damit fertig war, sinnend an dem kleinen Fenster; sie konnte von hier aus auf die Straße sehen, hörte die Nachbarskinder jauchzen und sah sie vergnügt umherspringen; auch junge Mädchen gingen, eifrig plaudernd, vorüber. Mägde kamen an den Brunnen und holten Wasser; alles atmete Leben und Frohsinn, nur in diesem Hause konnte keine Freude aufkommen. Die Mutter war natürlich glücklich gewesen, als sie gekommen war, aber der Freude lauten Ausdruck zu geben wagte sie nicht.

Jetzt hörte Meta leichte Schritte auf der Treppe. Martin und Mariechen, die jüngeren Geschwister, kamen sie zu holen. Wie leise traten die Füßchen auf, wie gedämpft waren wieder die Stimmen, als sie sagten: „Meta, du möchtest schnell zum Abendbrot kommen, damit der Großvater nicht zu warten braucht."

Meta ging mit den Kindern hinunter. In dem kleinen Zimmer war ein einfacher Tisch gedeckt. Eine dampfende Suppe stand darauf. Die Mutter verhielt sich wartend hinter ihrem Stuhl, auch die Kinder stellten sich an ihre Plätze, während Meta beklommen in der Nähe der Tür blieb, um den Großvater erst zu begrüßen. Jetzt ließen sich schlürfende Schritte vernehmen; die Tür, die von diesem Zimmer in das vordere führte, öffnete sich, und eine lange, hagere Gestalt erschien. Der Kopf war spärlich mit grauen Haaren bedeckt, die stahlblauen Augen blickten scharf und streng. Der Mund mit den dünnen Lippen war fest zusammengekniffen. Ein grauer Schlafrock umgab die Gestalt; die Hände, die aus den ziemlich kurzen Ärmeln hervorsahen, waren lang und knöchern.

Meta ging dem Großvater entgegen, ergriff die dargebotene Rechte und küßte dieselbe nach althergebrachter Sitte.

„Guten Abend, Kind, bist du wieder da?“ sagte der alte Mann mit nicht zu freundlicher Stimme, und nahm seinen Platz ein. Ein kurzes Tischgebet wurde gesprochen; die Mutter füllte die Suppe auf. Der Großvater kostete davon und sagte in vorwurfsvollem Ton: „Mir scheint, du hast wieder zu viel Milch zur Suppe getan, Wilhelmine. Wann wirst du lernen, sparsam zu werden, du mußt bedenken, daß wir noch einen Esser mehr am Tisch haben.“

„Deshalb ist es heute etwas mehr Suppe“, war die sanfte Antwort der Tochter.

„Sie soll aber nicht mit Milch, sondern mit Wasser verlängert werden, ich will nicht, daß mehr Milch gekauft wird.“

Die Tochter schwieg.

„Wo läßt du jetzt das Brot holen?“

„Wie immer, bei unserm Nachbar.“

„Ich sagte dir schon gestern, daß bei Lahns das Brot größer ist als hier.“

„Aber“, warf Frau von Wrede ein, „der Nachbar

ist mir oft gefällig; wenn ich das Brot nicht mehr dort hole, darf ich ihn nicht mehr um diese oder jene Hilfeleistung bitten!"

„Immer Ausreden! Es ist wahrlich keine Kleinigkeit, eine Witwe mit ihren Kindern zu erhalten, ich armer Mann bin sehr zu beklagen – ja sehr!" Hier fuhr er sich mit seiner knöchernen Hand übers Gesicht. Dann veränderte er plötzlich seinen Ton und fuhr fort: „Ich muß dich dringend ersuchen, künftig meine Anordnungen pünktlich zu befolgen."

Die Mutter schwieg wieder, war aber dunkelrot geworden, und Meta sah, wie ihr die Tränen kommen wollten. Sie beherrschte sich aber und drängte sie zurück. Das junge Mädchen fühlte, wie unangenehm der Mutter die Zurechtweisung in Gegenwart der Kinder sein mußte. Mit diesen sprach der Großvater nie, es sei denn, daß er ihnen in rauhem Ton etwas verbot oder sie warnte, sich nicht den Magen zu überladen. Alle waren froh, als die Mahlzeit beendet war.

Der Großvater wandte sich, bevor er ging, noch einmal an seine Tochter und fragte: „Hast du Meta schon von meinen Plänen gesagt?"

„Noch nicht", war die gedrückte Antwort.

„Dann tu es diesen Abend. Gute Nacht!"

Mit diesen Worten schlürfte er auf seinen weichen Schuhen in sein Reich, das er hinter sich abschloß. Die beiden Kinder seufzten auf, als seien sie von einer Last befreit. Sie kamen beide auf Meta zu, faßten ihre Hände und liebkosten sie.

„Ich hätte euch so gern etwas mitgebracht“, sagte diese, ihre Liebesbezeugungen erwidernd, „aber ihr wißt ...“

„Wir mögen nichts. Großvater schilt, wenn er es merkt.“

Meta sah die Mutter an. „Was meinte Großvater mit seinen Plänen?“

„Später, mein liebes Kind“, flüsterte diese, „wenn die Kinder zu Bett sind.“

Nachdem Martin und Mariechen zur Ruhe gebracht worden, zog Frau von Wrede Meta zu sich aufs Sofa und sagte: „Nun, mein liebes Kind, gehören wir uns beide, jetzt sollst du hören, was mir seit gestern schwer aufliegt. Ich darf dich nicht behalten, der Großvater will, du sollst dir auswärts dein Brot verdienen, er hat bereits eine Stelle für dich angenommen.“

„Ich soll wieder fort von dir, meine geliebte Mutter?“ rief Meta so erschrocken und überrascht, daß Frau von Wrede merkte, es werde noch einen Kampf kosten, Meta von der Sache zu überzeugen. Sie stellte der Tochter vor, daß, falls sie bleiben würde, der Großvater täglich über vermehrte Kosten des Haushaltes klagen würde, daß er ihr, der Mutter, noch mehr Vorwürfe machen würde, und daß sie schließlich beide darunter leiden würden. Aus diesen Gründen halte sie es für besser, Meta füge sich und gehe getrost an die Stelle, die der Großvater für sie ausersehen habe.

„Wie heißt denn der Ort und die Familie?“

„Du sollst in das Haus eines Baron von Uhden auf Rinow gehen und dort einem Töchterchen von neun Jahren Unterricht erteilen.“

„Ach Mutter“, sagte Meta wieder traurig, „ich hatte mich so sehr gefreut, dir endlich eine Stütze sein zu können, alles Schwere mit dir zu teilen.“

„Ich vermag nichts gegen den Großvater, mein gutes Kind, alle meine Versuche, ihn von seinem Vorhaben abzubringen, waren fruchtlos; ich habe deshalb schon ernste Kämpfe mit ihm gehabt, da ich selbst es mir so schön dachte, eine Stütze und einen Umgang an meiner ältesten Tochter zu haben, zumal ich hier ganz allein stehe.“

„Ich werde den Großvater selbst bitten“, sagte Meta entschlossen.

„Es wird dir nichts nützen, liebe Tochter, ergib dich.“

„Nicht eher, als bis er selbst mir meine Bitte abgeschlagen hat, Mutter; andere rühmen immer die Liebe und Güte ihrer Großeltern, – wir haben einen Stein zum Großvater. Er hat uns nie ein Vergnügen gegönnt, jede Freude hat er uns verbittert und das Schlimmste ist, daß er dich so quält. Wie hast du es nur ausgehalten all die langen Jahre?“

„Als die Mutter lebte, hatte ich nicht darunter zu leiden; es war aber auch wohl noch nicht ganz so schlimm mit dem Vater. Ich hatte es besser als ihr, liebe Kinder. Wir wohnten damals noch in dem schönen großen Hause hier, und die Mutter war so lieb und gut und hatte mehr in Händen; sie war sehr vermögend."

„Ihr wohntet in dem großen Hause nebenan, sagst du?"

Die Mutter nickte.

„Das hast du uns nie gesagt, Mutter, warum nicht?"

„Ich wollte euch das Herz nicht groß machen, es nützt ja nichts, da wir es nun doch nicht bewohnen können."

„Gehört es dem Großvater nicht mehr?"

Die Mutter zuckte mit den Achseln. „Er sagt, er habe es verkauft; der Käufer sei nach auswärts gegangen und komme erst in einigen Jahren zurück."

„Dann ist also der Großvater früher wohlhabend gewesen?"

„Er ist es noch."

Meta sah die Mutter verwundert an. „So hat er nicht alles verloren?"

„Liebes Kind, ich kann dir nicht auf alles Antwort geben. Bereite dich nur vor, willig des Großvaters Wünsche zu erfüllen; du weißt, er sorgt jetzt ganz für uns, wir müssen uns fügen."

Meta aber beharrte in ihrem Entschluß, den Großvater zu bitten, die Annahme dieser Stelle rückgängig zu machen.

Es war schon spät, als sie hinaufging in ihr stilles Stübchen. Sie lag noch lange wach, gedachte des Pensionats, der gütigen Vorsteherin, die soviel

Gutes in die jungen Herzen gepflanzt hatte, der sie versprochen hatten, nicht untätig zu bleiben, sondern einen Beruf zu erwählen. Sie hatte keinen andern im Auge gehabt, als den, der Mutter zu helfen, ihr das kleine Heim zu schmücken, ihre Tränen zu trocknen, wenn sie traurig war, auch den lieben jüngeren Geschwistern das Leben etwas freundlicher zu gestalten. Nun sollte sie in die fremde Welt hinaus, zu unbekannten Menschen, die kalt und teilnahmslos sein würden. Wie gern hätte sie in dem Pensionat innige Freundschaften geschlossen, ihr junges Mädchenherz verlangte danach. Besonders an Röschen hätte sie sich gern angeschlossen, für diese hegte sie im Herzen eine fast schwärmerische Liebe. Aber konnte und durfte sie Freundschaften schließen? Es war durch die häuslichen Verhältnisse alles abgeschnitten, darum war sie so zurückhaltend gewesen gegen die Mädchen. Oh, wenn sie es ahnten, welche Fülle von Liebe sie zu geben imstande war, wenn sie nur gedurft hätte, wenn nicht immer der engherzige Großvater im Hintergrunde gewesen wäre, der ihr und den ihrigen jede Freude vergällte. Hätte sie wohl eine der Mitpensionärinnen in ihr Heim bringen dürfen? Und wenn sie es getan, würden sie nicht die Nase gerümpft haben über die kleine armselige Wohnung, die mehr einem Portierhäuschen glich? Vielleicht hatte hier früher wirklich ein Portier gewohnt, der zu dem großen Nachbarhause gehörte. Wie mochte es wohl darin aussehen? Die Mutter mußte ihr mehr davon erzählen.

Seit sie wußte, daß die Mutter dort aufgewachsen war, interessierte sie das alte Haus mit seinen verschlossenen Türen und Läden mächtig. Sie dachte sich die Mutter als Kind in dem schönen großen Park umherspringen, sie hörte die großen Bäume im Winde rauschen und schlief darüber ein.

Am andern Morgen erwachte sie spät. Die Reise und ihre sonstigen Erlebnisse hatten sie müde gemacht, daß sie eines langen Schlafes bedurfte. Nun war sie frisch und neu gestärkt; ihr Entschluß, mit dem Großvater zu sprechen, stand fest. Als sie ihren Kaffee getrunken hatte, die Geschwister waren im Hof beschäftigt, die Mutter in der Küche, ging sie mutig an die Tür, die zu den Zimmern des Großvaters führte, und klopfte. Niemand antwortete. Sie klopfte lauter. Da hörte sie den schlürfenden Schritt des alten Herrn. Er kam auf die Tür zu und öffnete ein klein wenig.

„Wer ist da?" rief er mit mürrischer Stimme.

„Meta, deine Enkelin, möchte mit dir sprechen."

Erstaunt machte er die Tür ein wenig weiter auf und sagte: „Weißt du nicht, daß ich mich nicht stören lasse?"

„Ich will auch nur kurz mit dir reden, möchte dich nur um etwas bitten."

Er sah das junge Mädchen wieder mit einem erstaunten Blick an, ließ es aber hinein und schloß hinter ihm zu.

Da stand es in dem Reich des Großvaters, einem kleinen niedrigen Zimmer, gleich den ihrigen. Die

Fenster waren mit Jalousien zugestellt, so daß nur gedämpftes Licht hereindrang. Mehrere fest verschlossene Schränke hatte das Zimmer aufzuweisen, der Fensterwand gegenüber stand ein Sofa mit Tisch und zwei Lederstühlen. In dem einen ließ sich der alte Herr nieder, gab der Enkelin aber kein Zeichen, sich auch zu setzen, sondern ließ sie vor sich stehen.

„Was gibt's denn?“ fragte er kurz und trocken.

Ihr wurde bei dem strengen Ausdruck, der auf dem ehernen Gesicht des alten Mannes lag, beklommen, sie brachte aber doch ihre Sache klar und ruhig vor. Sie halte es für notwendig, der Mutter, die älter und schwächer werde, eine Stütze zu sein; wenn dieselbe krank würde, so sei es für den Großvater und für die Geschwister böse. Wenn sie dagegen dabliebe und die Mutter kräftig bei den häuslichen Arbeiten unterstütze, so würden die Kräfte derselben erhalten. Das sei seine Sorge, versetzte der Großvater, es sei durchaus kein Grund, deshalb eine schöne Stelle, die mehrere hundert Mark einbringe, von sich zu weisen. Ob sie meine, umsonst in der teuren Pension gewesen zu sein; sie müsse das, was sie gelernt, zu Gelde machen.

„Du hast mir nichts dazu gegeben, Großvater“, versetzte Meta unerschrocken, „eine alte Freundin der Mutter hat das Geld hinterlassen, mit dem ausdrücklichen Wunsch, ich solle dafür ein Jahr in das Pensionat von Fräulein Hochberg geschickt werden.“

„Und weil du diese Ausbildung genossen hast, sollst du dir mit dem, was du gelernt hast, etwas verdienen. Meinst du, ich soll euch alle durchfüttern mit dem wenigen, was ich noch habe?“

Meta erhob ihren Blick und sah den Großvater vorwurfsvoll an mit ihren großen tiefblauen Augen. Erweckten diese Augen, die forschend auf seinem Angesicht ruhten, eine alte, längst vergangene Erinnerung? Es mußte wohl so sein, denn er senkte seine Augen vor ihrem Blick und legte seine Hand darüber. Die ganze Erscheinung des jungen Mädchens beschwor eine Szene aus alter Zeit herauf, an die er nicht gern erinnert sein wollte, er sah im Geiste ein anderes junges Mädchen, deren Augen denen Metas wunderbar glichen, die auch einst vor vielen Jahren vor ihm gestanden, – doch hinweg mit dieser Erinnerung, sie berührte ihn peinlich.

„Großvater“, sagte Meta nach einer Pause, „wenn du so darüber denkst, so werde ich dir nie wieder zur Last fallen. Ich werde mir Geld verdienen, und wenn ich meine Mutter einmal wiedersehen will, so werde ich meinen Aufenthalt hier bezahlen. Aber, Großvater, das will ich dir sagen, obgleich ich noch jung bin und wenig Erfahrung habe, das eine weiß ich doch schon, daß Geld nicht glücklich macht.“

Mit diesen Worten wandte sie sich um und ließ den bedauernswerten Mann allein.

Die Mutter sah sie erwartungsvoll an, als sie herauskam. Nun war es mit Metas Fassung, die sie sich bis hierher mühsam bewahrt hatte, vorbei. Sie warf sich schluchzend an der Mutter Brust und rief: „Mutter, ich gehe lieber heute als morgen, wenn ich dem Großvater eine Last bin."

„Die Stelle ist zum ersten Mai angenommen, so lange bleibst du bei mir und deinen Geschwistern, wir bringen deine Sachen in Ordnung, und du hilfst uns in unserm Gärtchen. Heute ist ein warmer Frühlingstag, geh hinaus zu den Kindern und sei fröhlich mit ihnen." Sie streichelte Metas Wangen und sah ihr in die Augen. „Es wird schon noch einmal alles gut werden, mein liebes Kind, für den armen Großvater ist es ja doch am schlimmsten."

Meta tat, wie ihr die Mutter geheißen. Sie setzte ihren runden Hut auf und suchte die Kinder. Diese waren damit beschäftigt, das trockene Laub von den Blumenbeeten zu nehmen.

„Meta, sieh, o sieh doch", jubelten sie, als sie durch die Gartenpforte trat, „sieh die schönen Hyazinthen und Tulpen, sie stecken die Köpfchen schon weit heraus, wie wird sich die Mutter freuen. Und so warm ist es heute, wir schwitzen wie im Sommer. Horch, wie die Lerchen singen, ist es hier nicht wunderschön?"

Meta fand das Gärtchen im Vergleich zu dem Pensionsgarten sehr bescheiden, wie zufrieden waren die Kinder, wie fleißig und genügsam! Bald scherzte und lachte sie mit ihnen, sie liefen den Abhang hinunter bis an den Bach, warfen Blumen in denselben und sahen, wie sie lustig davonschwammen. Der Bach rauschte auch am Nachbargarten vorüber, er konnte ungestraft hineinsehen. Die Kinder hätten wohl auch einmal hineinklettern mögen, aber es war von vornherein strengstes Verbot vom Großvater, je dergleichen Versuche zu machen. Meta sah das stolze große Haus mit ganz andern Augen an, seit sie wußte, daß der Großvater der Besitzer gewesen, oder vielleicht noch sei. Oh, wenn das letztere der Fall wäre, dann hätten sie wahrlich nicht nötig, sich hier so einzuengen. Als Kind hatte sie geglaubt, sie seien alle ganz arm und der Großvater wunderlich; allmählich waren ihr die Augen aufgegangen, sie wußte nun, es war der Geiz des Großvaters, der es seiner Umgebung unerträglich machte. Es war nur gut, daß die jüngeren Geschwister nicht so darunter zu leiden schienen. Sie fürchteten den alten Herrn, waren von klein auf an sein strenges Wesen gewöhnt und fanden nichts Sonderliches darin, wiewohl sie glücklich waren, wenn sie dem Hause entrinnen und sich außer Hörweite des Großvaters aufhalten konnten.

Meta nahm sich vor, die kurze Ferienzeit mit den ihrigen treu auszunutzen. Einen Brief der Baronin Uhden, der des Inhalts war, daß sie erst Mitte Mai eintreffen möge, beantwortete Meta dahin, daß sie sich zur gewünschten Zeit in Rinow einfinden werde. Es bangte ihr vor der Zukunft, doch die Mutter machte ihr Mut.

„Gottes Segen wird dich begleiten, mein Kind, denn du übst Gehorsam gegen Mutter und Großvater, und Gehorsam ist besser denn Opfer."

Noch vieles andere sagte die treue Mutter. Sie befestigte alle Lehren, die Fräulein Hochberg ihr gegeben, und bemerkte mit Freuden, daß der Aufenthalt in der Pension dazu gedient hatte, Meta zu fördern auf dem Weg zum Himmel.

Aus Großmutters Vergangenheit

Es war ein großes Wundern und Staunen gewesen, als es hieß: „Das Röschen will Lehrerin werden." Alles andere hätte man eher geglaubt. Nicht als ob es ihr an Gaben fehlte, im Gegenteil, sie war sehr klug und aufgeweckt, aber ihr ganzes Wesen schien sich nicht mit der Würde einer Lehrerin zu vertragen. Sie selbst aber war fest entschlossen, den Versuch zu wagen. Ein Lehrerinnenseminar war in der Stadt, so konnte sie daheim bleiben und die Anstalt besuchen. Die Reihe der Schwestern war groß, es mochte ganz gut sein, daß die älteste sich zu einem bestimmten Beruf entschlossen hatte, zumal Fräulein Linchen der Familie noch erhalten blieb und sich nach wie vor als vortreffliche Stütze erwies. Ein eigenes Zimmer hatte Röschen, die nötigen Bücher wurden angeschafft, so finden wir sie im schönen Monat Mai in ihrem Zimmer sitzen, eifrig lernend und studierend. Zuerst hatte sie Stellen aus den Klassikern auswendig gelernt, nun schrieb sie einen Aufsatz ab, der ihr, wie sie meinte, recht gelungen war.

Jetzt war sie fertig, und das war gut, denn lange hätte sie das Stillsitzen nicht mehr ausgehalten. Die fröhlichen Stimmen der Schwestern ertönten schon lange im Garten, Philipp hatte schon etliche Male kleine Steinchen zum Fenster hineinspediert, eine Aufforderung zum Hinunterkommen.

Nun lief sie ans offene Fenster und rief: „Ich komme!“

Die Bücher wurden in den Schrank geworfen, ein wenig ordentlicher hätte eine angehende Lehrerin sie zusammenpacken müssen, und wie der Wind war das Röschen draußen, küßte die kleinen Schwestern, die vergnügt getrippelt kamen, und dann ging das Spielen los. Bald ertönte die Luft von Lustgeschrei und Jubel, selbst der große Philipp spielte Haschen und Verstecken mit der Schwesternschar.

Vater und Mutter traten in die Veranda und sahen dem munteren Spiel zu.

„Du meintest kürzlich, Röschen würde ein Blaustrumpf“, wandte sich der Oberpfarrer an die Großmutter, die in der Veranda mit Strümpfestopfen beschäftigt war.

„Sieh nur, so gebärdet sich kein gelehrtes Frauenzimmer, sie ist voller Lebenslust und Frohsinn.“

„Ich bin schon etwas ausgesöhnt mit ihrem zukünftigen Beruf“, versetzte die alte Dame. „Wenn ich mir denke, daß noch sechs Mädchen bei uns heranwachsen, da ist es wohl gut, einige wählen sich einen Beruf; doch müssen sie etwas ergreifen, was ihren Anlagen und Fähigkeiten entspricht. Es bleiben ja immer noch genug, die im Haushalt helfen können. Aber, es mag nun eine jede werden, was sie will, versprecht mir nur das eine, daß sie alle sieben einen Kursus im Haushalten durchmachen müssen, daß sie alle lernen, eine gute Suppe kochen und einen Braten machen, ohne ihn anbrennen zu lassen."

„Was ich dabei tun kann, soll geschehen", versetzte der Oberpfarrer heiter und schaute vergnügt auf die spielende Jugend.

Da wurde plötzlich oben ein Fenster geöffnet, eine unwillige Stimme rief: „Philipp, komm herauf, deine Arbeiten sind noch nicht gemacht." Mit Heftigkeit wurde das Fenster wieder zugeschlagen.

„Störenfried", kam es schmollend von Röschens Lippen, und Philipp, der eben aus seinem Versteck geschlüpft war und unwillkürlich nach oben geblickt hatte, war den Blicken des Herrn Bruger begegnet und konnte nicht entrinnen.

Der Vater hob warnend den Finger. „Ei, ei, wieder faul gewesen, mein Sohn, komm mir nicht wieder, bevor du gearbeitet hast."

Philipp verschwand von der Bildfläche, die Mutter sah ihm bekümmert nach. „Ich fürchte, er wird uns noch viel Not machen, er läßt sich stets zum Arbeiten treiben; in den oberen Klassen sollte das nicht mehr sein."

„Und er ärgert immer Herrn Bruger mit Absicht", fiel Nanni ein.

„Gestern hat er ihm ..."

Mariechen, die nichts auf Philipp kommen ließ, hielt ihr den Mund zu: „Nanni, wie unrecht, wir haben Philipp versprochen, es nicht zu sagen."

Das Mädchen erschien in der Tür und meldete Besuch an, was die Eltern veranlaßte, ins Haus zu gehen. Die Kleinen waren erhitzt und müde. Röschen versprach, ihnen eine Geschichte zu erzählen, dann bekamen sie ihre Milch und wurden zu Bett gebracht.

Nachdem auch die Eltern mit den größeren Kindern ihr Abendbrot verzehrt hatten, ging der Vater wie gewöhnlich in sein Studierzimmer; die Mutter trug einer Kranken eine Erquickung hin, und Röschen saß allein mit der Großmutter auf der Veranda.

Es war nach dem Getöse des Tages ganz still geworden. Der Duft der Blüten und Blumen erfüllte die Luft, aus dem nahen Gebüsch ertönte von Zeit zu Zeit der liebliche Gesang der Nachtigall; es war ein köstlicher Maienabend.

„Wie erinnert mich dieser Abend an die in meiner Jugend verlebten", begann plötzlich die Großmutter, die sehr selten ihre Jugendzeit erwähnte. „Es ist mir oft", fuhr sie fort, „als könnte es noch gar nicht lange her sein, als ich selbst als junges Mädchen in unserm schönen großen Garten dem holden Gesang der Nachtigallen lauschte. Da war mein Herz so froh, ich schaute mit fröhlichen Hoffnungen ins Leben, und dann kam alles Schwere."

„Großmütterchen, du hast schon oft Andeutungen gemacht von dem Schweren, was du erlebt hast. Nun bin ich erwachsen, jetzt könntest du mir einmal etwas aus deinem Leben erzählen. Bitte, tue es doch!"

„Gerne spreche ich nicht davon, doch will ich es

dir erzählen, mein liebes Kind“, sagte die würdige Frau und ergriff Röschens Hand. „Setze dich zu mir, aber so, daß du den Blick auf den im Frühlingsschmuck prangenden Garten hast. Ein solcher Abend wie der heutige war gerade einmal vor etwa vierzig Jahren. Ich war wohl acht Jahre älter als du, Braut eines jungen Kaufmanns, der sich eben ein Geschäft gründen wollte. Er saß neben mir, wir schmiedeten Zukunftspläne. Meine Eltern waren beide tot, auch mein Stiefvater, der mich so innig liebte, wie nur ein rechter Vater sein Kind lieben kann. Ich hatte nur einen Bruder, oder vielmehr Stiefbruder, wir hatten eine Mutter, aber verschiedene Väter. Mein zweiter Vater war sehr reich, er hatte sich als Rechtsanwalt ein bedeutendes Vermögen erworben. Wir bewohnten ein großes schönes Haus und hatten einen prächtigen Garten in – doch der Name tut nichts zur Sache. Ich war ein sorgloses Kind gewesen, hatte mich bisher nicht um Geld und Geldeswert gekümmert, nun aber, da mein lieber Verlobter einer Geldsumme bedurfte zur Gründung seines Geschäftes, erinnerte ich mich der deutlichen Worte meines Stiefvaters, die er in seinen letzten Tagen zu mir gesprochen hatte.

‚Therese‘, sagte er zu mir, als ich neben ihm saß und ihm die magere Hand streichelte, ‚Therese, höre mich an. Du bist mir stets eine liebe Tochter und treue Pflegerin gewesen. Mein Vermögen geht in zwei Teile, du sollst mit deinem Bruder gleiche Rechte haben, hörst du, ganz gleiche Rechte, ich habe alles in meinem Testament niedergeschrieben.‘

Nach dem Tode des Vaters kam mein Bruder, der lange im Auslande gewesen war, nach Hause, nahm Besitz von Haus und Hof, und ich führte ihm selbstverständlich die Wirtschaft. Er gab mir, was ich brauchte; ich glaubte, alles sei geordnet, und kümmerte mich nicht um Geldangelegenheiten. Da lernte ich einen jungen strebsamen Mann kennen von gediegener Bildung und frommem Sinn. Als er mich begehrte, konnte ich mit vollem Vertrauen meine Hand in die seine legen. Wir waren glücklich wie die Kinder; diese Frühlingszeit ist mir unvergeßlich, wenn wir Hand in Hand durch den schönen Garten gingen, hinunter an den Bach, der zu Füßen des Abhanges vorüberrauschte, und uns erzählten von zukünftigen rosigen Tagen, wenn wir an seinem Rand Blümlein pflückten und mein Verlobter mich damit schmückte. Nun aber kamen ernste Stunden. Er wollte sich selbständig machen, und es fehlte am nötigen Gelde. Natürlich nahm ich die Sache nicht schwierig.

‚Wir sind ja reich‘, rief ich, ‚du kannst von mir Geld bekommen so viel du willst, ich will es dem Bruder sagen.‘

‚Dein Bruder‘, sagte er ernst, ‚ist dafür bekannt, daß er nicht gern gibt.‘

‚Er soll es nicht geben‘, fiel ich ihm in die Rede, ‚von dem meinigen soll es genommen werden.‘

Noch an demselben Tage ging ich zu meinem Bruder und trug ihm die Bitte vor. Verwundert sah er mich an und sagte kalt: ‚Ich dachte, du wüßtest, daß du keine Ansprüche auf Vermögen hast, dein Vater hat nichts hinterlassen, von dem meinigen stammt alles.‘

‚Aber‘, unterbrach ich ihn, ‚dein Vater, der auch mir stets ein gütiger, lieber Vater war, hat mir selbst gesagt, daß ich zu gleichen Teilen mit dir erben solle, daß er es also in seinem Testament bestimmt habe.‘

‚Ein Testament ist nicht vorhanden, folglich bin ich der einzig berechtigte Erbe, ich habe brüderlich an dir gehandelt, indem ich dich alle diese Jahre bei mir gehabt, dich genährt und gekleidet habe, auch will ich ein übriges tun und dir eine Aussteuer geben, weiteres hast du nicht zu fordern.‘

Ich war sprachlos vor Staunen, ich konnte ihn nur ansehen. Ich weiß nicht, was in meinem Blick gelegen haben mag; er senkte die Augen. Ich aber verließ sein Zimmer und flüchtete in mein eigenes, wo ich den Sturm, der in mir tobte, niederkämpfen mußte. Hatte ich nicht treu gesorgt für meinen kaum drei Jahre jüngeren Bruder, hatte ich ihm nicht den Haushalt geführt, so daß er die Wirtschafterin sparen konnte? Und ich sollte es als Wohltat ansehen, daß er mich ernährt und gekleidet hatte! Ich war zu unerfahren in Geldsachen, hatte mich bisher zu wenig darum gekümmert, auch wohl zu viel Vertrauen gehabt zu meinem Bruder, den ich leider wohl als geizig kannte, dem ich aber nie eine unehrenhafte Handlung zugetraut haben würde.

Nun war mit einem Schlag alles anders. Mein Verlobter war empört über die Handlungsweise meines einzigen Verwandten. Er wußte durch mich, daß der Vater Teilung des Vermögens zwischen uns gewünscht habe, und wollte nun meine Rechte vertreten. Er suchte Rat bei einem Rechtsanwalt, der ihm sagte, wenn kein Testament da sei, wäre der rechte Sohn des Verstorbenen alleiniger Erbe. Das Testament fand sich nicht. Es kam zu heftigen Auftritten zwischen meinem Verlobten und dem Bruder. Das Ende war, daß ersterer mich zu seiner alten Tante brachte, die in einer entfernten Stadt wohnte. Dort wurde später unsere Hochzeit in der Stille gefeiert, mein Bruder und ich waren fortan geschiedene Leute."

„Du hast nie wieder von diesem Bruder gehört, liebste Großmutter?" fragte Röschen, ihre weichen Hände streichelnd und sie mit gespanntester Aufmerksamkeit ansehend.

„Gehört wohl in der ersten Zeit, später nie. Wiedergesehen habe ich ihn nicht. Mein Mann hatte mir jeglichen Verkehr verboten; ich sehnte mich auch nicht danach, wieder mit meinem Bruder in Verkehr zu treten, der so wenig den Willen seines verstorbenen Vaters ehrte, der so wenig Liebe zu seiner einzigen Schwester hatte, daß er ihr das väterliche Erbteil, auf das sie gehofft, vorenthielt. Mein Mann mußte natürlich darauf verzichten, sich ein eigenes Geschäft zu gründen, er erlangte nach vielem Suchen endlich eine gute Anstellung in einem alten, soliden Geschäft in Amsterdam. Wir mußten freilich unsere Heimat verlassen; aber der Segen Gottes ging mit uns, er ruhte auf der Arbeit meines geliebten Mannes. Wir waren nicht reich, aber wir hatten unser Auskommen und haben nie Mangel gehabt. Dein Großvater und ich waren glückliche Leute. Als du, liebes Röschen, sieben Jahre zähltest, wurde ich Witwe, und da mein seliger Mann mir nur wenig irdische Güter hinterlassen hatte, so nahm ich das Anerbieten deines Vaters, zu ihnen ins Pfarrhaus zu ziehen, dankbar an. Kam ich doch dadurch wieder in mein Heimatland und blieb meinem Kind nahe."

Röschen schlang ihren Arm um die Großmutter und rief unter Küssen: „Das war das beste, was die Eltern tun konnten, was wären wir ohne dich, Großmütterchen!"

Sie schwiegen beide eine Weile. Es war wonnig schön im Garten, der Mond war aufgegangen und leuchtete durch die blühenden Bäume; die Nachtigall schlug im Busch; die Grillen zirpten. Sonst war es stille in der Natur.

„Wie schön ist der Abend", brach Röschen das Schweigen, während Frau Elsner tief in Erinnerungen versenkt dasaß. „Nun sage mir noch das eine", bat die Enkelin liebkosend, „lebt dein Bruder noch und wo?"

„Ich vermute, daß er noch lebt, gewiß weiß ich es nicht. Wenn er noch lebt, so weilt er nicht allzufern von hier. Den Ort will ich nicht nennen, ebenso bitte ich dich, Schweigen zu bewahren über das, was ich dir jetzt anvertraut habe."

Es klingelte an der Haustür, die Mutter kehrte heim.

„Noch auf, Mütterchen", rief sie verwundert, als sie auf die Veranda trat.

„Es ist so schön hier, liebe Tochter, setze dich ein wenig zu uns. Ich habe Röschen eben aus meiner Vergangenheit erzählt."

„Ich seh' es euch beiden an, daß ihr ernste Gespräche hattet. Ja, liebes Röschen, von Großmutter können wir alle lernen, wie man Ungerechtigkeiten trägt."

„Ich würde ihn gehaßt haben, Großmutter", rief Röschen voller Unmut.

„Hätte ich dann die Lehren unseres Heilandes befolgt, der da sagt: Die Rache ist mein, ich will vergelten. Nein, mein liebes Kind, ich habe den armen Bruder nur bemitleiden und für ihn beten können. Hätte ich mein Erbe, das mir durch die Bestimmungen des Vaters zukam, erhalten, so wäre ich jetzt eine reiche Großmutter, vielleicht hätte ich mein Herz an irdisches Gut gehängt und wäre nicht so glücklich, wie ich es jetzt bin in eurem gesegneten Familienkreise."

Mutter und Tochter umschlangen beide die Großmutter, versicherten ihr, wie glücklich sie seien, daß sie bei ihnen wohne, sie wollten Gott bitten, sie ihnen noch lange zu erhalten.

Nun kam auch der Oberpfarrer dazu, begehrte

noch einen Rundgang durch den Garten mit seiner Gattin, und als das geschehen, suchte man die Ruhe auf.

Röschen geleitete die Großmutter auf ihr Zimmer. Sie war so bewegt von allem, was sie gehört hatte, noch manche Frage lag ihr auf dem Herzen.

Frau Elsner schnitt aber alles ab mit den Worten: „Heute nicht mehr, mein liebes Kind; ich bin müde, für alte Leute taugt es nicht, abends trübe Erinnerungen wachzurufen."

Als Röschen am folgenden Morgen aus dem Seminar kam, sah sie ein junges Mädchen im Reisekostüm auf ihr Haus zugehen. Dasselbe ging zögernden Schrittes, als ob sie nicht wage, näherzutreten. Röschen kam die Erscheinung bekannt vor; sie stutzte einen Augenblick, dann jubelte sie: „Meta, du bist es! Das ist recht von dir!"

Meta, denn sie war es wirklich, antwortete, daß sie auf der Durchreise sei, hier einige Stunden Aufenthalt habe und diese Zeit benutzen wolle, um ihrem Versprechen, Röschen zu besuchen, nachzukommen. Diese bat Meta hereinzukommen und versicherte der noch immer Zögernden, die Eltern würden sich sehr freuen, eine ihrer Mitpensionärinnen kennenzulernen. Bald war Meta heimisch in dem gastlichen Hause, sie mußte sich mit zu Tisch setzen, und zwar neben den Oberpfarrer, der sich freundlich nach ihrer Heimat und Familie erkundigte. Sie war von Röschen als Fräulein von Wrede vorgestellt, es war den Eltern ein unbekannter

Name. Als sie ihren Wohnort nannte, zuckte es eigen um den Mund der Großmutter, sie sah das junge Mädchen mit mehr Interesse an, als man sonst für Fremde an den Tag legt. Meta beantwortete die Fragen nach ihrer Familie dahin, daß die Mutter Witwe sei und mit ihren kleinen Geschwistern ein Häuschen in Beckedorf bewohne; den Großvater erwähnte sie nicht, da sie vor Fremden nicht die traurigen Verhältnisse berühren mochte.

Nach Tisch ging Röschen mit dem jungen Mädchen in ihr Zimmer, fragte sie, wohin sie zu reisen beabsichtige, und war sehr erstaunt zu hören, daß Meta im Begriff sei, eine Stelle anzunehmen, da sie ihr doch gesagt, sie werde zu Hause bleiben, um der Mutter zu helfen. Meta sagte, daß sie das letztere sehr gewünscht habe, nun aber doch gezwungen sei fortzugehen.

„Wer zwingt dich denn, liebe Meta?"

Meta sah Röschen unendlich traurig an mit ihren schönen Augen, ergriff ihre beiden Hände und sagte mit Tränen: „Willst du meine Freundin sein, Röschen? Darf ich offen und rückhaltlos mit dir sprechen?"

„Wie gern", war Röschens Antwort. „Ich hielt dich immer für kalt und unnahbar, fühlte aber beim Abschied an deinem Händedruck, daß du eines tieferen Gefühls fähig bist."

„Ich habe dich immer besonders lieb gehabt, Röschen, fühlte mich von Anfang an zu dir hingezogen."

„Aber du sonderbares Mädchen, warum warst du stets zurückhaltend, ich bin doch nicht so abstoßend?"

Metas Augen füllten sich wieder mit Tränen. „Nein, an dir hat es nicht gelegen, an mir auch nicht, es sind die traurigen Verhältnisse schuld, in denen wir leben. Wenn du nicht zu andern davon reden willst, sage ich dir alles. Ich bedarf jemandes, dem ich mein Vertrauen schenken kann, den ich lieb haben darf. Röschen, kannst du, willst du mir ein wenig gut sein?"

Röschen wurde ganz weich und gerührt. Sie schloß gerne Freundschaften und war ebenso beglückt durch Metas Anerbieten, als diese es war durch Röschens freundliches Entgegenkommen. Bald saßen die jungen Mädchen vertraulich auf dem kleinen Sofa zusammen, und Meta erleichterte ihr Herz, indem sie Röschen alles anvertraute, was sie drückte und quälte. Und doch schonte sie, wo sie konnte, den Großvater, hob immer wieder hervor, daß sie ihm dankbar sein müßten, weil er sie erhielt; aber daß sie ihn nicht liebhaben konnte, fühlte Röschen wohl heraus. Sie tröstete sie, so gut sie konnte, sprach ihr Mut zu, zu der neuen Stelle, so daß Meta um vieles leichter war als vorher. Sie bewunderte Röschens „reizendes Stübchen", konnte sie fast beneiden, daß es ihr vergönnt war, weiterzustudieren und dabei im Elternhause zu bleiben.

Röschen ging dann mit der Freundin in den Garten, in die belebte Kinderstube und sagte endlich, nach der Uhr sehend: „Nun haben wir noch eine halbe Stunde Zeit, jetzt zeige ich dir das Beste, was wir haben, Großmütterchens Stube."

„Aber stören wir die alte Dame nicht?" fragte Meta zaghaft.

„Stören?" lachte Röschen, „das gibt's bei Großmutter nicht, sie ist immer für jeden da. Ist sie in ihrer Stube, dann sind immer einige von den Kleinen unterwegs zu ihr."

Ein leiser Seufzer entquoll Metas Brust. „Wie gut ihr es habt!" sagte sie, als sie die breite eichene Treppe hinaufstiegen.

Röschen klopfte; ein freundliches „Herein" war die Antwort. Die Mädchen betraten eine große, geräumige Stube, deren Fenster auf den Domplatz gingen. Die alte, ehrwürdige Kirche lag dem Hause unmittelbar gegenüber; der Blick darauf stimmte feierlich und andächtig.

„Da kommen meine lieben jungen Mädchen wohl auch noch ein wenig zur alten Großmutter, das ist recht, Kinder, ich möchte deine Freundin, Röschen, gern ein wenig näher kennenlernen." Sie deutete auf einen Stuhl neben dem großen Lehnstuhl, in welchem sie saß, und sagte: „Setzen Sie sich hierher, liebes Kind; Sie haben da gerade den Blick auf die Kirche. Sie ist meine Freundin, die mir viel gibt. Sonntags finde ich in ihr Kraft, Rat und Trost für die ganze Woche; die schönen Glocken, die Freude oder Leid verkünden, stimmen mich fröhlich oder wehmütig, der helle Schlag der Uhr lehrt mich, daß meine Zeit dahineilt und ich sie treulich auskaufen muß. Morgens ist die teure Kirche die erste, die mich grüßt, und abends die letzte, die mir eine gute Nacht zuwinkt."

„Aber Großmütterchen sitzt nicht immer bei ihrer Freundin; sie hilft Mutter den ganzen Tag in der Wirtschaft oder bei den Kindern, nur nach Tisch gönnt sie sich ein wenig Ruhe in ihrem Stübchen", ergänzte Röschen.

Frau Elsner sprach sehr herzlich und freundlich mit den jungen Mädchen, zeigte ihnen Bilder und verschiedene, aus Holland mitgebrachte Sachen, so eilte die Zeit schnell dahin.

„Wir haben nur noch Frist, Kaffee zu trinken", rief Röschen, „dann müssen wir an den Bahnhof."

„Hole deiner Freundin den Kaffee herauf, ich behalte sie gern noch ein bißchen hier", bat Großmutter.

Röschen flog davon. Frau Elsner nutzte die Zeit, da sie mit Meta allein war, einige Fragen zu stellen, die ihr auf dem Herzen lagen. „Sie sind aus Beckedorf?" begann sie, „leben Sie mit der Mutter allein?"

Meta konnte nicht anders als der Wahrheit gemäß sagen, daß sie mit dem Großvater zusammen lebten.

Nun kam die Hauptfrage. „Wie heißt Ihr Herr Großvater?"

„Sein Name ist Goldewein."

Meta sah nicht, wie die alten Hände der Großmutter zitterten; sie legte das Strickzeug darüber und fragte weiter: „Haben Sie den Großvater lieb?“

Metas Augen füllten sich mit Tränen. „Wir sollten es wohl, aber – er ist so wunderlich, die Mutter hat es schwer mit ihm.“

„Ist Mutter die einzige Tochter?“

„Ja.“

„Lebt die Frau noch?“

„Großmutter ist lange tot, ich habe sie gar nicht gekannt.“

Jetzt kam Röschen mit dem Kaffee; sie rief Meta an den Tisch, so daß sie beide die starke Bewegung der alten Dame nicht bemerkten. Als sie sich zum Fortgehen rüsteten, war sie ihrer Gefühle Herr. Sie konnte nicht umhin, einen Kuß auf die reine Stirn des jungen Mädchens zu drücken, ging sie sie doch viel näher an, als sie ahnte. „Gott segne Sie, mein liebes Kind, wo Sie auch hingehen, sei er mit Ihnen!“

„Oh, welche Großmutter“, rief Meta aus, als sie auf der Treppe waren. „Welch gesegnetes Haus! Ich habe noch nie in meinem Leben so schöne, ungetrübte Stunden verlebt.“

Ja, die arme Meta hatte in den wenigen Stunden hier viel Liebe geatmet und empfunden; sie hatte sich aussprechen dürfen und hatte eine Freundin gewonnen. Das gab ihr Mut und Kraft, den unbekannten Weg zu gehen, der vor ihr lag. Röschen nahm ihr das Versprechen ab, bei ihrer jedesmaligen Durchreise Aufenthalt im Pfarrhause zu nehmen, was Meta nur zu gern versprach. Sie winkten sich noch einmal zu; fort brauste der Zug in die Ferne.

Die Großmutter blieb heute zu aller Verwunderung recht lange oben. Sie saß mit gefalteten Händen in ihrem Lehnstuhl und sagte immer nur von Zeit zu Zeit: „Er lebt also wirklich noch! Er ist verheiratet gewesen und hat eine verheiratete Tochter! Wird das viele Geld ihm zum Segen oder zum Fluch geworden sein? O mein Gott, erbarme dich seiner, gehe nicht mit ihm ins Gericht."

Sie sann und sann; plötzlich tauchte das Bild der Fremden, die sie damals im Schnee aufgelesen hatte, vor ihrer Seele auf. Nun war ihr alles klar. Die Dame war des Bruders Tochter und Metas Mutter! Sie wollte nach Beckedorf zum Vater mit den beiden jüngsten Kindern; das älteste Töchterchen, das sie Meta nannte, war bei einer Freundin in der Stadt. Wie verschlungen sind die Wege der Menschen; sie begegnen sich und trennen sich, und nach Jahr und Tag treffen sie unvermutet wieder zusammen. Ob sie wohl auch einmal noch mit dem Bruder zusammenkommen würde? Sie wollte und konnte nichts dazu tun; sie wollte alles Gott befehlen, wenn er es so fügte, wollte sie sich nicht in Bitterkeit abwenden, sondern auch hier Liebe üben; die Liebe, die nicht das Ihre sucht. Was sie heute erfahren hatte, darüber wollte sie vorderhand nicht reden, es würde die ihrigen nur unnötig aufregen, und der Verkehr mit Meta würde fernerhin nicht mehr so harmlos sein können.

Sie stand auf und ging hinunter; niemand merkte, was die Großmutter da oben im Herzen durchgekämpft hatte.

Der Spaziergang

„So, nun sind Ferien, jetzt will ich aber auch den Sommer genießen und die Freiheit!"

Mit einem großen Satz sprang Röschen die Stufen, die von der Veranda in den Garten führten, hinunter, und drehte sich noch ein paarmal auf dem Absatz herum.

„Also haben Sie das Studieren doch satt?" sagte eine Stimme befriedigt hinter ihr.

„Verzeihung, Herr Bruger, ich sah Sie gar nicht. Nein, überdrüssig bin ich des Lernens nicht, aber eine Pause tut ganz gut, besonders wenn die Sonne so schön scheint und die Vöglein singen, da treibt es mich hinaus ins Freie, in den Wald."

„Dort ist es auch entschieden besser als in der Schulstube."

„Haben Sie sich immer noch nicht ausgesöhnt mit meinem zukünftigen Beruf?"

„Ich würde Ihnen geraten haben, sich im Haushalt nützlich zu machen, ich kann mich nicht dafür begeistern, daß eine junge Dame sich der Gelehrsamkeit widmet und nicht ahnt, wie man eine Suppe kocht oder einen Braten macht."

„Zu Ihrer Beruhigung kann ich Ihnen sagen, Herr Vikar, daß ich in den Ferien sehr oft die Küche versorgen werde, Sie werden nächstens einen ausgezeichneten Braten essen, der von meiner Hand bereitet ist."

Herr Bruger lächelte ungläubig. „Das lernt sich nicht so bald, dazu gehört Lust und Geschick."

„Sprechen Sie mir beides ab?"

„Ersteres entschieden", war die Antwort, „doch verzeihen Sie, es geht mich ja eigentlich nichts an, ich vergesse immer, daß das älteste Töchterchen des Herrn Oberpfarrers jetzt eine erwachsene Dame ist."

„Bitte das nicht zu vergessen", versetzte Röschen halb belustigt, halb ärgerlich. Etwas mußte sie wohl Herrn Bruger zugute halten, da er schon ins Haus gekommen war, als sie noch ein Schulmädchen war, und – dachte sie, er ist ja schon so alt, fast dreißig Jahre, da darf er wohl ein Wörtchen mitsprechen.

Jetzt kamen Emmi, Nanni und Miezi aus der Schule. „Ferien!" sagten sie und warfen ihre Bücher auf den Tisch. Dann sprangen sie in den Garten, wo sie Röschen fanden. Herr Bruger war eben verschwunden. „So, Röschen, nun können wir Ausflüge und Spaziergänge machen. Wir wollen nur gleich heute den Anfang machen."

„Ja, natürlich", rief Miezi und warf einen Ball in die Lüfte, den sie immer in der Tasche trug.

„Aber einen tüchtigen Korb mit Butterbroten müssen wir mitnehmen", riet die allezeit eßlustige Nanni, „auch etwas zu trinken!"

„Und du darfst alles tragen", fügte Emmi hinzu.

„Hier wird wohl die Rechnung ohne den Wirt gemacht", sagte Großmutter, die auf der Veranda stand und das Gespräch mit angehört hatte. „Wißt ihr nicht, daß heute Wäsche getrocknet wird und daß man stark auf eure Hilfe rechnet?“

„Laß sie nur laufen, Großmutter“, rief die Mutter aus der Stube, „heute ist der erste Ferientag, da sind sie immer unbändig wie die jungen Füllen und zur Arbeit ungeschickt. Wir werden auch wohl ohne sie fertig, zudem ist das Wetter köstlich zu einem Waldspaziergang, wer weiß, wie es morgen ist.“

„Du liebste Mutter“, riefen die Mädchen und stürmten die Veranda hinauf zur Mutter hin. Sie umschlangen und küßten sie, auch Großmutter bekam ihr Teil. Dann aber taten sie, was ihres Amtes war, deckten den Tisch und plauderten dabei unaufhörlich.

„Ihr könntet uns heute die drei Kleinen abnehmen“, bemerkte die Großmutter bei Tisch, „wir haben alle reichlich zu tun, und ihr seid groß genug, um die Kinder zu hüten.“

„Natürlich“, rief Röschen, „für Trudi sorge ich gänzlich, die drei andern Schwestern können Eva und Lieschen beaufsichtigen.“

„Dir, als der Ältesten, übertragen wir die Oberaufsicht über alle“, sagte Frau Oberpfarrer.

Was machte der Herr Vikar wieder für ein ungläubiges Gesicht, als traute er Röschen nicht zu, ihre kleinen Geschwister ordentlich zu beaufsichtigen.

„Und du, Philipp, kommst du mit?“ fragte Röschen.

„Mit sieben Mädchen gehe ich nicht“, war dessen

Antwort, „meine Schule wird auch erst morgen geschlossen.“

„Und er hat noch tüchtig zu lernen“, bekräftigte Herr Bruger.

„Armer Philipp!“ seufzte Röschen.

„Warum arm?“ fragte der Vikar.

„Weil er sieben Schwestern hat“, versetzte Röschen schnell.

Die Kleinen waren glückselig, daß sie mit den großen Schwestern spazierengehen durften. Für Trudchen wurde der kleine Stuhlwagen mitgenommen, und nun wanderte die kleine Gesellschaft, von Röschen angeleitet, hinaus ins Freie. Emmi, Nanni und Miezi waren übermütig in der Freiheit; sie scherzten und lachten und neckten sich, die Kleinen trippelten fröhlich um sie her; Röschen schob das leere Wägelein und summte ein Lied vor sich hin. Bald waren sie im kühlen, schattigen Holz, es wurde ein Ruheplätzchen ausersehen in der Nähe eines kleinen Gewässers, das tief verborgen im Walde, klar und durchsichtig schimmerte. Die hohen Buchen mit den silbergrauen Stämmen spiegelten sich darin. Dies war immer Röschens Lieblingsplatz gewesen; hier träumte es sich so schön unter den grünen Baumkronen angesichts des klaren Wassers.

„Nun wollen wir unsere Eßwaren auspacken“, begann Nanni, „hier im Walde schmeckt es immer so schön.“

Röschen setzte sich auf das grüne Moos, die kleinen Geschwister um sie herum; sie verteilte die Butterbrote und ließ jede der Schwestern aus dem kleinen mitgebrachten Gläschen von dem guten Himbeersaft kosten, der mit Wasser vermischt ein erquickliches Getränk bot.

Dann schlug Röschen vor, einige Lieder zu singen; auf Emmis Einwurf, die Kleinen wüßten noch keine Lieder, hieß es: „Sie singen so gut mit, wie sie können, es klingt so schön, wenn Gesang durch den Wald erschallt."

Die Schwesterchen gingen bereitwillig darauf ein, sie sperrten ihre Mäulchen auf und taten ihr Bestes. Doch bald bekamen sie es satt. Eva bemerkte schöne Blumen und fing an, ihre Händchen damit zu füllen. Emmi behielt sie im Auge, wie auch Lieschen; Trudi aber, die in Röschens Nähe saß, erhob sich, ohne daß es jemand merkte, und watschelte auf das schöne, klare Wasser zu. „Da große Bäume, o", sagte sie und blieb staunend stehen. Nun erblickte sie hart am Rande des Wassers zwei große rote Blumen und mit den Worten: „Schöne Blumen pflücken — Großmama", wankte sie darauf zu, beugte den kleinen kurzen Körper vornüber, verlor das Gleichgewicht und mit einem lauten „Platsch" fiel sie vornüber ins Wasser.

Bei dem Geräusch fuhren alle Schwestern auf und mit dem Schrei: „Wo ist Trudchen?" stürzte Röschen an die Stelle, wo das Kind hineingefallen war.

Ein kleiner Arm war sichtbar. Röschen sprang hinein, ergriff das Kind und reichte es der erschrokkenen Emmi, während Nanni und Miezi der großen Schwester wieder aufs Trockene halfen.

Sie waren alle wie gelähmt, erst als Trudi mit kräftiger Stimme zu schreien anfing, riefen sie: „O, sie lebt, sie lebt, sie ist nicht ertrunken!"

Aber was nun machen? Das Kind triefte, von den blonden Härchen tropfte das Wasser, die Kleider, Schuhe und Strümpfe waren zum Auswringen, dazu fern vom Hause, es war schrecklich!

„Wir setzen sie in den Wagen und fahren so schnell wie möglich zur Stadt, kehren im ersten besten Hause ein und bitten dort um trockene Kleider", entschied Röschen, „aber schnell, Nanni, gib mir meinen Regenmantel; wie gut, daß ich ihn mitnahm! Da hinein wickeln wir Trudi, daß sie sich nicht erkältet."

Die Kleine, die schon etwas fröstelte, ließ alles mit sich geschehen, die andern beiden sahen weinerlich und erschrocken aus und redeten auch von nach Hause fahren.

Es ging schneller aus dem Wald heraus, als man hineingekommen war; in eiligen Schritten suchte man die Stadt zu erreichen. Röschen jagte mit dem Wagen voran, Emmi, Nanni und Miezi zogen die beiden kleinen Schwestern hinter sich her, die kaum den langen Schritten der Größeren folgen konnten mit ihren kleinen ermüdeten Füßchen.

„Wir gehen dort in das große Haus, das erste von hier aus", rief Röschen den Schwestern zu, „dort muß uns Hilfe werden."

Als sie näherkamen, sahen sie, daß das Haus in einem großen Garten lag, daß man durch ein Tor mußte, bevor man in denselben gelangte. Es war eine Klingel am Tor, aber Röschens Versuch, erst einmal zu klinken, gelang. Das Tor war nicht verschlossen, sondern ließ sich leicht öffnen. So zog die Karawane hier ein. Röschen mit dem nassen Schwesterchen im Wagen voran, die andern fünf hinterher. Vor dem Hause war ein großer, durch Sand geebneter Spielplatz, hier gab es kleine Kinder in Hülle und Fülle und zwei Diakonissen dabei, auch etliche junge Mädchen, die mit den Kindern allerlei hübsche Spiele machten. War dies nun ein unerwarteter Anblick für die Kinder, oder fürchteten sie sich vor der schwarzen Tracht der Schwestern, oder waren sie durch das schnelle Laufen erhitzt und überreizt, kurz, sie brachen alle drei in ein fürchterliches Geschrei aus; alle Versuche der größeren Geschwister, sie zu beruhigen, scheiterten. Die Diakonissen sahen sich erschrocken um, ihre kleinen Pflegebefohlenen aber sperrten Mund und Augen auf ob des ungewohnten Anblicks.

Eine der Schwestern kam sogleich auf Röschen zu, die in freundlichen, demütigen Worten ihr Mißgeschick erzählte und bat, ihr Hilfe angedeihen zu lassen. Mit den Worten: „Natürlich, das ist ja Ehrenpflicht", nahm sie das zitternde Kind und trug es ins Haus. Als sie an der offenen Küche vorbeiging, rief sie einem Mädchen zu, sogleich eine Tasse heißer Milch in ihr Zimmer zu bringen.

Röschen folgte ihr. Sie entkleideten das Kind, trockneten es; Schwester Emilie hüllte sie zunächst in Sachen, die ihr gehörten, und legte sie in ihr eigenes Bett. „Der kleine See im Walde ist ziemlich tief, das Kind wäre unrettbar verloren gewesen, wenn Sie es nicht gleich bemerkt hätten“, sagte sie zu Röschen.

„Aber Sie selbst sehen auch so blaß aus, liebes Fräulein, der Schreck hat Ihnen gewiß geschadet.“

„Ja, das wohl, aber ich habe auch ganz nasse Füße und der Kleiderrock – ich sprang gleich ins Wasser, um Trudchen zu retten.“

„Da müssen wir sofort für trockene Füße sorgen.“

Schwester Emilie holte Strümpfe und Schuhe und bot auch Röschen einen Rock an, da sie unmöglich mit den nassen Kleidern nach Hause konnte. Der Rock war zu kurz.

„Warten Sie“, sagte Schwester Emilie verzagt, „wir haben ja alle unsere jungen Mädchen hier, da suchen wir eine aus, die mit Ihnen von gleicher Länge ist, sie freuen sich ja, wenn sie aushelfen können.“

Sie verschwand und kam nach einiger Zeit mit drei jungen Mädchen wieder, die alle neugierige, verwunderte Gesichter machten.

„Ich glaube, Amalie ist ebensogroß wie Sie, wollen Sie sich einmal nebeneinander stellen. Ja, das wird gehen. Amalie, Sie borgen dem jungen Mädchen gewiß gern von Ihren Sachen, es ist ihm ein Unglück zugestoßen.“

„Wir wissen's schon", riefen sie wie aus einem Munde. „Emmi, Nanni und Miezi haben uns alles erzählt."

„Weinen die kleinen Schwestern noch?" fragte Röschen ängstlich.

„Keine Spur. Sie spielen mit den Kindern Ringelreigen und sind höchst vergnügt."

„Es wäre aber wohl gut, sie gingen nach Hause und meldeten den Unfall", meinte Schwester Emilie. „Die Kleine schläft jetzt, wenn sie erwacht, muß sie trockene Sachen haben, damit sie heimgebracht werden kann. Frau Oberin hat gleich eine von den Probeschwestern ins Pfarrhaus geschickt, als sie hörte daß es die Kinder vom Oberpfarrer an der Nikolaikirche seien."

„Wie gut", sagte Röschen, „daß wir gerade hier hineingeraten sind, ich dachte mir gleich, daß wir in diesem Hause Hilfe finden würden. Ist dies die Diakonissen-Anstalt?"

„Nein, dies ist das Kleinkinderlehrerinnen-Seminar, es gehört aber zur Anstalt, deren Gebäude sich weithin erstrecken."

Röschen freundete sich schnell an mit den jungen Mädchen, die sie mit sich genommen hatten, damit sie ihre Kleider wechsle. Sie erzählten, daß sie hier seien, um sich zu Kleinkinderlehrerinnen auszubilden. Sie berichteten von den interessanten Stunden, in denen sie lernten, mit kleinen Kindern umzugehen, mit ihnen zu spielen, sie zu erziehen und in rechter Weise zu beaufsichtigen. Hier seufzte

Röschen, sie fühlte, wieviel auch sie noch zu lernen habe. Die jungen Mädchen zeigten ihr das gemeinsame Wohn- und Arbeitszimmer und den Schlafsaal, erzählten in launiger Weise von ihren praktischen Arbeiten und ihren Vergnügungen. Doch Röschen mußte zu Trudchen zurück. Diese war eben erwacht, hatte wieder rosige Bäckchen und lächelte, als sie Röschen sah.

„Mein liebes, liebes Trudchen“, rief diese, „frierst du nun gar nicht mehr, bist du ganz trocken?“

„Nicht wieder großes Wasser gehen, keine Blumen pflücken, nein, nicht.“ Dabei schüttelte sie ihr Lockenköpfchen und rief: „Aufstehen!“

Gerade jetzt trat Schwester Emilie wieder ein mit der Nachricht, es sei eine Droschke gekommen, es sei auch ein Fräulein da, von den Eltern geschickt, die Kinder sollten schnell heimkommen.

„Gewiß Fräulein Linchen!“ rief Röschen.

Da kam sie schon mit einem ganzen Paket Sachen unter dem Arm. „Röschen, was haben Sie nur wieder gemacht, Sie sind doch noch immer so unüberlegt wie früher.“

Röschen nahm den Tadel ruhig hin, sie kam sich selbst so unendlich unachtsam und unzuverlässig vor. Fräulein Linchen zog ihren Liebling unter vielen Liebkosungen an, die nassen Sachen wurden in ein großes Paket gesteckt, und nachdem Röschen den Diakonissen gedankt, die sich ihrer so liebreich angenommen, fuhr sie mit ihren sechs Schwestern davon.

Emmi, Nanni und Miezi waren außerordentlich angeregt und munter.

„Das war eine wunderschöne Partie", rief Miezi.

„Besonders das letzte war entzückend", fügte Emmi hinzu.

„Und nun noch die Wagenfahrt durch die ganze Stadt, das wird uns nicht alle Tage geboten."

„Schämt euch", sagte Röschen, „ich finde, wir haben alle Ursache, still zu sein, wenn wir denken, daß Trudchen" sie mochte den Satz nicht vollenden, drückte das Kind, das sie auf dem Schoß hatte, innig an sich und sah still vor sich nieder, während die Schwestern Fräulein Linchen viel zu erzählen hatten.

Nun hielt der Wagen vor der Tür. Alle standen draußen, die Eltern und Großmutter mit ängstlichen, erwartungsvollen Mienen, Herr Bruger und Philipp mit halb belustigten, halb neugierigen Gesichtern.

„Nun, dies ist mir aber eine schöne Geschichte", sagte der Vater.

„Wo ist mein Trudchen?" rief die Mutter, die ihren Liebling in die Arme nahm, ihn herzte und küßte.

Emmi, Nanni und Miezi aber hingen sich teils an Vaters, teils an Großmutters Arm und riefen erregt: „Wir wollen alle drei Kleinkinderlehrerinnen werden, wir haben es schon in der Anstalt gesagt. Vater und Mutter, es ist etwas sehr Hübsches. O Großmutter, wie niedlich sind die Kleinen, wie spielt es sich allerliebst mit ihnen."

„Aber die jungen Mädchen müssen viel lernen."
„Nicht wahr? Wir dürfen doch."
„Ruhig, Kinder", ließ sich der Vater vernehmen, „wir wollen später mehr davon sprechen, erst lernt nur achtgeben auf eure kleinen Geschwister, die euch anvertraut sind, das ist, meine ich, die nächstliegende Pflicht."
Röschen fühlte den Stich; sie fühlte, wie beim Heraussteigen aus dem Wagen Herrn Brugers Augen auf ihr ruhten. Natürlich sah er die geliehenen Kleider, und wenn alles erst zutage kam, was würde er von ihr denken!
Die Eltern ließen sich nun den Vorgang von den Kindern erzählen und konnten nicht umhin, die Älteste zu tadeln, daß sie ihre Augen nicht mehr auf die Kleine gerichtet hatte. „Ein anvertrautes Gut muß man sorgsam hüten, und dies war unser bestes, was wir dir zur Obhut übergaben. Gott hat das Schwere gnädig von uns abgewandt, aber denke einmal, wenn die kleine Schwester nun nicht mehr unter uns weilte, durch deine Schuld."
Röschen, ganz zerknirscht durch der Mutter Worte, weinte still vor sich hin, während Emmi, Nanni und Miezi die Schwester verteidigten, indem sie beschrieben, mit welchem Mut Röschen selbst ins Wasser gesprungen sei, und wie es nur ihrer Geistesgegenwart zu danken sei, daß Trudi gerettet worden.
Die Kleinen waren zu Bett gebracht und nach den sanften, regelmäßigen Atemzügen der Jüngsten zu

urteilen, schien das unfreiwillige Bad keine bösen Folgen hinterlassen zu haben. Erst als Röschen das Kind immer wieder behorcht und betrachtet hatte, ging sie beruhigt in die Veranda, wo heute auch der Vater nach Tisch behaglich seine Pfeife rauchte, umgeben von seinen drei größeren Töchtern, die ihm eifrig erzählten. Es schien, als ob das Kleinkinderlehrerinnenseminar mit allem, was sie dort gesehen und erlebt hatten, einen tiefen Eindruck auf sie gemacht hatte.

„Aber Vater", fragte Miezi, „wo kommen nur die vielen kleinen Wesen alle her, welche die Schwestern und die jungen Mädchen hüten mußten?"

„Es sind die Kinder armer Leute, die den Tag über auf Arbeit gehen und ihre Kleinen nicht beaufsichtigen können. Sie stellen sie unter die Obhut der Schwestern, wo sie in jeder Beziehung wohl beraten sind. Sie werden nicht nur leiblich gepflegt, auch ihre Seelen werden behütet! Sie lernen artig sein, sie werden früh zum Heiland geführt. Statt daß sie sich sonst auf den Gassen herumtreiben und häßliche Worte und Manieren lernen, singen sie hier schöne Lieder, hören nur Gutes und vergnügen sich mit hübschen Spielen. Es ist eine segensreiche Einrichtung, die auf das Volksleben von bedeutendem Einfluß ist."

„Es waren aber so sehr viele junge Mädchen in der Anstalt, wo bleiben sie alle?"

„Sie werden, wenn sie den Lehrkursus durchgemacht haben, an Kleinkinderschulen, die in den verschiedenen Städten gegründet sind, angestellt. Der Beruf einer Kleinkinderlehrerin ist ein sehr schöner; ich möchte wohl, daß eine meine Töchter sich dazu eignete."

„Wir alle drei", riefen sie im Chor.

Der Vater lächelte. „Müßt ihr denn alle drei immer dasselbe tun? Wir wollen vorderhand nur daran denken, daß eine zu diesem Beruf ausgebildet wird. Es gibt noch viele Berufsarten, in denen ihr Gott und dem Nächsten dienen könnt."

„Nun, wenn wir nicht alle drei Kleinkinderlehrerinnen werden können, dann werde ich ‚Großmütterchen', das ist auch etwas Schönes", sagte Miezi resigniert.

Alle lachten, die Mutter aber fügte hinzu: „Mein liebes Kind, suche deiner Großmutter in allen Dingen ähnlich zu werden, dann wirst du, wie sie, Gottes und der Menschen Wohlgefallen haben."

Großmütterchen hatte das letzte gar nicht gehört. Sie war wieder einmal, wie jetzt oft, mit ihren Gedanken in Beckedorf. Sie weilten bei einem alten Mann, der sich und den Seinen durch seinen Geiz alle Lebensfreuden verbitterte und der sich dadurch selbst so unglücklich machte. Oh, wenn sie ihm hätte sagen können, wie glücklich und gesegnet ihr Leben gewesen ohne den Mammon, der seine Seele gefangen hielt, ihn so verknöcherte, daß ihm alles Gefühl abstarb, daß ihm die Liebe der Seinigen verlorenging und es einsam und öde um ihn her ward.

„Großmütterchen schläft", rief eins der Kinder.

„Nein, sie schläft nicht", war Großmutters Antwort, „sie hat sich nur ein wenig in alte Zeiten versenkt."

Fräulein Linchen

„Fräulein Linchen scheint wieder in ihre vorigen Fehler zurückzufallen“, klagte die Mutter. „Sie vergißt alles, läßt so viel aus den Händen fallen, und was das Schlimmste ist, sie ist oft melancholisch und traurig, hat verweinte Augen, ist überhaupt still und in sich gekehrt, ich weiß nicht, was ich daraus machen soll.“

„Ich wüßte nicht, daß sie Grund hätte, traurig zu sein, doch ist mir ihr verändertes Wesen in letzter Zeit auch aufgefallen“, meinte Frau Elsner.

Das Gartenzimmer im Pfarrhause wurde neu gemalt. Ein geschickter, schon etwas älterer Mann war dabei, künstliche Arabesken anzubringen; er verstand sein Fach, das merkte man. Er hatte eifrig gepinselt den ganzen Morgen und stand auf seiner Leiter und betrachtete wohlgefällig sein Werk. Da öffnete sich die Tür, Fräulein Linchen trat ein mit einem wohlgestrichenen Butterbrote und einer Kanne Bier. Sie errötete, als sie dem Maler guten Tag bot, stellte das Frühstück hin und wollte sich eiligst wieder entfernen.

„Pst! Fräulein Linchen“, rief der Maler von der Leiter, „haben Sie sich meinen Vorschlag überlegt?“

„Ach lassen Sie doch nur“, sagte Fräulein Linchen, sich ängstlich umsehend, ob auch jemand in Hörweite sei, „Sie sehen doch selbst, daß ich hier nicht fort kann. Frau Oberpfarrer kann mit der

Mutter nicht alles allein besorgen, sie ist schwach und darf sich nicht viel zumuten."

„Aber da ist ja die große Tochter."

„Die studiert und hat keine Zeit, in der Wirtschaft zu helfen."

„Aber es gibt ja so viele Stützen in der Welt, Fräulein Linchen, und ich hab' es nun einmal auf Sie abgesehen. Damals – nun ja – da wollten Sie nicht, da hab' ich mich nach einer andern Frau umgesehen. Aber nun! Denken Sie nur, wie traurig es ist, mit zwei kleinen Kindern dazusitzen, die keine Mutter haben. Und wie gesagt – diesen Liebesdienst vergesse ich Ihnen nie."

„Ach, erwähnen Sie das doch nicht, das hätte ja jeder an meiner Stelle getan."

„Das sagen Sie nicht, die Leute sind gewöhnlich alle so selbstsüchtig – der liebe Gott hat Sie mir ins Haus geschickt, das ist meine feste Überzeugung. Und nun seien Sie nicht so spröde." Er stand oben auf der Leiter und sah sie bittend an.

Sie war halb überwunden, sah sich aber wieder scheu um, ob jemand käme. Da nahten Tritte. Fräulein Linchen floh durch die Tür, der Maler seufzte, nahm seinen Pinsel und malte weiter.

„Frau Oberpfarrer", begann Linchen nach einigen Tagen, als sie miteinander in der Küche waren, „ich werde wohl die längste Zeit bei Ihnen gewesen sein."

„Aber Linchen!" fuhr Frau Dorothea erschrocken auf, „was haben Sie denn vor?"

„Ich werde wohl eine andere Stelle annehmen müssen."

„Müssen? Wer zwingt Sie denn dazu?"

„Ach, man zwingt mich nicht, aber – er läßt mir keine Ruhe, bittet mich alle Tage, doch Mutterstelle an seinen kleinen verwaisten Töchtern zu vertreten; ich habe mich immer dagegen gewehrt, und nun – muß er hier ins Haus kommen, um die Malereien zu besorgen. Davon kommt das Ganze nun."

Jetzt ging der Frau Oberpfarrer ein Licht auf. „Sie wollen heiraten, Linchen, und zwar unsern guten Maler Wegner, der vor einem Jahr seine Frau verloren hat. Das ist ein gottesfürchtiger und solider Mann. Es ist doch nicht derselbe, der vor sieben Jahren schon einmal um Sie anhielt?"

Linchen nickte. „Wir kennen uns schon lange, aber Sie wissen, Frau Oberpfarrer, ich hatte damals keine Lust. Ich wußte gar nicht, daß er hierhergezogen war, viel weniger, daß seine Frau gestorben. Vor einiger Zeit machte ich Besorgungen in der Stadt; da kamen zwei kleine Mädchen Hand in Hand die Straße daher. Plötzlich fuhr ein Wagen in scharfem Trabe um die Ecke; die Kinder wollten ausweichen, da stolperte die Kleine und fiel. Ich lief so schnell ich konnte und kam gerade zu rechter Zeit, um sie hinwegzureißen und vor dem Überfahrenwerden zu retten. Das Kind war so erschrocken, daß es bitterlich weinte; ich nahm es auf den Arm, während das größere mir das Haus zeigte, in dem sie wohnten. Da kam ein Mann, der das Ganze gesehen hatte, aber zu weit entfernt war, um das Kind zu fassen. Er dankte mir mit bewegten Worten, denn er war der Vater der Kinder, und wie ich jetzt sah, der Maler Wegner. Ich trug die Kleine ins Haus, in der Meinung, dort die Mutter zu finden, und sah mich suchend um. Das mochte Herr Wegner merken. ‚Hier sieht es traurig aus', meinte er, ‚meine Frau ist gestorben. Die Nachbarin versorgt mich und die Kinder mit, aber es hat alles nicht seine Ordnung. Ja', fügte er gleich hinzu, wenn ich jemand wie Sie hätte, der mir die Wirtschaft und die Kinder versorgte.' Ich fühlte, daß ich rot wurde und entfernte mich eiligst."

„Davon haben Sie uns ja gar nichts erzählt, Fräulein Linchen. Haben Sie sich denn seitdem öfters wiedergesehen?"

„Gar nicht. Erst vor vierzehn Tagen, als es hieß, es sei ein Maler da, ich solle Frühstück für ihn besorgen, habe ich ihn wiedergesehen. Er fing seitdem jeden Morgen, wenn ich ihm sein Butterbrot brachte, davon an, so daß es mir peinlich wurde. Nun muß ich der Sache ein Ende machen und Ihnen alles sagen. Sie müssen mir raten, was ich tun soll."

„Das müssen Sie selbst am besten wissen, liebes Linchen, da kann kein anderer raten. Sie waren früher nicht sehr geneigt zu dieser Heirat."

„Das habe ich bereut. Die Männer können nicht alle hübsch sein, an die Nase habe ich mich gewöhnt. Die Hauptsache ist, daß er ein christlich gesinnter Mann ist, und daß die Kinder eine Mutter brauchen."

Frau Oberpfarrer sagte nun, daß sie Linchen, die ihr seit mehr denn zehn Jahren eine treue Stütze gewesen, ungern misse, daß sie ihrem Glück aber durchaus nicht im Wege sein wolle. Sie wünsche ihr von Herzen Gottes Segen zu ihrem Vorhaben. Nun war Linchen beruhigt; sie hatte das Schwere, das ihr wie ein Druck auf dem Herzen gelegen, abgewälzt, nun konnte sie der weiteren Entwicklung der Sache entgegensehen. Schon am folgenden Tage kam sie und bat Frau Oberpfarrer, ihr den Freitag freizugeben. Es sollte bei einer alten Tante, die in der Vorstadt wohnte, feierliche Verlobung stattfinden. Große Aufregung war im Pfarrhause ob dieses Ereignisses; ein jeder sah Linchen mit andern Augen an als vorher, diese aber war froh, daß die Malereien beendet waren, so kam sie nicht in Verlegenheit, mit dem Auserkorenen ihres Herzens von der Familie angestaunt zu werden. Emmi, Nanni und Miezi, die sich sehr für den Fall interessierten, baten sofort, ob sie nicht am Freitag mitfeiern dürften, was ihnen jedoch entschieden abgeschlagen wurde.

„Nun, Röschen, zeige einmal, was du kannst", sagte Großmutter am Freitagmorgen, nachdem Fräulein Linchen im besten Sonntagskleid zu ihrer Tante abgewandert war. „Heute mußt du der Küche vorstehen, Mutter und ich haben auf dem Boden mit den Leinenkoffern zu tun, Sophie ist im

Garten beschäftigt, du aber hast Ferien und kannst uns recht schön helfen."

„Gern will ich das, ihr werdet sehen, daß ich meine Sache gut machen werde."

„Es soll aber heute ein Braten gemacht werden, du mußt achtgeben, daß er schön bräunt, ihn fleißig begießen, damit er saftig wird, und vor allen Dingen aufpassen, daß er nicht anbrennt."

„Ihr werdet nie einen schöneren Braten gegessen haben, als den heute von mir bereiteten", versicherte Röschen im Amtseifer, und die beiden gingen ruhig nach oben, wo sie das aus der Wäsche gekommene Leinenzeug ordneten und verschiedenes andere zu tun hatten.

Röschen machte ihre Sache anfangs ganz gut; sie befolgte genau der Mutter Vorschriften, der stattliche Braten bräunte sich und entsendete lieblichen Duft. Nun war aber ein herrlicher Sommertag, warum mußte immer die Küchentür, die in den Hof führte, verschlossen sein? Sie machte auf. Ach, schöne grüne Bäume, blauer Himmel, Sonnenschein, die Vöglein sangen, die Bienlein summten, Sommerleben allüberall, und hinter ihr die dumpfe Küche, welch ein Kontrast. Besser hatten es doch die Leute, die ihre Arbeit im Freien zu verrichten hatten.

Da kam Philipp ums Haus gelaufen. Er sah sie in der offenen Küchentür stehen. „Schnell, schnell, Röschen", schrie er, „vorne ist Besuch, ein ganzer Haufen vornehmer Damen, Mutter ist nicht da,

Großmutter ist nicht zu finden, komme schnell!"

Röschen sah sich an. War sie imstande, vornehmen Besuch zu empfangen? Sie wusch sich schnell die etwas angeschwärzten Hände und begab sich nach vorn.

Vier in Trauer gekleidete Damen saßen im Besuchszimmer; etwas verlegen verneigte sich Röschen, als plötzlich eine junge Dame aus ihrer Mitte auf Röschen zueilte, sie umarmte und rief: „Röschen, kennst du mich gar nicht, deine Mitpensionärin Thea von Immenhoff."

„Thea, du bist es", kam es von den Lippen des erstaunten Röschens.

„Freilich bin ich's, und hier ist meine Mutter, und dies sind meine beiden ältesten Schwestern Wilhelmine und Anna. Wir möchten deinen Eltern einen Besuch machen."

„Wir wohnen jetzt hier in der Stadt", fügte Frau von Immenhoff hinzu, „wir wünschen die Bekanntschaft des Herrn Oberpfarrers und seiner Frau Gemahlin zu machen."

Röschen verneigte sich zierlich vor den ihr noch unbekannten Damen und sagte höflich, daß ihr Bruder die Eltern benachrichtige. Da kam schon der Vater, welch ein Glück. Er unterhielt sich mit der gnädigen Frau, während es Röschen nicht schwerfiel, mit Thea ein Gespräch anzuknüpfen, waren sie doch in der Pension immer die Lustigen, allezeit Redseligen gewesen. Thea erzählte, wie traurig es gewesen, den Vater nicht mehr am Leben zu finden, wie es sich herausgestellt, daß die Vermögensverhältnisse keineswegs glänzende waren, wie sie gezwungen gewesen seien, ihr Gut zu verkaufen. Sie seien nun willens, hier in der Residenz zu leben und so weiter.

Ein feiner brenzlicher Geruch machte sich bemerkbar. Die gnädige Frau hatte schon ein paarmal mit den Nasenflügeln gezuckt; sie war zu sehr Hausfrau, um nicht zu merken, daß in der Küche etwas passiert sein mußte.

Endlich winkte der Oberpfarrer seine Tochter heran, er flüsterte halblaut: „Mein Kind, es ist ein unangenehmer Geruch im Zimmer, sieh doch einmal nach, was es sein könnte, und bitte die Mutter hereinzukommen."

Nun fiel es Röschen wieder ein, daß sie des Bratens warten sollte. Sie hatte es ganz vergessen! Mit jähem Schreck eilte sie hinaus. O weh, dichter Qualm umfing sie, die Küchentür war weit geöffnet, Emmi, Nanni und Miezi liefen mit Wassertöpfen und suchten den Qualm zu ersticken, indem sie auf den schwarzgebrannten Braten, der laute Schmerzensschreie ausstieß, Fluten von Wasser gossen.

„Und es wallet und siedet und braust und zischt, wie wenn Wasser mit Feuer sich menget", zitierte der eben eintretende Philipp.

Von der Treppe her ertönte der Mutter Stimme: „Kind, Röschen, was hast du gemacht, kann man dir denn gar nichts anvertrauen!"

Röschen stand mit unglücklichem Gesicht vor dem schwarzen Braten, der ungenießbar geworden. Die Mutter, die schon Kunde hatte, daß Besuch ihrer harrte, bat die Großmutter, ihr Heil in der Küche zu versuchen, und begab sich ins vordere Zimmer, während Röschen, kummerbelastet und tränenvoll, kein Verlangen trug, der Mutter zu folgen. Die Großmutter rettete, was zu retten war, aber das gute Mittagessen war dahin; die traurigen Überreste des Bratens, der noch für den Sonntag reichen sollte, gaben kaum ein mittelmäßiges Mahl für diesen Tag.

Auf einmal steckte Thea den Kopf zur Küche herein und lachte silberhell. „Röschen, wir wissen alles, der Geruch hat dich verraten, gräme dich doch nicht, wir sind ja schuld. Ich kann auch noch nicht selbständig kochen, obwohl es mir viel Vergnügen macht. Komm nur wieder mit! Nicht wahr, sie darf doch?“ wandte sie sich mit höflicher Verneigung an die Großmutter.

„Gewiß darf sie“, erwiderte diese und fügte lächelnd hinzu „Hier ist nichts mehr zu verderben.“

Sie gingen wieder ins Besuchszimmer, in dem lebhafte Unterhaltung herrschte.

„Ja“, sagte gerade Frau von Immenhoff, „ich muß aufrichtig gestehen, sechs Söhne wären mir lieber als sechs Töchter, nun ich aber höre, daß Sie sieben Mädchen aufzuweisen haben, bin ich ein wenig getröstet. Was machen Sie mit allen sieben, Frau Oberpfarrer?“

„Das muß die Zeit lehren. Erst bitten wir Gott um seinen Beistand, damit wir sie nach seinem Wohlgefallen erziehen."

„Wie es Ihnen bei der Ältesten schon gelungen ist."

„Ach nein", versetzte Röschen und wurde dunkelrot, „ich habe eben den Braten verbrannt und vorige Woche meine kleine Schwester ins Wasser fallen lassen."

„Lehrgeld muß jeder bezahlen, mein liebes Kind", tröstete die gnädige Frau, „wollte ich alles Mißgeschick aufzählen, das meine Töchter schon ausgeübt haben, ich würde gar nicht fertig damit."

Röschen atmete erleichtert auf, während Frau von Immenhoff sich wieder an den Oberpfarrer wandte und sagte: „Sie waren dabei, mir verschiedene Berufsarten zu nennen, die meine Töchter ergreifen könnten. Eben, weil es hier in der Hauptstadt mehr Gelegenheit gibt, sich nützlich zu machen, faßte ich den Entschluß, meinen Wohnsitz hier aufzuschlagen. Ich will nicht, daß sechs erwachsene Töchter morgens aufstehen mit der Frage: ‚Was sollen wir heute tun, womit schlagen wir die Zeit tot?'"

„Es muß", wandte Frau Dorothea ein, „vor allen Dingen auf die Eigenart der Mädchen geachtet werden, auf ihre besonderen Anlagen und Fähigkeiten, auf ihre Neigungen. Um so mehr werden sie in dem erwähnten Beruf leisten können."

„Meine Wilhelmine ist sehr wirtschaftlich, sie ist umsichtig und praktisch."

„Mutter“, rief der Oberpfarrer erfreut, „da hätten wir ja gleich eine Persönlichkeit für unser Mädchenheim.“

Frau von Immenhoff sah fragend auf. „Wir haben ein Haus gegründet, in dem junge Verkäuferinnen, Lehrerinnen, kurz, junge Mädchen, die in der Stadt einen selbständigen Beruf haben und gezwungen sind, allein zu wohnen, ein Heim haben. Der Vorstand hat eine junge Dame an die Spitze gestellt, die dem Hauswesen vorsteht, die jetzige muß uns leider in nächster Zeit verlassen, da fände Ihr Fräulein Tochter eine ihrem Geschmack entsprechende Tätigkeit.“

„Ich werde mich näher danach erkundigen.“

„Außerdem“, fuhr der Pfarrer fort, „gibt es so verschiedenartige Dinge, die ein Mädchen ergreifen kann, ohne deshalb ihren Stand zu verlassen.“

„Vorderhand hätten wir dann eine versorgt“, meinte Frau von Immenhoff, „nun sind aber noch fünf da. Finden sie alle ihre Tätigkeit?“

„Wenn sie nur ernstes Streben haben und vor allem sich die rechte Treue erbitten von Gott dem Herrn.“

„Ich sagte es gleich“, rief die gnädige Frau, „im Pfarrhaus holt man sich Rat für alles. Es ist ein zu wichtiges Thema für den, der viele Töchter hat; ich komme bald wieder, um mehr mit Ihnen zu beraten, es ist meine Hauptsorge jetzt.“

Man verabschiedete sich, und nachdem die Dame gegangen, rief der Oberpfarrer: „Das ist eine vernünftige Frau. Wie viele Mütter gibt es, die sehen, wie ihre Töchter die Zeit verträumen und vertändeln und nicht daran denken, wieviel Hilfe wir gebrauchen in der inneren Mission, in Krankenhäusern, in Hospizen und Kliniken, wie es an Schwestern fehlt in den Diakonissenhäusern."

Röschen fiel ihrer Mutter um den Hals und schluchzte: „Und ich tauge zu gar nichts; ich werde keine ordentliche Lehrerin, und im Hause bin ich auch nicht zu gebrauchen. Was wird nur einmal aus mir!"

„Mit Gottes Hilfe noch einmal ein recht tüchtiges, brauchbares Mädchen", war der Mutter Antwort.

Das Beste am Mittag war die Suppe. Alle Mitglieder der Familie waren eingeweiht in das Bratenunglück und schwiegen, als die verstümmelte Mißgeburt auf den Tisch kam.

Nur Philipp summte leise: „Und sie erhoben die Hände zum lecker bereiteten Mahle."

Der Herr Vikar tat auch, als ob er nichts merkte, obwohl ihm der verräterische Duft ebensogut in die Nase gestiegen war wie den andern. Niemand war geknickter als Röschen, die noch vor einigen Tagen geprahlt hatte, es sei nichts leichter, als einen guten Braten herzustellen.

Emmi, Nanni und Miezi wußten sich schadlos zu halten für das sehr mittelmäßige Mittagessen. Sie kamen überein, zufällig an dem Hause von Fräulein Linchens Tante vorüberzugehen. Und wie sie dachten, so geschah es. Fräulein Linchen sah sie, stürzte heraus und lud sie ein, hereinzukommen. Auf ihr gehorsames: „Wir dürfen nicht", verschwand Fräulein Linchen und tauchte nach einigen Minuten wieder auf mit einem großen Paket Kuchen, das die drei mit nach Hause nahmen und mit größtem Appetit zu ihrer Milch verzehrten.

Spät am Abend kam Fräulein Linchen sehr befriedigt heim als glückliche Braut.

Unerwartete Trauer

„Hier ist der Brief Ihres Großvaters, worin er schreibt, Sie seien zur Lehrerin ausgebildet und befähigt, ein neunjähriges junges Mädchen in allen Schulfächern wie auch in den fremden Sprachen zu unterrichten. Nun finde ich, daß Sie weder Französisch noch Englisch geläufig sprechen, auch der wissenschaftliche Unterricht genügt mir nicht, ich sehe mich veranlaßt, zu Weihnachten eine geprüfte Lehrerin zu nehmen."

„Sie wußten, gnädige Frau, daß ich mein Examen nicht gemacht hatte. Daß mein Großvater mich Ihnen empfahl als zur Lehrerin ausgebildet, tut mir leid; es ist ein Irrtum seinerseits. Ich bin nur im Pensionat von Fräulein Hochberg in A. gewesen" erwiderte Meta der Frau Baronin von Uhden, die hoch aufgerichtet vor dem jungen Mädchen stand und mit erregtem Gesicht obige Äußerung machte.

Meta hatte schwere Monate hinter sich. Die kleine Ursula war ein sehr aufgewecktes Kind, die mit ihren klugen, spitzfindigen Fragen die arme junge Lehrerin oft in Verlegenheit setzte, zumal hinter ihr am Fenster die strenge Frau Mama mit ihrem Strickstrumpf saß und scharf rezensierte, auch wohl dreinredete, wenn sie meinte, etwas besser zu wissen. Das verwirrte Meta noch mehr. Sie bereitete sich immer ängstlicher auf den Unterricht vor, wenn sie aber hinter sich die Stricknadeln klappern hörte und das ungeduldige Räuspern der gnädigen Frau, so verlor sie den Faden und brachte ihren wohl einstudierten Geschichtsvortrag nicht zu Ende. Mit zwei erwachsenen Töchtern sollte sie französische und englische Konversation treiben, man hatte vorher nichts davon erwähnt; die Baronin meinte, es sei selbstverständlich, daß man dies von einer Lehrerin erwarten könne. Man hatte es in der Pension geübt, aber beherrschen konnte Meta die Sprachen nicht. Die jungen Mädchen, die immer Französinnen und Engländerinnen gehabt, wußten oft mehr als sie und kicherten, wenn sie sich verkehrt ausdrückte.

„Wir haben einen vollständigen Mißgriff getan", klagte die Baronin gegen ihren Gemahl.

„Aber das junge Mädchen ist bescheiden und liebenswürdig", entgegnete dieser.

„Was nützt es, wenn Ursula nichts lernt?"

Die Baronin hatte sich also veranlaßt gesehen, Meta zu kündigen, und diese saß niedergedrückt und traurig in ihrem Zimmer. Wäre die Dame nicht so hart und rücksichtslos gewesen, hätte sie Meta Zeit gelassen, sich allein mit der Kleinen einzuleben, so hätte es gehen mögen. Aber dies stete Aufpassen auf alles, was sie sagte und tat, dies Rügen jedes kleinen Versehens brachte es dahin, daß Lehrerin und Schülerin mit Unlust an ihre tägliche Arbeit gingen; die schließliche Kündigung kam Meta nicht unerwartet, obwohl sie mit Sorgen an die Zukunft dachte. Sie schrieb ihrem Mütterlein alles, worauf diese betrübt antwortete, daß sie nicht den Mut habe, dem Großvater die Kündigung mitzuteilen, daß sie natürlich nach Hause kommen müsse, wenn sich keine andere passende Stelle finden würde.

Da kündigte Frau Baronin Meta eines Tages an, daß ihre Schwester zum Besuch kommen würde mit ihrer kleinen Tochter, die in Ursulas Alter stand; sie würden zwei Tage bleiben, während dieser Zeit habe Meta frei und könne unternehmen, was sie wolle. Michaelisferien würden nicht sein, da nachher fleißig gearbeitet werden müsse.

Wie konnte Meta diese beiden freien Tage besser anwenden als zu einer kleinen Reise zu Oberpfarrers? Sie hatten sie alle so freundlich aufgefordert wiederzukommen, dort konnte sie sich Rat holen, vielleicht auch von einer Stelle hören. Da sie wußte, daß das Pfarrhaus zu jeder Zeit für Fremde und Gäste geöffnet war, meldete sie sich nicht an, sondern fuhr an dem freien Tage am Morgen mit der Bahn nach der Residenz. Ein paarmal hatten sie und Röschen sich geschrieben, aber nun waren mehrere Wochen vergangen, da sie nichts voneinander gehört hatten. Wie schön, daß sie sich mündlich über alles aussprechen konnten.

Sie hatte verschiedene Reisegesellschaft und achtete wenig auf das Geplauder der Fahrgäste. Mit der Zeit wurde der Wagen leerer, an einer Station stieg sogar alles aus; sie hoffte, allein zu bleiben und ihren Gedanken nachhängen zu können; da kamen kurz vor Abgang des Zuges noch zwei Damen. Sie waren in tiefer Trauer und trugen Kränze. Sie sprachen von jemand, der viel zu früh für die Familie dahingegangen sei. Meta erfuhr nicht, wer es sei, da keine Namen genannt wurden, aber je mehr die Damen davon sprachen, um so lebhafter interessierte sie sich für den Fall. Es war eine Mutter von vielen Kindern, das entnahm sie dem Gespräch. Die Damen mußten wohl dem Hause nahe stehen, es schien aus ihren Reden wenigstens so. Jetzt nannten sie Namen, nun sprachen sie von einem Röschen. Röschen? Meta erschrak. Doch nein, es konnte ja nicht sein, es gab ja viele junge Mädchen dieses Namens. Nun hieß es weiter, die älteste Tochter werde wohl den Gedanken, Lehrerin zu werden, aufgeben müssen, da die Großmutter zu alt sei, um dem ganzen Hauswesen vorzustehen. Dies erschreckte Meta wieder, sie wollte die unbekannten Damen fragen, in welchem Hause Trauer eingekehrt sei, aber sie fand nicht den Mut. Auch war die Station erreicht. Die Damen stiegen aus, gingen aber zu Metas Beruhigung in ein an der Bahnhofstraße gelegenes Haus. So war der Todesfall in einer fremden Familie, sie hatte sich falschen Befürchtungen hingegeben. Eiligen Schrittes ging sie den ihr bekannten Weg nach der Kirchgasse. Als sie dieselbe erreicht hatte und das Haus von fern erblickte, überfiel sie wieder eine Beklommenheit, denn vor ihr ging eine schwarzgekleidete Person, die ein schönes Blumenkreuz trug, und eben jetzt sah sie von der anderen Seite einen Gärtnerburschen mit einem Palmzweig ins Pfarrhaus gehen. Nun war sie da. Sie öffnete die Tür und sah gerade, wie Röschen in tiefer Trauer, mit bleichem, verweintem Gesicht dem Burschen den Palmzweig abnahm; nun war ihr alles klar.

„Röschen, ist es denn möglich?" Mit diesem Ausruf fiel sie der Freundin weinend um den Hals.

Diese weinte still und sagte: „Ja, Meta, die beste aller Mütter, unseres Hauses Krone, ist uns genommen; wir konnten sie noch lange nicht entbehren."

Meta sagte, daß sie keine Ahnung gehabt habe, sonst wäre sie nicht gekommen, worauf Röschen ihre beiden Hände ergriff und bat, sie heute nicht zu verlassen, ihr beizustehen, die unabänderlichen häuslichen Dinge zu besorgen. Sie blieb bei der Freundin, froh, daß sie frei war und bleiben konnte. Immer wieder erzählte Röschen von der kurzen, schweren Krankheit der geliebten Mutter, und wie sie alle nicht daran gedacht hatten, daß es zum Sterben gehen könnte.

„Wo ist deine Großmutter?" fragte Meta, „wie trägt sie es?"

„Großmutter ist in ihrer Stube und hütet die Kinder, damit es stille ist im Hause!"

„Darf ich sie sehen?"

„Sie will eigentlich niemand sehen, aber dich hat sie ins Herz geschlossen, als du das erstemal hier warst, komm!"

Meta errötete, auch sie hatte einen unvergeßlichen

Eindruck von der alten Dame hinweggenommen. Röschen öffnete leise die Tür. Da saß Großmutter in der tiefen Fensternische wie ehedem, nur daß heute das weiße Band auf der Haube mit einem schwarzen vertauscht war, und die sonst so fröhlich blickenden klaren Augen trübe und matt waren. Auf dem Schoß hatte sie die kleine Zweijährige, die ihr blondes Lockenköpfchen an Großmutters Brust gelehnt hatte, als sollte hier künftig ihre Zuflucht sein.

Die größeren Mädchen waren beschäftigt, einen Kranz zu winden, das kleine Lieschen flüsterte Röschen zu: „Wir müssen ganz still sein, Mutti schläft."

Meta traten die Tränen in die Augen, die Stube der Großmutter kam ihr mehr denn je wie ein Heiligtum vor. Jetzt begannen die schönen Glocken der Nikolaikirche zu läuten. Da faltete Großmutter die Hände, Tränen entquollen ihren Augen; sie sagte mit tiefbewegter Stimme: „Das sind meine Glokken, aber diesmal zerreißen sie mir das Herz. Ich habe viel Schweres in meinem Leben erfahren, aber dies ist fast zu schwer."

„Großmutter, zieht Mutti nun ins Himmelreich ein?" fragte Eva.

„Ja, mein liebes Kind." Sie legte die zitternde Hand auf das Haupt der kleinen Eva. „Halte dich fromm und habe den Herrn Jesum lieb, dann kommst du auch ins Himmelreich und siehst dein Mütterchen wieder."

„Ich möchte jetzt gleich hinein“, sagte das Kind bittend mit gefalteten Händchen.

„Du mußt aber warten, bis dein Heiland dich ruft.“

„Sieh nur, Großmutter, den schönen Kranz“, sagte Miezi, während Emmi und Nanni ihn in die Höhe hielten.

„Muß Mütterchen sich nicht über den Kranz freuen? Sie hatte die Astern so gern.“

Alles wurde im Flüsterton gesprochen. Röschen hatte den Kopf ans Fensterkreuz gelehnt und weinte leise.

Meta trat zu ihr und umschlang sie. „Kann ich etwas für dich tun?“ flüsterte sie.

„Ja so, ich vergesse immer das Notwendige, willst du mit hinunterkommen, es gibt noch viel Arbeit.“

Meta half, wo sie konnte, sie stellte sich überall geschickt an. Später kamen die beiden Damen, mit denen Meta gefahren war. Es waren Kusinen des Oberpfarrers, die, da sie eine verheiratete Schwester in der Stadt hatten, sich dort einquartiert hatten, um hier keine Störung zu machen.

Die Beerdigung war vorüber. Es war Abend. Die Kleinen schliefen sanft und friedlich in ihren Bettchen, sie überwanden den Schmerz um die heimgegangene Mutter leichter als die älteren Kinder, die mit Großmutter und dem Vater im Wohnzimmer versammelt waren.

Der Vater hatte lange still und in sich versunken dagesessen; plötzlich richtete er sich auf und sagte traurig: „Großmutter, was fangen wir ohne unsere Mutter an?"

„Wir müssen das Kreuz, das Gott uns auferlegt hat, still und geduldig tragen, jeder im Hause muß seine Pflichten doppelt treu erfüllen. Ich, als Großmutter, will vorangehen. Was meine alten Kräfte noch leisten können, will ich tun. Ich führe die Oberaufsicht und Fräulein Linchen ..."

„Linchen verläßt uns nächste Woche."

„Ja so, daran dachte ich nicht. Nun, da wird unser Röschen an ihre Stelle treten müssen, eine kräftige Stütze muß ich haben."

„Aber Großmutter, mein Seminar."

„Wir müssen den Beruf als den uns von Gott gewiesenen ansehen, der uns am nächsten liegt. Deine ersten Pflichten, mein liebes Kind, werden sein, deiner alten Großmutter zu helfen, die kleinen Geschwister zu erziehen und dem Hauswesen vorzustehen. Emmi, Nanni und Miezi, ihr müßt auch tüchtig mit zugreifen, dann werden wir es wohl mit Gottes Hilfe fertigbringen."

„Welche Gnade von Gott, daß wir dich noch haben, Großmutter", sagte der Oberpfarrer und nahm die Brille ab, um die hervorquellenden Tränen zu trocknen. „Ich werde mich mehr um die Erziehung der Kinder kümmern."

„Ja, wenn du das wolltest", fiel ihm die Großmutter ins Wort.

„Gewiß, es muß sein, die liebe selige Dorothea hat mir das alles abgenommen. Es wird nun anders werden. Besonders um den Philipp werde ich mich speziell kümmern."

Bei dieser Äußerung rückte Philipp unruhig auf seinem Stuhl hin und her. Die Großmutter seufzte innerlich. Es war und blieb der wunde Fleck, daß der Schwiegersohn zu sehr ans Studierzimmer gefesselt war. Er hatte ja freilich eine große Gemeinde, und es gab viel zu tun, aber ein wenig mehr, glaubte die Großmutter, müßte er sich seiner Familie widmen können.

Man saß noch lange beisammen und sprach von der treuen Heimgegangenen, wie so schnell die böse Krankheit über sie gekommen und sie dahingerafft, eh' die Ihrigen den Gedanken an Trennung und Scheiden zu fassen vermochten.

Am späten Abend waren die beiden Freundinnen allein in Röschens Stube.

„Wie leid tust du mir, Röschen, daß du deine Studien aufgeben mußt!"

„Ja, schwer wird mir's, ich mochte gerne lernen, aber es ist meine Pflicht, damit abzubrechen. Weißt du nicht, daß Fräulein Hochberg sagte, man müsse immer die nächstliegenden Pflichten als seinen Beruf ansehen? Ähnlich sagte auch Großmutter heute. Ich kann meine alte Großmutter jetzt nicht im Stich lassen, ich werde ihr eine tüchtige, treue Stütze werden mit Gottes Hilfe. Das schwerste ist ja doch, daß wir unsere liebe Mutter verloren haben."

Am andern Morgen widmete sich Frau Elsner, die sich nicht selbstsüchtig ihrem Schmerz überließ,

Röschens Freundin, für die sie ein warmes Interesse an den Tag legte. Diese sagte ihr im Vertrauen, was sie bedrückte, und erbat sich ihren Rat für die Zukunft.

Frau Elsner schwieg eine Weile, dann sagte sie: „Es wäre besser gewesen, Sie hätten noch mehr zu Ihrer Ausbildung tun können; was man sein will, muß man ganz sein."

„Es könnte ja noch geschehen", erwiderte Meta, „aber mein Großvater würde schwerlich die Mittel dazu hergeben."

Die Großmutter sah Meta traurig an und schwieg. In ihrem Herzen aber dachte sie: „Das weiß niemand besser als ich." Sie hatte das Unrecht, das ihr geschehen war, mit Gottes Hilfe überwunden, aber nun stieg eine Bitterkeit in ihrem Herzen auf darüber, daß der alte Mann sich an seinen Enkelkindern versündigte, da er nicht genügend für ihre Ausbildung sorgte. Endlich sagte sie: „Mein liebes Kind, gehen Sie getrost nach Rinow zurück und leisten Sie, was Sie leisten können in der kurzen Frist, die Ihnen dort noch gegeben ist. Seien Sie treu im Kleinen, bitten Sie Gott täglich um seinen Beistand; Kraft und Gedeihen muß erbeten sein, das ist die Hauptsache, und dann gehen Sie ruhig und getrost an Ihre Arbeit, die der Herr segnen wird. Fürchten Sie sich nicht vor der gnädigen Frau, lassen Sie sich nicht einschüchtern, wenn Sie still den Weg der Pflicht gehen, wird alles wohl gelingen."

Meta fühlte sich erhoben und gestärkt durch den

Zuspruch der Großmutter; sie wollte mit neuem Mut an die Ausübung ihrer Pflichten gehen.

Die letzten Worte der alten Dame waren: „Befehlen Sie alles Gott, dem Herrn, mein liebes Kind, ich werde Ihrer täglich fürbittend gedenken, darauf verlassen Sie sich."

So schied Meta zum zweitenmal aus dem ihr liebgewordenen Pfarrhause. Diesmal nahm sie traurige Eindrücke mit hinweg, und doch hatte sie hier die Macht des Glaubens erfahren dürfen, des Glaubens, der die Menschen in der Trauer nicht zu Boden sinken läßt, sondern ihnen hilft, daß sie sich aufrichten an den Verheißungen Gottes und daraus Trost und Frieden schöpfen in den dunklen Tagen der Trübsal.

Philipp

Diese durch den Glauben geheiligte Trauer lag wie ein Schleier über dem sonst so fröhlichen Familienleben des Pfarrhauses. Alle gingen still und ernst ihren Weg; sie suchten einander Liebe zu erweisen, vor allen Dingen trachteten die Töchter danach, bei dem Vater dieselben kleinen Dienste zu verrichten, die ihm die Mutter sonst geleistet hatte. Auch der Großmutter taten Sie Handreichungen wo sie konnten, auf Fräulein Linchen war nicht viel zu rechnen; sie war jetzt zu sehr mit ihren eigenen Angelegenheiten beschäftigt, da sie sich in kürzester Frist zu verehelichen gedachte.

Philipp ließ sich äußerlich nicht viel anmerken, wie sehr er die Mutter vermißte, und doch war sie diejenige gewesen, zu der er am meisten Vertrauen gehabt hatte; er hatte, als einziger Sohn, ihrem Herzen sehr nahe gestanden. Sie fehlte ihm überall, besonders in diesen Tagen. Das Ende des Semesters war da; in wenigen Tagen wurden die Versetzungen, die auf diesem Gymnasium halbjährlich waren, bekannt. Er war schon Ostern sitzengeblieben und hätte allen Fleiß anwenden müssen, um aus der Klasse zu kommen. Er war sich aber ziemlich klar, nach seinen Leistungen zu urteilen, daß er abermals werde sitzenbleiben. Ihm fehlte der Eifer, der ausdauernde Fleiß; der Vater hatte sich fast gar nicht um seine Arbeiten gekümmert, der Vikar hatte ihm durch seine Strenge das Lernen immer mehr verleidet. Auch war Herrn Brugers Zeit im Sommer durch Examensarbeiten so sehr in Anspruch genommen gewesen, daß er gezwungen war, Philipp sich oft selbst zu überlassen. Der Sommer mit seinen Vergnügungen hatte diesen vielfach von seinen Studien abgezogen, leider hatte er sich an Mitschüler angeschlossen, die dem Sport huldigten und das Lernen für Nebensache hielten. Nun war die Not wieder da.

Der Vater wollte es sich Ernst sein lassen mit seiner Äußerung, sich mehr um Philipp zu kümmern, und nahm einen Tag vor Schulschluß Veranlassung, ihn zu fragen, wie es mit seinen Schulangelegenheiten stehe. Philipp geriet in Verlegenheit, er murmelte etwas Unverständliches zwischen den Zähnen.

„Ich nehme mit Bestimmtheit an", sagte der Vater ernst, „daß du mir ein gutes Zeugnis bringst und versetzt wirst, sonst würdest du deinen ohnehin gebeugten Vater bis in den Tod betrüben."

Philipp zeigte den Abend eine bedrückte Miene und ging am Sonnabend beklommenen Herzens in die Klasse.

Der Oberpfarrer war Sonnabend meistens für die Seinen unsichtbar. Bei Tische erschien er zwar, aß aber sehr eilig und hatte längst vergessen, daß heute der Tag der Versetzung war. Der Vikar hatte auch zu tun gehabt und kam, als schon alle saßen. Er sah es Philipp sofort an, daß nicht alles in Richtigkeit sei, und sagte ihm nach Tisch, er möchte ihm sein Zeugnis bringen. Dann ging er in sein Zimmer und wartete. Als eine Stunde vergangen war und Philipp sich noch nicht eingefunden hatte, ging er hinunter, ihn zu suchen. Niemand hatte ihn gesehen.

„Unverbesserlicher Schlingel", murmelte der Vikar, „natürlich ist er wieder auf und davon, und das Zeugnis ist dermaßen ausgefallen, daß er es niemand zeigen mag. Wenn der Vater sich nicht mit allem Ernst des Sohnes annimmt, – ich allein kann es auch nicht erzwingen."

Er ging verdrießlich hinauf, in der Hoffnung, ihn zur Vesperstunde, die er ungern versäumte, sicher zu finden. Doch als da sein Platz leer blieb, wurde er bedenklich. Er hätte gern die Großmutter geschont, die jetzt mit dem Hauswesen vollauf zu tun hatte, und täglich viele Besuche empfangen mußte – aber es war seine Pflicht, er mußte reden.

„Frau Elsner", begann er, „haben Sie schon das Zeugnis Philipps gesehen?"

„Noch nicht, mein lieber Vikar, ich habe heute noch keinen Augenblick Zeit gehabt, an Philipp zu denken. Ist heute der verhängnisvolle Tag der Versetzung? Warum hat uns denn der Junge noch nicht sein Zeugnis gebracht?"

„Ich fürchte, es ist so ausgefallen, daß er es nicht sehen lassen will. Er selbst hat sich unsern Blicken entzogen, ich warte bereits seit einigen Stunden auf ihn."

„Ich werde ihn vornehmen, wenn er zum Abendbrot heimkehrt“, versprach die Großmutter, und nahm sich vor, von nun an ein besonders wachsames Auge auf ihren Enkel zu haben, dies als neue, vornehmste Pflicht anzusehen.

Als zum Abendbrot Philipps Platz wieder leer blieb, ging ein Erschrecken durch die ganze Familie.

Der Vater sprang auf und rief: „Was! Seit Mittag ist Philipp nicht heimgekommen! Da ist etwas passiert.“

Der Vikar machte sich Vorwürfe, nicht früher und gründlicher nachgeforscht zu haben, aber es war in letzter Zeit zuweilen vorgekommen, daß der Knabe erst zur Abendbrotzeit nach Hause kam, und wenn Herr Bruger Vorstellungen machte, hatte der Vater wohl gesagt: „Es ist gesund, wenn er sich im Freien tummelt.“ Aber heute, am Versetzungstage, und das gedrückte Gesicht zu Mittag! Was sollte man davon denken! Die Schwestern besannen sich, wann sie ihn zuletzt gesehen, alle kamen darin überein, daß es zu Mittag gewesen sei. Er mußte sich eben ganz heimlich davongemacht haben. Aber wohin?

„Soll ich zu seinem Klassenlehrer gehen, dort erfahre ich über sein Zeugnis Näheres?“, fragte Herr Bruger den Oberpfarrer.

„Noch nicht“, bat der geängstigte Vater. „Sein Ausbleiben hat vielleicht natürliche Gründe, ich möchte nicht gern, daß es an die Öffentlichkeit dringt. Kommen Sie, Herr Vikar, wir beide wollen gehen und den Knaben suchen, Sie wissen, wo er sich vorzugsweise an den freien Nachmittagen aufgehalten hat."

„Er ist oft mit seinen Kameraden auf dem Tannenberg gewesen."

„So lassen Sie uns dahin gehen."

Man merkte dem Oberpfarrer die Angst an. Er sprach kurz und abgebrochen, seine Stimme hatte einen heiseren Klang. Die Großmutter sah ihnen mit Sorgen nach. Ihr Herz klopfte hörbar. Das war die erste große Sorge, die sich auf sie legte seit dem Heimgang der Tochter. Und wieviel würde noch kommen, wenn sie an die große Kinderreihe dachte, die erzogen werden sollte. Da schlüpften wieder ein paar Gestalten zur Haustür hinaus, sie gingen doch nicht alle, um zu suchen?

Fräulein Linchen kam aufgeregt herein. „Denken Sie nur, Frau Elsner, Röschen und die drei Mädchen wollten sich nicht halten lassen. Sie sind nach dem Schießplatz gegangen, um Philipp dort zu suchen; sie behaupteten, dort spiele er oft mit seinen Freunden."

„Sie hätten aber die Mädchen nicht gehen lassen sollen bei dieser Dunkelheit; dazu hat der Wind sich erhoben, es rauscht bedenklich in den Baumwipfeln. O welch ein schrecklicher Abend ist dies! Barmherziger Gott, erbarme dich!"

Linchen suchte die Großmutter zu trösten, die am liebsten auch Sturm und Wetter getrotzt hätte, um den Ihrigen nachzugehen. Sie mußte ausharren und ihre Lieben Gott dem Herrn befehlen. Jetzt ließ der

Wind mehr nach, dafür setzte der Regen ein mit aller Gewalt. Da nahten sich Schritte. Die Mädchen kamen wieder, in Tränen aufgelöst.

„Wir finden ihn nicht", riefen sie, „wir haben überall nachgesucht, auf dem Schießplatz, wo er mit seinen Freunden oft Fußball spielte, war es schon ganz finster, und alles war leer. Wir fürchteten uns und kehrten um, in der Hoffnung, Vater möchte Philipp schon gefunden haben."

„Vater ist nicht zurück", sagte die Großmutter trübe. „Gott weiß, wie das enden mag."

Sie saßen in dumpfem Schweigen beieinander. Emmi, Nanni und Miezi weinten leise vor sich hin, Röschen hatte die Großmutter umschlungen und betete still zu Gott, er solle helfen in dieser Not.

„Jetzt kommen sie", rief Emmi, und alle drei stürzten an die Tür.

Der Vater und Herr Bruger kehrten allein zurück. Ersterer sah matt und vergrämt aus; er setzte sich schweigend. Endlich sagte er: „Es ist nutzlos, daß wir alle aufbleiben; Kinder, geht zu Bett und bittet Gott, daß er über euren Bruder wachen wolle, der in seinem Unverstand das Elternhaus heimlich verlassen hat."

Die Töchter nahmen schweigend ihr Licht und entfernten sich; auch Herr Bruger ging hinauf. Es waren aber wohl wenige Augen, die sich heute zum Schlaf schlossen.

Die Großmutter legte ihre Rechte auf des Schwiegersohnes Schulter und sagte: „Des Herrn Hand ruht schwer auf uns, doppelte Trübsal ist über uns hereingebrochen."

„Ja, Mutter; der Heimgang meiner guten Frau war namenlos schwer für mich, aber die Trübsal kam aus Gottes Hand. Es trägt sich leichter als ein selbstverschuldetes Kreuz; ich fühle bei dieser Sache meine Schuld. Ich habe meinen Sohn vernachlässigt." Mit diesen Worten nahm er sein Licht und ging in sein Zimmer.

Die letzte war die Großmutter. Wie schwer sie an der Sache trug, konnte sie nicht aussprechen. Philipp war immer ein guter, aber etwas leichtsinniger Junge gewesen. Seine große Liebenswürdigkeit machte ihn bei alt und jung beliebt. Daß er aber selten die Zufriedenheit seiner Lehrer gehabt, hätte früher gerügt werden müssen, nun, wo das Unglück hereingebrochen, war es zu spät.

Röschen lag lange wach. Sie grübelte und sann, wohin wohl Philipp gegangen sein könnte. Da fiel ihr ein, daß sie oft einen Spaziergang gemacht hatten zu einer romantisch im Tal gelegenen Mühle. Ob er dahin seine Schritte gelenkt hatte? Vielleicht könnte man nachfragen, ob jemand ihn dort gesehen. Sie wollte in der Frühe, wenn alles noch schlief, allein dorthin wandern, und o, wenn sie es wäre, die zuerst Kunde von ihm bringen dürfte!

Endlich schlossen sich ihre müden Augen, doch schon nach einigen Stunden, bei Tagesgrauen, erwachte sie wieder. Sie stand eilig auf und ging leise hinunter. Der Regen, der die ganze Nacht an die

Fenster geschlagen, hatte aufgehört, dichter Nebel hüllte alles ein, eine kalte Herbstluft herrschte draußen. Sie öffnete die Verandatür, schlüpfte hinaus, ging durch den Garten und fand die kleine Tür, die am Ende des Gartens gelegen war und immer verschlossen zu sein pflegte, offen. Verwundert, aber dadurch in ihrer Mutmaßung gestärkt, daß Philipp sich hier entfernt hatte, verließ sie den Garten und trabte, so schnell es bei dem Nebel und den schmutzigen Wegen möglich war, der Talmühle zu. Der Nebel zerteilte sich allmählich; sie vermochte immer weiter auszublicken, und da – siehe da – eine Strecke vor sich, auf der Landstraße, sah sie eine männliche Gestalt. Sollte er es sein? Sie beflügelte ihre Schritte, und sah wieder hin. Die Gestalt kam auf sie zu; – das war kein Knabe von fünfzehn Jahren, es war ein Mann, und zwar einer, den sie gut kannte. Es war der Vikar.

„Schon so früh wieder auf, Fräulein Röschen?"

„Es ist wohl natürlich, daß man nichts weiter vornehmen kann als suchen." Tränen erstickten ihre Stimme. „Eigentlich", fuhr sie mit der ihr eigenen Offenheit fort, „sind Sie an dem Ganzen schuld, Sie haben es nicht verstanden, ihm Lust zum Lernen zu machen."

„Das habe ich mir selbst auch gesagt", war die gelassene Antwort.

„Er ist immer mit Widerwillen zu Ihnen gegangen."

„Ist er das?" fragte er traurig.

„Wenn er nicht vor Ihnen solche Angst gehabt hätte, wäre er nicht heimlich davongegangen."

„Das sind schwere Anklagen, Fräulein Röschen."

Sie zuckte mit den Achseln. „Ich will jetzt in die Talmühle, um nachzufragen, ob man dort etwas von ihm gesehen hat."

„Sie können sich den Gang ersparen, ich war schon dort."

„Ich werde dennoch gehen, es ist mir eine Beruhigung, selbst dagewesen zu sein."

„Ich habe nachmittags zu predigen und habe bis jetzt noch nicht arbeiten können, deshalb möchte ich eilen, nach Hause zu kommen." Er lüftete seinen Hut und ging.

Röschen stand einen Augenblick still und sah ihm nach. Das war nicht der schnelle, elastische Schritt, der Herrn Bruger sonst eigen war; es schien, als habe er Blei an den Füßen, auch erinnerte sich Röschen, daß sein Anzug ganz durchnäßt gewesen war. Er wird doch nicht die Nacht im Freien zugebracht haben bei dem entsetzlichen Wetter? Wie unfreundlich war sie ihm begegnet, wie gerne hätte sie ihr Unrecht wiedergutgemacht. Er sorgte sich vielleicht innerlich ebensosehr wie sie um den Knaben. Und wenn er bereits in der Talmühle gewesen war, hatte es ja keinen Zweck, noch einmal dorthin zu gehen.

Sie kehrte also um und suchte Herrn Bruger wieder zu erreichen. Kurz vor der Gartentür traf sie ihn. Jetzt, da sie ihn aufmerksam prüfte, durchfuhr sie der Gedanke: Er ist die Nacht hindurch in allem Regen auf der Suche gewesen.

„Herr Bruger", begann sie stockend, „Sie haben – wohl – nach dem Philipp gesucht?"

„Seit gestern abend. Vielleicht entnehmen Sie daraus, daß ich nicht ganz gefühllos bin, sondern daß ich ihn auch ein wenig liebgehabt habe."

Da reichte sie ihm die Hand und sagte: „Verzeihen Sie mir meine Äußerungen, ich habe es nicht so böse gemeint. Aber Sie müssen sich gleich umziehen, sonst erkälten Sie sich. Und ein paar Stunden müssen Sie schlafen, Sie können sonst heute nicht predigen." Sie sagte es mit freundlich bittendem Ton.

Er meinte, es sei nicht so schlimm, und ging hinauf, während sie in die Küche eilte, wo schon helles Feuer brannte. Sie bereitete, so schnell es ging, eine Tasse heißen Tee und schickte das Mädchen damit hinauf mit der Weisung: „Der Herr Vikar möchte den Tee recht heiß austrinken."

Jetzt hörte sie des Vaters Tür gehen. Sie eilte dahin und sah den Oberpfarrer schon vollständig angekleidet stehen, als warte er auf etwas.

„Ich hörte deine Stimme, mein Kind, komm herein." Er sah blaß und ernst aus.

Röschen folgte der Einladung traurig.

„Setze dich, ich habe mit dir zu reden. Als ich gestern abend in mein Zimmer kam, lag dies auf meinem Pult, unter meiner Schreibmappe." Er entfaltete es und gab es seiner Tochter. Es war das Zeugnis seines Sohnes Philipp.

Röschen las und sagte schluchzend: „Nun weiß ich, warum er fortgegangen ist."

„Ich weiß es auch", sagte der Pfarrer dumpf, „ich hätte es nicht von Philipp geglaubt."

Er hatte durchweg schlechte Noten, war nicht versetzt, und dabei stand folgende Bemerkung: „Schüler wurde wegen Täuschung und Unfug mehrfach bestraft."

„Armer Vater", sagte Röschen, „nun ist heute Sonntag, vermagst du zu predigen?"

„Ich muß! Halt mir nur die Kleinen ferne und sorge dafür, daß Emmi, Nanni und Miezi nicht fortwährend heulen. Ich möchte, daß der Sonntag möglichst stille ist; es gibt viele Amtshandlungen heute, und abends ist Bibelstunde. Morgen gehe ich selber zum Direktor, und wenn wir dann noch keine Kunde von Philipp haben, – mag's alle Welt wissen. Ich hoffe immer noch, er kommt wieder." Dies letzte sagte er mit einem tiefen Seufzer, als sollte es heißen: „Ich glaube selbst nicht daran."

Umkehr

Es war Sonntagnacht, kurz vor zwölf Uhr. Eine tiefe Stille herrschte im Pfarrhause. Nach der großen Aufregung war Erschöpfung eingetreten. Die Natur forderte ihre Rechte. Der Oberpfarrer fühlte nach den äußeren und inneren Anstrengungen das Bedürfnis nach Ruhe. Er hatte selbst nicht geglaubt, daß er schlafen werde, aber er schlief tief und fest. Ebenso erging es dem Vikar. Großmutter hatte zwar ihr Licht ausgelöscht, aber sie lag mit wachen Augen und mit gefalteten Händen, und flehte zu Gott, daß Er sich des armen, irregeleiteten Knaben erbarmen und sein Herz lenken wolle, daß er sich wieder zur Heimat kehren möchte.

Nur bei Röschen brannte noch die Lampe. Sie konnte sich nicht entschließen, zu Bett zu gehen. Je länger Philipp ausblieb, um so banger wurde ihr. Wo konnte er nur sein? Es war doch undenkbar, daß er sich sollte ein Leid angetan haben? Sie schauderte. Da knisterte etwas leise gegen das Fenster. Es waren wohl die Zweige des wilden Weines, die sich bei jedem Luftzug bemerkbar machten. Warum erschrak sie heute darüber? Da – wieder! Ein deutliches Knistern, nur stärker als das erstemal, es war, als ob jemand Sand oder Kies ans Fenster würfe. Nun wurde sie aufmerksam. Das war kein Wind, kein Luftzug, es wurde deutlich ein Steinchen ans Fenster geworfen. Sie stand ein Weilchen beklommen, ängstlich da, dann kam ihr ein Gedanke – entschlossen ging sie ans Fenster, öffnete und lauschte hinaus.

Dort unten regte sich etwas und verschwand im Busch, das war sicher. Sie rief in den Garten hinunter: „Ist jemand da?“

Da raschelte es in den Büschen, eine dunkle Gestalt kam hervor, und „Röschen, bist du's?“ kam es von zagenden Lippen.

„Er ist es, er ist es, o mein Gott, ich danke dir“, jubelte es in ihr. „Philipp, bist du's?“ rief sie hinunter.

„Ich bin es, Röschen, kannst du mich einlassen?“

„Verhalte dich ganz ruhig, ich komme, komme gleich.“

Leise, auf weichen Schuhen, ging sie die Treppe hinunter ins Haus, von da in die Gartenstube. Der Schlüssel zur Verandatür war abgezogen; der Vater pflegte ihn mit in sein Schlafzimmer zu nehmen. Sie öffnete leise das Fenster der Gartenstube; Philipp stand schon davor.

„Hier hinein, mein Junge, du kannst gut klettern.“ Sie brauchte es nicht erst zu sagen, eins, zwei, drei, da war er schon. Sie konnte nichts sagen als „Philipp!“, dann kamen Tränen. Aber in aller Bewegung behielt sie doch den Kopf oben.

„Ziehe deine Stiefel aus und komme in mein Zimmer, damit uns niemand hört.“

Leise, wie sie gekommen, huschten die beiden hinauf, sie voran mit der Lampe, Philipp mit den

Stiefeln in der Hand, demütig hinterher. Erst als sie die Tür hinter sich geschlossen hatte, fand sie die Worte. Sie leuchtete ihm mit der Lampe ins Gesicht und flüsterte: „Philipp, mein Junge, wie siehst du aus, du bist ja ganz verändert. Wie konntest du das tun, du hast deinen Vater bald an den Rand des Grabes gebracht."

Philipp warf sich auf einen Stuhl und legte beide Hände vors Gesicht. „Röschen, sag mir nicht so etwas, du bringst mich in Verzweiflung. Es war schon eine Tat der Verzweiflung, daß ich floh. Meine Umkehr ist mir blutsauer geworden, ich hatte es der Dame in der Hand versprochen."

„Welcher Dame?"

„Wie sie heißt und wer sie ist, weiß ich nicht, ich weiß nur, daß sie mich mit sicherer Hand auf den Weg der Pflicht zurückgeführt hat, daß sie mein guter Engel in diesen bösen Tagen gewesen ist."

„Sage mir, Philipp, wo hast du dich versteckt; wir haben dich überall gesucht, Herr Bruger ist sogar die vorige ganze Nacht umhergeirrt, weil er vor Angst und Unruhe nicht hat schlafen können. Und der arme Vater, wie konntest du ihn so betrüben!"

„Ich konnte ihm mit dem Zeugnis nicht unter die Augen treten, das fühlte ich. Er war so traurig wegen der Mutter, nun sollte ich ihn meinetwegen sich betrüben sehen, es war mir unmöglich; darum hieß es: ‚Fort von hier', es war, als ob ein böser Dämon mich trieb. Ich verließ das Haus gleich nach Tisch, als ihr alle beschäftigt waret. Viele Menschen begegneten mir, aber niemand dachte etwas Arges dabei. Ich war zuerst auf dem Schießplatz."

„Dort haben wir Schwestern dich gestern abend spät gesucht."

„Da war ich freilich lange fort. Von dort eilte ich in die Talmühle, ließ mich aber von den Wirtsleuten nicht sehen, sondern ging hinunter an den Bach, an dessen Rand ich mich hielt, immer seinen Lauf verfolgend. Ich ging weiter und weiter, es war einsam und still um mich her, nur der Wind wehte gelbe Blätter von den Bäumen und trieb sie vor mir her. Es wurde kühl und mich fröstelte. Ich dachte an daheim, wie ihr um den Kaffeetisch sitzen würdet, und der Hunger regte sich bei mir. Aber ich wäre um keinen Preis umgekehrt. Ich begann zu laufen, teils um mich zu erwärmen, teils um noch vor Nacht an irgendeinen Ort zu kommen, wo ich mich vor dem Regen, der vom Himmel strömte, bergen konnte. Einige Dörfer rechts und links des Baches waren mir ja bekannt, aber eben, weil ich manche Leute dort kannte, mied ich dieselben; ich hoffte womöglich das nächste Städtchen, das mir fremd war, zu erreichen. Aber es wurde dunkler und dunkler; ich kam über Äcker und dichtes Gestrüpp. Links und rechts schlugen mir die Büsche ins Gesicht, dazu goß der Regen in Strömen."

„Und du hattest nicht einmal einen Überzieher mit –"

„Es war ein schauerlicher Abend. Da zeigten sich

Lichter in der Ferne – ich atmete auf, doch endlich menschliche Wohnungen in Sicht! Ich hielt mich aber immer in der Nähe des Baches, um einen sicheren Führer zu haben. Da sah ich links eine dunkle Masse Häuser, überragt von einem spitzen Kirchturm, ich glaube, es muß das Städtchen Bekkedorf gewesen sein. Hier mußte ich Rast machen, denn ich war zu müde, um weiterzugehen, dazu war ich vom Regen ganz durchweicht. Wohin nun aber? Nach etwa viertelstündiger Wanderung unterschied ich Gärten, die zu den aufwärts liegenden Häusern gehörten. Jetzt kam ich an eine hohe Mauer. Es mußte ein herrschaftlicher Garten sein, große alte Bäume gewahrte ich in dunklen Umrissen, am Ende lag ein großes Haus mit hohem Dach und Schornsteinen. Ich kroch mühsam an der Mauer entlang, denn hier war wieder dichtes Gestrüpp und die Mauer ziemlich lang. Endlich war sie zu Ende, ich bemerkte ein kleines Haus, aus dem ein helles Licht strahlte. Hier stand ich unentschlossen still, was nun beginnen? Sollte ich klopfen? Und wenn ich klopfte, wer würde mir öffnen? Würde ich nicht vielleicht mit rohen Worten abgewiesen? Und was dann? Der Regen setzte wieder heftiger ein; zu langem Überlegen war die Lage nicht angetan, entschlossen ging ich auf das kleine Fenster zu und klopfte. Die Vorhänge wurden etwas beiseite geschoben, ein Kopf wurde sichtbar, verschwand aber sofort wieder; aufgemacht wurde nicht. Ich klopfte zum zweitenmal, etwas stärker; da verschwand das Licht aus dem Zimmer; die Hoftür, oder war es die Haustür des kleinen Hauses, wurde aufgemacht; eine weibliche Stimme fragte hinaus: ‚Wer ist da?' Ich meldete mich, und bat de- und wehmütig um freundliche Aufnahme für die Nacht. Die Frauenstimme sagte heraus: es täte ihr leid, aber sie sei nicht in der Lage, jemand bei sich aufzunehmen. Ich trat näher, so daß sie mich sehen konnte. Ob mein Anblick sie erbarmte, oder ob sie sich doch eines andern besann: sie öffnete die Tür weiter und rief: ‚Welch ein schreckliches Wetter, und wie sehen Sie aus, junger Mann!' Ja, wie mochte ich wohl aussehen! Die Stiefel und Beinkleider beschmutzt; der Rock vom Regen triefend, der Hut naß und eingedrückt. ‚Wenn Sie mir versprechen wollen, sich ganz still zu verhalten, so daß Sie nicht von andern gehört werden, will ich Sie behalten, aber gewagt ist es.' Mir war alles gleich, was ich tun sollte, wenn ich nur dableiben konnte! Sie fachte die Kohlen auf dem Herd wieder an, legte Holz darauf und setzte einen Teekessel mit Wasser auf. Dann holte sie ein Paar Filzschuhe, die sie mich anziehen hieß, und nun nahm sie die Lampe, winkte mir und erstieg eine steile Treppe mit mir. Sie führte mich in ein kleines Giebelzimmer, worin ein Bett stand. ‚Das erste ist, daß Sie sich Ihrer nassen Sachen entledigen und sich zu Bett legen. Ich komme später und will sehen, was ich mit den Sachen anfangen kann.' Ich dankte vielmals und hatte nichts Eiligeres zu tun, als ihren Rat zu befolgen, denn es fror mich gewaltig. An Schlaf konnte ich natürlich nicht denken; die Gedanken drehten sich bei mir im Kreise; es war alles wie ein Chaos. Nach einer Weile tat sich die Tür auf; meine gütige Wirtin erschien mit heißem Tee und Butterbrot. Sie setzte alles auf das Tischchen neben meinem Bett und bat mich, das Licht zu löschen, wenn ich getrunken hätte. Dann nahm sie meine Sachen und ließ mich allein. Der warme Trunk tat mir gut, auch die Bettwärme übte wohltätigen Einfluß auf meine erstarrten Glieder. Aber nun erwachte mein Gewissen. Mein begangenes Unrecht stand mir schwer vor der Seele; ich dachte an meinen armen Vater, an meine alte Großmutter, an euch alle. In welche Angst und Unruhe hatte ich euch versetzt: Ich konnte nicht beten, nur seufzen, an schlafen war nicht zu denken. Erst gegen Morgen übermannte mich die Müdigkeit. Ich schlief ein, schlief, bis die helle Sonne mir ins Fenster schien. Als ich erwachte, wußte ich nicht, wo ich war. Ich fuhr auf und sah mich in dem freundlichen Zimmer um. Es hingen mehrere Sprüche an der Wand, unter diesen traf mich der eine: ‚Du sollst deinen Vater und deine Mutter ehren, auf daß dir's wohl gehe und du lang lebest auf Erden.' Nun fiel mir der gestrige Tag wieder ein mit seinen Sünden und Vergehungen. Es legte sich wie ein Alp auf meine Brust. Meine Kleider fand ich trocken und wohl gesäubert auf einem Stuhl neben meinem Bett. Ich kleidete mich an, und da meine Stiefel noch nicht oben waren, schlüpfte ich in die Schuhe und ging die Treppe hinunter. Ich fand die Dame in der kleinen Küche; sie winkte mir und flüsterte, ich möge meine Stiefel draußen vor der Tür anziehen und mich in den kleinen Garten begeben, der sich am Ende des Hofes befinde. Ich folgte ihren Anweisungen und fand in dem Gärtchen eine Laube, in welcher zwei niedliche Kinder saßen. Sie standen sofort auf, kamen auf mich zu und baten mich, mit in die Laube zukommen; die Mutter hatte sie beauftragt, mir dorthin den Kaffee zu bringen. Es war ein schöner Herbstmorgen, aber ich wunderte mich doch über das geheimnisvolle Flüstern im Häuschen und darüber, daß ich in kein Zimmer geführt wurde. In nicht allzulanger Zeit erschien die Mutter; sie sagte den Kindern, sie dürften unten am Bach spielen, bis sie rufe. Dann wandte sie sich an mich. Als ich ihr herzlich dankende Worte sagte für ihre Gastfreundlichkeit, sah sie mich prüfend an und fragte, wie ich dazu komme, obdachlos in der Welt herumzuirren. Daß ich kein gewöhnlicher Bettler sei, sehe sie mir an, es müsse eine eigene Bewandtnis mit mir haben. Ihre gütige, liebreiche Art und Weise rührte mich. Ohnehin schon vom eigenen Gewissen aufgerüttelt, konnte ich nicht anders, als ihr mein ganzes Unrecht eingestehen. Sie war sehr betrübt, sagte, sie habe wohl Ähnliches gedacht, stellte mir den Schmerz meiner Angehörigen über mein Davonlaufen vor die Seele und wußte mir das Sündhafte meiner Handlungsweise so handgreiflich zu machen, daß ich in Tränen ausbrach und sie bat, mir zu sagen, was ich beginnen sollte. ‚Natürlich heute wieder umkehren und die Ihrigen um Verzeihung bitten, das ist der einzige Weg, der zum Frieden führt. Keinen Schritt weiter auf dieser Bahn, sonst sind Sie verloren, junger Mann.' Sie fragte nicht, wie ich hieß, noch wer meine Eltern seien, und ich war froh, daß sie es nicht tat, denn ich hätte mich geschämt, meinen Namen zu nennen. Sie nahm mir aber das Versprechen ab, nach Hause zurückzukehren und ein fleißiger, strebsamer Mensch zu werden. Ihr kleiner Knabe, sagte sie mir, lerne so eifrig und gern, sein schönster Gedanke sei, ein Gymnasium zu besuchen, aber die Verhältnisse gestatteten es nicht. Ich dürfe und könne lernen; dafür solle ich dankbar sein und die Zeit ausnützen. Sie sagte noch viel mehr, alles fiel bei mir auf weichen Boden. Ich war innerlich ganz mürbe und zerknirscht, daß ich ihr und mir gelobte, ein anderer Mensch zu werden. Es war mir immer, als hätte ich die Dame schon irgendwo einmal gesehen, aber ich konnte mich nicht besinnen, wo und wann. Beim Abschied sagte ich ihr, daß ich ihr meinen Namen heute nicht nennen wolle, aber ich würde sie einmal wieder aufsuchen, dann wollte ich mich ihr vorstellen. Und das soll geschehen, Röschen, wenn ich mein Versprechen, das ich der Dame gegeben habe, und das ich dem Vater morgen geben werde, eingelöst habe, wenn ich mit Gottes Hilfe ein anderer Mensch geworden bin."

Er sank erschöpft in den Stuhl zurück und legte die Hand über die Augen. Der Kopf schmerzte ihm von der großen Erregung und von allen Anstrengungen.

Röschen war überwältigt von allem, was sie eben gehört hatte. Sie rief unter Tränen: „Ich glaube, Vaters und der Großmutter Gebete haben dich begleitet, und Gott der Herr hat deine Schritte gelenkt in das Haus der Unbekannten, die Engeldienste an dir getan hat. Wie sollen wir es ihr danken!"

„Wir fahren alle einmal zu ihr. Ich führe euch, ihr müßt diese edle Dame kennenlernen."

„Nun vor allen Dingen zu Bett, Philipp. Gott sei Dank, daß du wieder da bist, alles andere wollen wir morgen besprechen. Ich werde den Vater vorbereiten und dich dann holen. Solang mußt du in deinem Zimmer bleiben. Wir wollen nun nicht mehr reden, sondern ganz, ganz leise schlafen gehen, damit niemand im Hause etwas merkt. Ich leuchte dir."

Sie schlichen still an Großmütterchens Tür vorüber nach Philipps Zimmer. Dort stand sein Licht, welches Röschen ihm anzündete. Sie schlang den Arm um ihn und sagte: „Gott behüte dich, Er helfe dir, das Rechte zu tun und auszuführen. Vergiß nicht, Ihm zu danken, daß Er dich ins Elternhaus zurückgeführt hat."

Dann verließ sie ihn, hörte aber, als sie wieder an Frau Elsners Tür vorbeikam, daß dieselbe laut und vernehmlich hustete. Sie öffnete leise die Tür und flüsterte: „Großmutti, wachst du?"

„Ja, mein liebes Kind, was hast du denn noch so lange im Hause herumzuwirtschaften?"

Da konnte Röschen sich nicht halten. Sie flog ins Zimmer und stürzte auf das Bett der Großmutter zu, das im anstoßenden Zimmer stand. „Großmutter, er lebt, er ist wieder da!" Mit diesen Worten warf sie sich auf die Knie, ergriff die Hand der alten Dame und bedeckte sie mit vielen Küssen.

Großmutter aber richtete sich im Bett auf, faltete ihre Hände und sprach: „Mein Herr und Gott, ich danke dir, daß du mich erhöret hast. Rösi, mein Kind, nun bin ich getröstet, nun wird alles, alles gut werden."

„Schläfst du nun auch, Großmutter?"

„Wenn Gott will, mein Kind, sorge dich nicht. Aber leg du dich schlafen, damit du morgen frisch bist und alle deine Pflichten erfüllen kannst." Mit diesen Worten küßte sie ihre Enkelin auf die Stirn, und diese, glücklich und froh wie lange nicht, suchte ihr Schlafkämmerlein auf, wo auch sie Gott inbrünstig dankte, daß er sie alle aus der großen Not und Betrübnis errettet habe.

Besuch der Immenhoffs

Röschen war früh auf am nächsten Morgen, die Freude ließ sie nicht schlafen. Desto länger währte es, bis der Vater erschien. Sie war schon mehrere Male an seiner Tür gewesen, aber nichts regte sich. Sie machte einen Gang durch den taufrischen Garten, da hörte sie oben ein Fenster öffnen. Es war der Herr Vikar, der die Morgenluft in sein Zimmer lassen wollte.

Sie pflegte sonst nicht an seine Fenster zu sehen, heute konnte sie nicht umhin, ein „Guten Morgen, Herr Bruger" hinaufzurufen. Und als er sich etwas zum Fenster hinausbeugte, rief sie, die Hand vor den Mund haltend, halblaut hinauf: „Kommen Sie doch einmal an die Tür, ich habe Ihnen etwas zu sagen."

Als sie hinaufkam, stand Herr Bruger schon oben.

„Herr Vikar, der Philipp ist wieder da, diese Nacht ist er heimgekehrt."

„Gott sei Lob und Dank", tönte es auch von seinen Lippen.

„Ich mußte doch die erste sein, die Ihnen die Botschaft bringt, ich weiß, wie sehr Sie sich mit uns gesorgt haben."

„Ich danke Ihnen, Fräulein Röschen, das vergesse ich Ihnen nicht."

„Später erzähle ich Ihnen das Wie und Wo, bitte, lassen Sie sich jetzt noch nichts merken, sagen Sie den Mädchen und den Kindern nichts, sie machen gleich ein großes Hallo! Erst muß es der Vater wissen, erst nachdem Philipp seine Verzeihung erlangt hat, kann er hinunter ins Familienzimmer. Jetzt ruft der Vater!"

Sie eilte die Treppe hinunter und sah den Oberpfarrer in der offenen Tür stehen.

„Röschen, bringe mir den Kaffee heute auf mein Zimmer, ich möchte nicht hinüberkommen."

Gern und willig führte die Tochter diesen Befehl aus, paßte es doch herrlich in ihre Pläne. Sie machte dem Vater alles behaglich und lud ihn ein, Platz zu nehmen.

„Du hast viel zu viel aufgetischt, Kind, essen will ich nichts, nur eine Tasse Kaffee trinken. Um neun Uhr will ich zum Schuldirektor gehen. Es müssen heute überhaupt energische Schritte getan werden ..."

Da fiel sie ihm in die Rede: „Väterchen, ist alles nicht mehr nötig, unser Philipp ist wieder da."

Er sah sie an, als ob er stark zweifle an dem, was sie sagte, als er aber ihr glückliches Gesicht und ihre feuchtschimmernden Augen sah, mußte er es wohl oder übel glauben. „Wo hat denn der Schlingel gesteckt, und wann ist er gekommen?"

Sie berichtete, was wir bereits wissen, und fügte zum Schluß die Bitte hinzu, nicht zu scharf und zu streng mit dem Bruder zu verfahren, er sei selbst schon ganz zerschlagen und reuevoll, des Vaters Liebe würde nach ihrer Ansicht jetzt mehr nützen als sein Zorn.

„Er hat einen guten Fürsprecher, der Schlingel. Laß ihn nur kommen, je eher, je besser."

„Trinke erst ein wenig Kaffee, Väterchen", bat Röschen, „damit du nicht nüchtern die Aufregung hast. Iß ein wenig dazu, das ist besser – dann rufe ich den Philipp." Mit diesen Worten hatte sie dem Vater die gestrichene Semmel hingeschoben; erst, als sie sah, daß er davon aß und seinen Kaffee trank, verließ sie das Zimmer.

Philipp harrte schon ihrer. Er sah sehr bleich aus und war in großer Erregung.

„Darf ich jetzt zum Vater?"

Sie nickte stumm.

„Ach, Röschen, mir ist so bange."

„Komme nur, ich begleite dich."

Sie faßte ihn bei der Hand, sie gingen miteinander die Treppe hinunter, gerade als Emmi mit einem Topf Milch ins Wohnzimmer wollte. „Philipp", schrie sie auf, und zwar so laut, daß Nanni und Miezi herbeistürzten und auch riefen: „Wo? Wo ist er?" und die Kleinen von ihren Stühlen krabbelten, wo sie schon saßen, um ihr Frühstück einzunehmen. „Wir möchten Philipp auch sehen", riefen sie durcheinander.

„Er ist beim Vater", sagte Emmi beschwichtigend, denn Röschen hatte ihr einen Wink gegeben, sie solle stille sein und die Kleinen ruhig im Zimmer halten.

Ja, Philipp war beim Vater. Nach den verzeihenden Worten, die dieser auf Philipps reumütige Bitte um Vergebung gesprochen hatte, folgte ein sehr ernstes Gespräch, das Philipp viele Tränen entlockte, aber auch die Versicherung, daß dies ein Wendepunkt in seinem Leben sei, daß er von nun an, seiner Pflichten bewußt, arbeiten und kämpfen wolle, um die verlorene und verträumte Zeit wieder einzubringen. Als er dann später ins Familienzimmer kam, blaß und verweint, war die Großmutter die erste, die ihn begrüßte mit warmer, mütterlicher Liebe. Die Schwestern waren still und verlegen, doch bemühten sie sich, durch liebevolle Taten ihre Freude über das Wiedererscheinen des Bruders kundzutun. Emmi lief und holte ihm einen Stuhl. Nanni schenkte ihm Kaffee ein und Miezi strich ihm sein Brot über Gebühr fett. Sie hielten sich den ganzen Tag in seiner Nähe auf und staunten ihn an, als sei er eine interessante Persönlichkeit. Im Laufe des Vormittags kamen sie alle drei zu Röschen gelaufen und berichteten, der Herr Vikar gehe mit Philipp im Garten auf und ab und habe ihn umschlungen, was er noch nie getan!

Es ist oft in Heimsuchungen, die Weh und Trübsal über eine Familie bringen, ein innerer Segen verborgen. Gleich wie ein Gewitter Furcht und Schrecken mit sich bringt, danach aber, wenn es ausgetobt hat, die Luft reinigt und sich segenbringend für Felder und Fluren erweist, so segensreich wirkten die Tage der Angst und Not im Pfarrhause. Ein jeder hatte sich selbst geprüft und seine Fehler erkannt. Als nun Gottes Barmherzigkeit alles wieder wohl gemacht, hatte der Oberpfarrer fortan ein wachsames Auge auf seinen Sohn, Herr Bruger versuchte es mit Liebe und Freundlichkeit und hatte seitdem mehr Erfolge zu verzeichnen als früher. Großmutter aber und die Schwestern interessierten sich so lebhaft für Philipps Arbeiten, für seine Aufsätze, seine Exerzitien und Extemporale, daß sie sich den Rang abliefen, wer die Nummern zuerst erfuhr. Waren sie gut, so war allgemeine Freude und Befriedigung, daß Philipp schon deshalb allein sich alle erdenkliche Mühe gab und oft versicherte, er arbeite jetzt mit dreifacher Lust, weil er das Bewußtsein habe, man nehme reges Interesse an seinem Weiterkommen.

Die Trauer um die Mutter hallte noch nach in der Familie: Alle vermißten das stille, treue Walten der Hausmutter, ihre Liebe und Sanftmut, aber das Ereignis mit Philipp, die Freude über sein Wiederkommen hatte wieder Leben und Frohsinn erweckt. Man hörte die Kinder wieder lachen und scherzen, wer wollte es ihnen wehren!

Philipp sprach oft von seinem rettenden Engel und daß er nach Ostern seinen Besuch dort auszuführen gedächte. Die Großmutter hörte still zu, wenn er seinen Aufstieg zu dem kleinen Häuschen und die Insassen desselben beschrieb. Wenn er dann äußerte, die Dame hätte ihn an jemand erinnert, den er schon einmal müßte gesehen haben, so ahnte sie, wer es gewesen. Ja, sie wußte es wohl ganz bestimmt – es war Metas Mutter und die Tochter ihres Bruders. Wenn aber Philipp davon sprach, daß die Großmutter auch mit nach Beckedorf müsse, dann pflegte sie zu sagen: „Du kannst die Schwestern gern mitnehmen, aber die alte Großmutter laß nur zu Hause."

Fräulein Linchen hatte Hochzeit gemacht und war wohlbestallte Gattin des Malermeisters Wegner. Sie nahm sich ganz würdig aus als Frau; es war besonders anziehend für Emmi, Nanni und Miezi, ihre ehemalige Hausgenossin zu besuchen und sich von ihr verziehen zu lassen. Für Röschen brachte ihr Weggang viele Pflichten in Küche und Haus. Sie unterzog sich willig jeder Arbeit, und Großmutter war ihre Lehrmeisterin. Auch geselligen Pflichten mußte sie genügen, es gingen viele im Pfarrhaus aus und ein. Für alle hatte man einen freundlichen Willkomm, und jeder wußte, daß das Pfarrhaus für ihn zugänglich war. Frau von Immenhoff war nicht der seltenste Gast. Das Wohl und Weh ihrer Töchter trieb sie immer wieder ins Pfarrhaus. Aufrichtig hatte sie mitgetrauert über den Tod der Pfarrfrau, zumal sie selbst vor kurzem ähnliches Leid erfahren hatte. Sie war aber eine Natur, die das bald abschüttelte, die sich nicht lange mit dem Ende aller Dinge beschäftigen mochte, sondern sich lieber wieder in das alltägliche Leben mit seinen Sorgen und Freuden vertiefte. Was ihre Töchter auf Erden leisteten, zu welcher Stellung sie sich vermöge ihrer Bildung oder praktischen Anlagen emporzuschwingen vermochten, das war's, was sie am meisten beschäftigte. Die älteste bekam wirklich die Stellung im

Mädchenheim. Sie stand der Küche und dem ganzen Hauswesen vor und konnte, da sie ein gediegenes Mädchen war, den jungen Pflegebefohlenen zum Vorbild dienen. Sonntag abends suchte sie sie ans Haus zu fesseln, indem sie mit ihnen las, sang oder musizierte, oder sich harmlos mit ihnen vergnügte. War sie um etwas verlegen oder bedurfte sie eines Rates, so fand sie bei „Großmütterchen", wie diese allgemein hieß, allezeit Verständnis und Aushilfe.

Anna, die sehr gern Kranke pflegte, sich aber nicht entschließen konnte, Diakonisse zu werden, war als Pflegerin in eine Nervenheilanstalt gegangen. Sie hatte den ganzen Tag zu tun und kam mit den verschiedensten Kranken in Berührung. Da galt es Geduld üben, durch freundliches, sanftes Wesen die Kranken zu beruhigen und zu trösten.

Thea wollte Hausdame werden, sie strebte nach einer vornehmen, möglichst unabhängigen Stellung, doch fanden alle, daß sie zu jung sei, um eine derartige Stelle auszufüllen. Die übrigen drei waren noch zu keinem festen Entschluß gekommen.

Es war Winter geworden. Im Besuchszimmer des Pfarrhauses brannte die Lampe, man erwartete Frau von Immenhoff mit einigen Töchtern zum Tee, Röschen fühlte sich zu Thea, als Pensionsfreundin, noch immer sehr hingezogen, wenn sich auch im Laufe der Zeit herausstellte, daß sie eigentlich recht verschieden waren.

„Großmutter", sagte sie, als sie mit derselben die

Gäste erwartete, „wenn ich daran denke, daß die sechs Schwestern alle einmal groß werden und jede etwas anderes werden will, da wird mir's angst."

„Sollen sie denn immer klein bleiben, mein Töchterchen?" erwiderte Großmutter lächelnd.

„Nein, aber so viel reden dürfen sie nicht wie Immenhoffs, wenn sie alle beisammen sind."

„Ich fürchte, das wird bei Emmi, Nanni und Miezi schwer halten, ihnen das Reden abzugewöhnen. Gott gebe, daß sie alle einen Beruf finden, in dem sie Gott und den Menschen dienen können, daß sie vor allen Dingen ihren Heiland finden und in Ihm gegründet sind. Sind sie ihres himmlischen Berufes gewiß, so werden sie auch auf Erden eine jede ihr Plätzlein finden, wo es gilt, selbstlose Liebe und Treue zu üben. Diese beiden Dinge sind unerläßlich bei einem wahren Christen, ohne dieselben hat unser Tun und Wirken keinen Wert."

Jetzt klingelte es. Flinke Beine stampften sich den Schnee ab, drei rosige Mädchen stürmten ins Zimmer in Wintermänteln und Mützen, mit Paketen beladen.

„Großmutter, Röschen", riefen sie, „nun sollt ihr aber sehen und staunen. Wir haben für Weihnachten eingekauft, über alle Maßen schön! Was wir für Trudi haben! Und für Eva und Lieschen, geradezu reizend! Und für Philipp und Vater! Und für euch, o ihr glaubt es nicht!" Dabei tanzten und sprangen sie in der Stube umher.

„Kinder, ruhig", warnte die Großmutter. „Erzählt

der Reihe nach, nicht alle auf einmal, zuerst aber legt eure Sachen ab und hängt sie an ihren Platz, dann dürft ihr wiederkommen."

Sie legten ab und zeigten ihre Herrlichkeiten.

„Kinder, ich staune", meinte die Großmutter, „wie ihr mit dem wenigen Geld so großartige Einkäufe gemacht habt."

„Ja", riefen sie wieder alle drei auf einmal. „Wir haben das nicht von unserem Geld allein gekauft."

Auf einen ernsten Wink der Großmutter schwiegen Nanni und Miezi, und Emmi fuhr allein fort: „Eine fremde, ganz vornehme Dame war im Laden; sie freute sich so über uns."

„Woher wißt ihr das?" fragte Röschen.

„Weil sie immer lachte", war Nannis Antwort.

„Ihr habt euch gewiß wieder recht komisch benommen."

„Wir bewunderten nur diese Sachen und beklagten, daß wir nicht mehr Geld hätten", fuhr Emmi fort.

„Wir schütteten alles auf den Ladentisch und zählten", setzte Miezi hinzu, „da auf einmal flog ein Dreimarkstück dazwischen, und die junge, schöne Dame rief: ‚Nun wird's gewiß reichen.' Da haben wir schön gedankt und dies alles dafür gekauft."

Großmutter schüttelte den Kopf, während Röschen weiter forschte, ob sie nicht den Namen der Dame wüßten.

„Nein, den hat sie nicht gesagt, aber sie fragte nach unserem Namen, und als wir ihn nannten, meinte sie, ob wir eine Schwester namens Röschen hätten. Als wir es bejahten, rief sie, wir sollten dich grüßen von einer Pensionsfreundin, sie würde dich bald besuchen."

Röschen dachte nach. Das könnte Josepha von Langen gewesen sein, sie sprach davon, daß sie den Winter in der Hauptstadt verleben wollten. „Jetzt nehmt eure Pakete fort, die Gäste kommen."

„Ich bringe einstweilen nur zwei Töchter mit, meine liebe Frau Elsner", rief Frau von Immenhoff, „die andern kommen später nach."

Thea hatte Röschen schon begrüßt und erzählte ihr mit großer Wichtigkeit, daß sie zu Johannis nächsten Jahres eine glänzende Stelle als Hausdame in Aussicht habe. Es sei jetzt noch eine Verwandte da, die könne aber nur bis zum Sommer bleiben, dann solle ein anderes junges Mädchen angestellt werden. „Ich lerne nun noch allerlei", fuhr sie fort, „und genieße mein Leben. Weißt du schon, Röschen, daß Baron von Langen in der Stadt sind, ich habe Alexander schon einige Male gesehen, er ist ein flotter Leutnant geworden, sein Regiment steht hier."

Frau von Immenhoff erzählte der Großmutter auch von Theas Aussichten, der Herr sei ein reicher Fabrikbesitzer, der vor kurzem seine Frau verloren habe, nur ein kleines Mädchen sei da, das Theas besonderer Obhut übergeben werden sollte. Die Großmutter meinte, Thea sei zu einer Stellung als Hausdame bei einem Witwer zu jung, worauf Frau von Immenhoff ihr erklärte, daß noch eine alte Dame, eine Tante des Herrn, ganz im Hause sei. Diese wünsche ein junges Mädchen und habe versprochen, sich Theas mütterlich anzunehmen. Einstweilen sei noch eine Nichte da, wenn selbige das Haus verlasse, solle Thea für sie eintreten.

„Das ist etwas anderes", sagte die Großmutter. „Sehen Sie nur, liebe Thea, daß Sie durch Gewissenhaftigkeit und Treue festen Fuß fassen, dann ist vielleicht die Stellung eine dauernde und Ihr Beruf ein gesegneter."

Daran zweifelte Thea gar nicht. Sie schwelgte in dem Gedanken, daß sie in dem Hause nach Belieben werde schalten und walten können, daß ihr reiche Mittel zu Gebote stehen würden, dazu Wagen und Pferde zum Ausfahren, kurz es war alles wunderschön.

„Ja, dir glückt es immer", rief Anna, „ich muß mich mit meinen nervenkranken Damen plagen. Eine ist unzufrieden mit sich und der ganzen Welt; die andere hat verschiedene eingebildete Krankheiten; die dritte will immer ausgehen und Einkäufe machen, kann die Stubenluft nicht vertragen und reißt bei der Kälte alle Fenster auf. Und ich muß immer zureden und geduldig sein."

„Und wenn Sie es sind und immer freundlich dazu, so werden Sie sich bald Liebe erwerben unter den armen Kranken und selbst den größten Segen davon haben", sagte die Großmutter, ihr freundlich zunickend, „halten Sie aus und holen Sie sich täglich aus Gottes Wort neue Kraft und Freudigkeit, das ist das beste Mittel.“

„Sie wissen immer so gut aufzumuntern und das beste von jeder Sache herauszukehren“, rief Frau von Immenhoff, „ich hatte Anna schon gesagt, als sie mir heute so viel vorklagte, sie solle kündigen und sich nicht weiter plagen. Sie sehen die Dinge immer von einer ganz andern Seite an.“

Nun gab es einen Krach draußen, daß alles erschrocken in die Höhe fuhr. Man lief an die Tür, da stand ein junges Mädchen mit einem unglücklichen Gesicht, neben ihr lag ein umgeworfener Ständer, an dem Überzieher und Mäntel hingen, die Hüte waren herausgefallen, sie war dabei, sie aufzulesen. „Sag' ich es nicht, daß mir jedesmal etwas passieren muß, wenn ich ausgehe“, rief sie.

„Es ist Lottchen“,riefen Thea und Anna, „natürlich, wir hätten es uns denken können. Lottchen, du hast noch etwas unter den Füßen, worauf stehst du denn?“

Das unglückliche Lottchen trat zurück und Emmi, Nanni und Miezi, die natürlich auf den Krach herbeigeeilt waren, griffen alle drei nach einem zertretenen Hut, den Emmi den beiden entriß und erschrocken ausrief: „Der Hut gehört dem Herrn Vikar“, was die beiden andern bestätigten und hinzufügten, Herr Bruger sei sehr eigen mit seinen Sachen, das würde ihm wohl nicht lieb sein.

„Mir ist es auch nicht lieb“, meinte das Lottchen,

„doch gebt her, ich biege ihn schon wieder zurecht. So, nun sieht's niemand."

Hilfreiche Hände hatten den Ständer wieder aufgerichtet, sie hängte den Hut daran und sagte heiter: „Nun können wir hineingehen."

Unter Lachen betrat die Jugend das Zimmer, wo eben Frau von Immenhoff der Großmutter klagte, daß ihr Lottchen von eigenem Mißgeschick verfolgt würde. Sie sei herzensgut und brav, aber ein Unglück passiere ihr fast täglich. Dann könne sie das unglücklichste Gesicht von der Welt machen, aber ihre unverwüstliche Heiterkeit breche sich immer wieder Bahn. Darin hatte die Mutter recht; heiter und jugendfrisch kam Lottchen ins Zimmer und entdeckte dort Veilchenduft, der sie entzückte, sie meinte, es erinnere ganz an den Frühling.

„Der Herr Vikar erfreut mich mitunter durch Blumen", sagte Frau Elsner, „er weiß, daß sie zur Freude meines Lebens gehören."

„Gehöre ich nicht auch zur Freude Ihres Lebens, Großmütterchen?", rief Lottchen. „Sie sagten kürzlich, wenn Sie mich sähen, müßten Sie sich immer freuen."

Die Großmutter lächelte und schwieg.

„Nein, heute habe ich Sie erschreckt, und wenn Sie mich näher kennten, würden Sie mich am wenigsten von allen Schwestern mögen, ich bin diejenige, die am wenigsten nützt, nicht wahr, Mutter?"

„Du nützest insofern, als du uns nie ein mürrisches Gesicht zeigst und uns immer bei guter Laune erhältst."

„Möchten Sie denn auch gern etwas nützen in der Welt, mein liebes Lottchen?"

„Gewiß, Großmütterchen, aber ich zerbreche den Leuten alles und erschrecke sie durch mein Ungeschick. Wüßten Sie jemand, dem ich ein klein wenig nützen könnte, ich würde Ihnen so sehr dankbar sein, Großmütterchen."

„Ich wurde heute von einer Dame gebeten, mich nach einem jungen Mädchen umzusehen, die ihre Schwester, welche böser Augen wegen in der Klinik ist, aufheitere, ihr etwas vorlese, auch Briefe für sie schreibe."

„Das wäre ein Posten, den ich ausfüllen könnte", rief Lottchen erfreut.

„Nur müßtest du nicht gleich bei der Dame zur Tür hereinfallen oder sie durch andere Ungeschicklichkeiten erschrecken", warf Thea ein.

„Sie hat ja nur vorzulesen", lachte Röschen, „und Bücher sind nicht von Porzellan, sie zerbrechen nicht, wenn sie sie hinwirft."

„So mag das gehen", seufzte Frau von Immenhoff, „Frau Elsner weiß da für alles Rat."

„Ich bin in der Stadt bekannt, und ein Pfarrhaus ist dazu da, daß sich jeder dort Auskunft holt. Wenn Sie Lust haben, mein liebes Lottchen, kommen Sie morgen noch einmal zu mir, wir wollen die Sache zusammen überlegen."

Die gute Frau Elsner hatte, trotz dem vielen, was

auf ihr lag, am folgenden Tag Zeit, mit Lottchen ein eingehendes Gespräch zu halten über ihre Pflichten bei der Dame.

„So wie Sie hat mich noch niemand auf meine Fehler aufmerksam gemacht; ich werde von nun an recht auf mich achten und sehr vorsichtig werden. Wie schön, wenn ich auch einen Beruf fände!"

Josepha von Langen

Die „schöne junge Dame", die Röschen hatte grüßen lassen, war im Pfarrhause gewesen, und hatte sich wirklich als Josepha von Langen entpuppt.

„Nimm es nur nicht übel, Röschen, daß ich mir mit deinen Schwestern den Scherz machte. Sie waren zu niedlich im Laden, schütteten den Inhalt ihrer drei Geldtäschchen auf den Tisch und rechneten, ob es reichen würde zu den gewünschten Einkäufen. Da warf ich eine kleine Münze dazwischen."

„Eine sehr große, Josepha. Du hast dir auch ihre Dankbarkeit für alle Zeiten erworben."

Josepha war eine liebliche Erscheinung: sie hatte etwas Vornehmes in ihrem ganzen Wesen, aber die große Freundlichkeit, die ihr aus dem Gesicht leuchtete, machte sie jedem lieb und wert. Sie sprach den Wunsch aus, mit Röschen, der Pensionsfreundin, zu verkehren. Diese war nur zu gern bereit dazu.

Sie machte sich eines Tages auf, den schuldigen Gegenbesuch abzustatten. Josephas Eltern wohnten in dem vornehmen Stadtteil, im sogenannten Villenviertel. Als sie an das bezeichnete Haus kam, staunte sie über die Eleganz. Ein Portier öffnete ihr, und ein Diener in reicher Livree meldete ihren Besuch. Sie wurde ganz befangen; in der Pension waren alle Mädchen gleich gewesen und Josepha immer bescheiden, so daß Röschen nicht ahnte, in welcher Umgebung Josepha zu leben gewohnt war. Der Diener kam mit der Weisung zurück, der Besuch werde dem gnädigen Fräulein sehr angenehm sein. Sie mußte eine schöne, breite, mit Teppichen belegte Treppe hinaufgehen. Da stand schon Josepha an der offenen Tür und empfing Röschen mit freundlicher Holdseligkeit.

„Du machst ja ein ganz verlegenes Gesicht, Röschen, das ist man an dir gar nicht gewohnt", scherzte Josepha.

„Du wohnst so schön, es ist alles so feierlich hier."

Josepha lachte. „Komm nur herein, bei mir ist es nicht feierlich." Damit zog sie sie in ihr Zimmer, das zwar prächtig ausgestattet war, aber doch den Eindruck großer Gemütlichkeit machte. „Sieh, wir setzen uns ans Fenster, und wenn du es erlaubst, nähe ich weiter, diese Arbeit muß heute noch fertig werden."

Sie nähte an einem dunklen, sehr einfachen Rock. Röschen wunderte sich, ob sie den wohl als Morgengewand trüge, und warum sie diese Arbeit selbst mache, sie nicht von der Jungfer anfertigen ließ.

Sie unterhielten sich von der Pension, von den verschiedenen Freundinnen – natürlich auch von Immenhoffs.

„Für sie", sagte Josepha, „ist das Leben auch anders gekommen, als sie es sich dachten."

„Der Tod des Vaters hat große Veränderungen gebracht", meinte Röschen.

„Die Verhältnisse standen schon vorher schlecht“, erwiderte Josepha, „als der Vater starb, wurde der Zusammenbruch noch beschleunigt. Es ist aber gut, daß die vielen Töchter sich alle entschlossen haben, einen Beruf zu ergreifen, dadurch erleichtern sie es der Mutter sehr. Ich wundere mich nur, wie sie alle so schnell etwas gefunden haben, sie wohnen noch nicht lange hier und sind fremd.“

„Ich glaube“, sagte Röschen bescheiden, „sie haben es meiner Großmutter zu verdanken; sie hat ihnen zu Stellen verholfen.“

„Deine Großmutter muß eine seltene Frau sein; ich habe sie schon rühmen hören in der Stadt. Sie soll euch nicht allein die Mutter ersetzen, sondern auch eine Mutter der Gemeinde sein.“

„Das ist sie“, rief Röschen, erfreut über das Lob, das ihrem geliebten Großmütterchen gezollt wurde.

„Wenn ich euch wieder besuche, bitte ich sehr, mich ihr vorzustellen.“

„Das würde ich schon getan haben, wenn sie bei deinem ersten Besuch zu Hause gewesen wäre.“

„Ich will nun aber nicht unterlassen, dich meinen Eltern vorzustellen“, sagte Josepha, die ihren Rock fertig hatte und ihn über einen Stuhl legte. Sie ging mit Röschen hinunter durch eine Reihe eleganter Zimmer, bis sie in ein reizendes Zimmerchen kamen, wo in einem Erker eine ältere, majestätisch aussehende Dame saß. Ihr gegenüber in einem Schaukelstuhl wiegte sich ein vornehmer Herr mit einem grauen Schnurrbart und aristokratischem Gesicht.

„Hier ist die Tochter des Oberpfarrers Ries, den wir am Sonntag in der Nikolaikirche predigen hörten."

Der Herr verneigte sich leicht, während die Dame Röschen die feine schmale Hand reichte, welche diese ehrfurchtsvoll küßte. Die Herrschaften unterhielten sich freundlich mit Röschen, aber das Ganze überwältigte diese so, daß ihre Worte, die sonst frisch und munter dahinflossen, nur stoßweise und ungeschickt herauskamen. Sie war froh, daß der Besuch beendet war, versprach aber auf Josephas freundliches Bitten, einmal wiederzukommen.

Als sie nach Hause kam, wartete Lottchen auf sie. „Ich habe die Stelle, Röschen", rief sie vergnügt, „es ist eine reizende Dame, sie ist viel zu gut für mich."

„Bist du denn ohne Unfall zu ihr gelangt?"

„Wo denkst du hin, zwei Mißgeschicke habe ich zu verzeichnen, aber trotzdem will sie keine andere als mich. Als ich in die Klinik kam, und nach Frau von Timm fragte, wies man mich eine Treppe höher. Ich wollte schnell hinaufeilen, stolperte, trat auf mein Kleid und hatte einen großen Riß drin. Mein Trost war, daß die gute Dame nicht sehen konnte. Nachdem ich mich also vorgestellt und sie mich gebeten hatte, ihr etwas vorzulesen, bat ich sie, mir einen Faden Zwirn zu schenken, damit ich mein Kleid, das auf der Treppe verunglückt sei, flikken könne. Sie lachte und sagte mir, wo ich alles finden würde. Während ich das Kleid nähte, habe ich sie so angenehm unterhalten, daß sie ein paar Mal ausrief: ‚Sie sind ein lustiges Mädchen, Sie müssen bei mir bleiben.' ‚Auch wenn ich mitunter Mißgeschick habe, gnädige Frau?' – ‚Ja, trotzdem, ich brauche jemand, der mich aufheitert.' Nun fühlte ich mich ruhig und geborgen; ich las der gnädigen Frau ein Stündchen vor, dann mußte ich einen Brief für sie schreiben."

„Und da hast du das Tintenfaß umgestoßen?"

„Du kannst vortrefflich raten. Ich bin immer zu schnell bei allem, ja, ich stieß es um, glücklicherweise flog es der gnädigen Frau nicht auf den Schoß, sondern entlud seinen Inhalt auf das Briefpapier und die Schreibmappe. Ein Fleckchen habe ich ins Kleid bekommen, aber es ist nicht sehr zu sehen."

„Was sagte nun aber die Dame dazu?"

„Sie erschrak etwas, aber ich stellte es ihr vor, wie viel trauriger es gewesen wäre, wenn die Tinte auf ihr seidenes Kleid geflossen wäre. Da lachte sie wieder und sagte: ‚Sie sind ein schlauer Vogel.' Als ich dann demütig fragte, ob ich nach dem allem wiederkommen dürfe, sagte sie: ‚Gewiß, kommen Sie nur alle Tage ein paar Stunden; ich freue mich schon darauf, doch mit der Tinte nehmen Sie sich ein wenig mehr in acht, denn wir werden wohl täglich schreiben müssen.' Ich gebe mir nun unsägliche Mühe, keine Dummheiten zu machen; die beiden letzten Tage ist es mir wirklich geglückt."

„Das ist ja gut", war Röschens Antwort, „weißt

du übrigens, daß Herr Bruger sich einen neuen Hut hat kaufen müssen?“

Jetzt machte Lottchen doch ein betrübtes Gesicht. „Und ich habe ihn nicht einmal um Verzeihung gebeten, ich müßte ihm ja eigentlich den Schaden ersetzen.“

„Das würde er nicht annehmen, Lottchen, ich sage es dir nur, damit du dich künftig mehr in acht nimmst mit fremden Sachen.“

„Das hat mir deine Großmutter auch schon gesagt, ich habe erst mit ihr gesprochen und ihr alles gebeichtet – dann kam Besuch, den sie mit nach oben genommen hat.“

„Mit nach oben genommen?“ wiederholte Röschen, als Lottchen sich verabschiedet hatte. „Das pflegt Großmutter sonst nicht zu tun.“

Neugierig ging sie hinauf, und wer beschreibt ihr Erstaunen, als sie bei Großmutter eintrat, Meta dort in eifrigem Gespräch mit Frau Elsner zu finden.

Meta kam ihr mit fröhlichem Gesicht entgegen. „Denke dir, Röschen, ich bleibe bei Uhdens, ich habe den Rat deiner Großmutter befolgt, habe tüchtig studiert, mich wohl vorbereitet auf die Stunden und mich nicht gefürchtet, wenn die Baronin zugegen war. Vor allen Dingen aber habe ich eins befolgt, was deine Großmutter mir ans Herz legte, treu im Beten zu sein. Das hat am besten geholfen. Frau Baronin kam gestern und sagte, wenn ich einverstanden wäre, möchten sie mich behalten, sie sei jetzt ganz zufrieden mit dem Unterricht. Eine Französin wird zu Ostern genommen, die mit den erwachsenen Töchtern Französisch treiben soll, mit dieser kann ich mich dann auch im Sprechen üben."

Röschen sprach ihre herzliche Freude aus, wunderte sich aber, wie Meta hierher komme.

„Die Herrschaften sind in der Stadt, um Einkäufe zu machen, und waren so freundlich, mich mitzunehmen; ich habe aber nur ein Stündchen Zeit."

Dies war eine unverhoffte Freude. Die beiden jungen Mädchen gingen in Röschens Zimmer und sprachen sich über alles aus.

Meta war froh, ihrer Mutter wegen, daß sie nicht stellenlos wurde, „denn", sagte sie, „es hätte wieder große Aufregung gegeben mit dem Großvater. Oh, wie beneide ich dich um deine Großmutter."

„Du hast noch eine Mutter, Meta."

„Ja, das ist wahr, und ich liebe sie von ganzem Herzen; wenn ich ihr einmal ihr Los erleichtern kann, will ich glücklich sein."

Als Meta gegangen war, erzählte Großmütterchen ihr, daß die kleine Schülerin von Meta sehr krank gewesen sei, und letztere Nächte hindurch bei ihr gewacht habe. Sie habe alles sehr bescheiden erzählt, aber man habe doch herausgefühlt, daß die Baronin die Liebe Metas anerkannt habe. Sie sei eines Tages gekommen, habe sie umarmt und geküßt und gesagt, sie werde es ihr nie vergessen, was sie an der Kleinen getan. „Siehst du, mein Kind", fügte die Großmutter hinzu, „es kommt alles auf die Treue an, der Herr sieht nicht nach hohen Dingen. Er sieht auf das Herz, auf die Treue im Kleinen. Was wir sind, müssen wir ganz sein."

„Das sagte Fräulein Hochberg auch", erwiderte Röschen sinnend. „Großmütterchen", begann sie nach einer Weile, „ich war heute bei Josepha. Wir andern haben alle unsern Beruf, sie ist reich und verwöhnt, und braucht gewiß gar nichts zu tun, hat also doch keinerlei Beruf?"

„Ich kenne diese deine Pensionsfreundin noch nicht, aber jedenfalls fordert der Herr von ihr auch die rechte Treue. Und gerade von Menschen, denen viel befohlen ist, wird viel gefordert. Doch laß uns über dem Reden nicht unsere Pflicht versäumen."

Großmutter erhob sich und ging mit der Enkelin hinunter, um die Hausfrauenpflichten mit ihr zu teilen.

Wohl manchmal dachte Röschen, wenn sie um der Pflichten willen ein Vergnügen aufgeben mußte: „Wie gut hat es doch Josepha; sie kann alle Tage leben, wie es ihr gefällt."

Als sie dies einmal gegen sie äußerte, sah Josepha sie traurig an und sagte: „Denkst du, daß ich so große Freude an den Gesellschaften, Bällen und Theatern habe! Wie gern würde ich oft daheim bleiben, aber meine Eltern wünschen es so, so bin ich ihnen gehorsam, aber ich bitte immer Gott, daß ich mein Herz nicht daran hänge. Ich möchte so gern Fräulein Hochbergs Lehren befolgen und meinem Heiland treu sein."

„Aber kannst du das, wenn du an deine Kleider

denken mußt, wenn du von einer Gesellschaft in die andere geladen wirst, wie es jetzt im Winter Brauch ist? Großmutter sagt, die jungen Mädchen, die so viel mitmachen, verflachen; sie verlieren den Geschmack an gediegenen Gesprächen, an lehrreichen Büchern, sie wenden sich immer mehr der Äußerlichkeit zu und werden mit der Zeit eitel und gefallsüchtig."

„Wie gut du dir die Aussprache deiner Großmutter gemerkt hast, wie vernünftig du reden kannst, kleines Röschen, das hätte ich gar nicht von dir gedacht!"

„Ich bin nicht mehr so wild und unbedacht, wie du mich in der Pension gesehen hast. Der Tod meiner lieben Mutter hat einen tiefen Eindruck auf mich gemacht. Ich muß jetzt, sagt Großmutter, meinen jüngeren Geschwistern zum Vorbild dienen und muß sehr auf meiner Hut sein."

Als sie dies sagte, füllten sich ihre Augen mit Tränen; sie sah so lieblich und hübsch aus, daß Josepha sie in ihre Arme schloß und sagte: „Liebes kleines Röschen, wir wollen uns recht liebhaben, wollen wir Freundinnen sein?"

„Wie gern", war Röschens Antwort, „aber ..."

„Was für ein Aber?"

„Wir passen nicht zusammen in der äußeren Lebensstellung."

Josepha lachte. „Wenn wir nur innerlich passen, oder glaubst du das nicht?"

„Ich habe dich eigentlich lieber als die Immenhoffs, aber ..."

„Schon wieder dies ‚Aber' – es soll wohl heißen: Aber du gehst auf Bälle und in Gesellschaften, deshalb bist du ein äußerliches Mädchen, das keinen Gehalt hat, darum kann ich mit dir keinen Verkehr haben. Liebes Röschen, brich nicht den Stab über uns, die wir in den sogenannten höheren Kreisen leben. Wenn du wüßtest, wie viel fromme, echt christliche Seelen es gibt unter denen, die scheinbar mit der Welt leben, du würdest nicht so urteilen."

Röschen sah sie ungläubig an. „Wir wollen uns nicht in langen Reden darüber ergehen. Wenn du mich näher kennst, wirst du vielleicht innewerden, daß ich auch meinen Heiland liebhabe und Ihm gern nachfolgen möchte in Demut und Wahrheit."

Jetzt glänzten Tränen in Josephas Augen, und Röschen konnte nicht umhin, sie zu küssen und ihr zu sagen, daß sie sie sehr lieb habe.

Als Röschen Josepha verlassen hatte, wurde sie eingedenk, daß Großmutter ihr aufgetragen habe, eine arme gelähmte Frau zu besuchen, die in der Nähe in einem Seitengäßchen wohnte. Die Alte war sichtlich erfreut bei ihrem Eintritt. Sie verdankte der Pfarrersfamilie viel. Als sie ganz bettlägerig war, war täglich jemand gekommen, hatte ihr Handreichung getan und ihr Essen gebracht; auch jetzt, da es besser ging und sie wieder etwas arbeiten konnte, kehrte öfters jemand bei ihr ein. Während Röschen sich teilnehmend mit der Alten unterhielt, bemerkte sie, daß diese den Rock anhatte, den sie kürzlich in Josephas Händen gesehen hatte. Um ihrer Sache gewiß zu sein, sagte sie: „Mutter Brune, Ihr habt einen neuen schönen Rock an."

„Ja, den hat mir ein liebes gnädiges Fräulein gebracht, die mich oft besucht. Sie ist ein Engel Gottes. Sonntags kommt sie oft und liest mir eine Predigt vor; sie kann mich so schön trösten mit herrlichen Sprüchen, die sie alle auswendig weiß."

Röschen war sehr nachdenklich auf dem Heimweg. Sie war gerade am letzten Sonntag nachmittag bei Josepha gewesen, da hatte dieselbe gesagt: „Du entschuldigst mich, ich habe noch einen notwendigen Besuch zu machen." Röschen hatte natürlich gedacht, es gelte einer vornehmen Freundin, und nun mußte sie im Stübchen der Armen erfahren, daß Josephas Besuch der alten Mutter Brune gegolten hatte, um ihr eine Predigt vorzulesen. Stieg nicht Josepha hoch in ihrer Achtung, Josepha, die sie als Weltdame in ihrem Herzen beinahe verurteilen wollte!

Als Röschen um eine Ecke bog, sah sie in einiger Entfernung eine junge Dame vor einem Schaufenster stehen, es mußte Thea sein. Wer aber war der schlanke junge Offizier, der sich höflich von ihr verabschiedete und mit eiligen Schritten entfernte?

„Thea, wo kommst du her, und wer war der Herr?"

Thea errötete. „Kennst du Josephas Bruder nicht? Wir haben früher viel miteinander verkehrt, Alexander von Langen war mir immer sehr gewogen, er scheint sich auch jetzt sehr für mich zu interessieren. Es ist merkwürdig“, fügte sie lachend hinzu, „ich treffe ihn immer, wenn ich ausgehe.“

Sie erzählte Röschen noch allerlei, und als sie ging, mußte diese unwillkürlich Vergleiche ziehen zwischen ihr und Josepha. Wie verschieden waren doch die beiden, die eine, in ärmlichen Verhältnissen, sah sehr auf das Äußere, schien Pracht und Luxus mehr zu lieben als Josepha, die von allem umgeben war, was das Leben Schönes bot, und die doch einfach und schlicht ihren Weg ging.

Sie hatte im Laufe des Winters noch mehr Gelegenheit, Josepha näher kennenzulernen und war erstaunt, wie sie inmitten ihres Reichtums ein stilles Glaubensleben führte, ihre Liebe zu ihren Mitmenschen kundgab dadurch, daß sie ihnen diente und half, wo sie konnte, und sich einen Beruf schuf, der köstlich war vor Gott.

Die Werbung

„Nun geht Herr Bruger fort“, rief Philipp den drei Schwestern zu, „nun gerade, da ich ihn liebhabe und wir uns so gut verstehen.“

„Der Herr Vikar geht fort, oh, wie schade“, klagte Emmi, „ich bin ihm immer gut gewesen.“

„Nein, ich hab’ ihn am liebsten“, sagte Miezi.

„Schweig doch“, warf Nanni ein, „ich habe immer gesagt, als Philipp ihn nicht mochte, er wäre ganz gut. Er war nur streng, weil Philipp so fürchterlich faul war.“

„Bitte den Mund zu halten, Mamsell Naseweis“, versetzte der Tertianer mit Nachdruck, „wir wollen uns hier nicht streiten, wer ihn am liebsten hat, sondern alle gleichmäßig bedauern, daß er uns verlassen muß.“

„Wer soll denn Ball mit uns spielen und im Winter Salta, Halma oder Mühle“, rief Miezi ganz verzweifelt.

„Der neue Vikar“ , versetzte Philipp ruhig.

„Kommt denn ein neuer?“

„Natürlich, der Vater kann nicht ohne Hilfe durchkommen.“

„Ein neuer!“ wiederholten sie alle drei nacheinander und schwiegen dann, als ob sie Zeit brauchten, diesen Gedanken zu fassen.

„Aber wo will denn Herr Bruger bleiben?“, unterbrach endlich Nanni das Schweigen.

„Er wird eine Pfarrstelle bekommen, er kann doch nicht immer Vikar bleiben."

Als Herr Bruger zu Tisch erschien, bestürmten sie ihn, ihnen doch zu sagen, wo er Pfarrer würde. Er lächelte und sagte: „Wahrscheinlich ganz in der Nähe", nannte aber den Ort nicht.

Ob er denn Sachen habe, ein Pfarrhaus einzurichten, und ob er denn eine Frau Pfarrerin habe, fragten die vorwitzigen Mädchen, worauf Herr Bruger antwortete und sagte, die würde sich schon finden, es gäbe ja genug Mädchen auf der Welt. Ja, wenn die Mutter lebte, meinte Miezi, dann könnte Röschen mitgehen und ihm die Wirtschaft führen, die sei alt genug, aber sie müsse der Großmutter helfen und könne nicht von den Kleinen fort.

Röschen trat eben mit der Suppenschüssel ein, hörte das letzte und fragte harmlos: „Wohin soll ich gehen?"

„Schweigt und redet keinen Unsinn", fuhr Herr Bruger die Mädchen an, die, solche Strenge von Herrn Bruger gegen sie nicht gewöhnt waren, erschrocken den Mund hielten und still ihre Plätze aufsuchten.

Der Vater erschien eben mit der Großmutter, ein Zeichen, daß das Mittagessen seinen Anfang nahm.

Die Rede kam bald wieder auf Herrn Brugers Fortgehen, das die Großmutter besonders lebhaft bedauerte. Sie hatte immer gut mit dem Vikar gestimmt und seine Vorzüge erkannt. „Also nach Beckedorf gehen Sie als Pfarrer, mein lieber Vikar", rief sie mit Wärme. Sie hätte am liebsten hinzugefügt: „Mein liebes Beckedorf" , unterließ es aber, da niemand erfahren sollte, was für eine Bedeutung der Ort für sie hatte.

Herr Bruger hatte heute ein besonderes Auge auf Röschen. Wie war sie so anmutig und hübsch, wie geschickt stellte sie sich an beim Austeilen der Suppe, wie sehr hatte sie gewonnen seit dem Tode der Mutter! Ja, die drei hatten recht, Röschen konnte mit ihm gehen und seine Pfarrfrau werden, das Röschen, für das er schon lange ein stilles Interesse gehabt. Könnte er nur erfahren, wie sie selber darüber dächte? Aber die Großmutter war seine Freundin, ihr wollte er sich anvertrauen, sie sollte für ihn um Röschen werben.

So vergingen einige Tage. Da rief Großmütterchen ihre älteste Enkeltochter hinauf in ihre Stube. Es war Dämmerstunde, zu welcher Zeit gewöhnlich alle Kinder kommen durften und sich um den Stuhl der Großmutter scharen. Heute hatte Frau Elsner Emmi, Nanni und Miezi mit den drei Kleinen zu Frau Lina geschickt. Diese freute sich, wenn die Kinder ihrer früheren Herrschaft bei ihr hereinsahen, und die Kinder waren sehr beglückt, wenn sie Erlaubnis dazu bekamen.

„Großmütterchen, warum hast du alle Kinder fortgeschickt, du bist so ernst, so feierlich, habe ich etwas nicht recht gemacht, willst du mich schelten?"

„Nein, mein liebes Kind, ich will eine wichtige

Angelegenheit mit dir beraten. Du weißt, Herr Bruger geht fort."

„Ach, Vater hat wohl einen anderen Vikar in Aussicht."

„Darüber weiß ich nichts, mein Kind. Es ist eine andere Sache, die ich mit dir besprechen möchte, du weißt, Herr Bruger verläßt uns in den nächsten Tagen, um Pfarrer in Beckedorf zu werden. Möchtest du mit ihm ziehen, mein Kind, und seine Frau werden?" Ihre Stimme zitterte, als sie dieses sagte, obwohl sie sich zwang, ruhig zu sein. Röschen sollte nicht merken, wie schwer ihr das Opfer wurde, sie hinzugeben.

Sie hatte ihre Hand gefaßt und strich mit der andern über den blonden Scheitel des Mädchens. Diese sah die Großmutter erschrocken an. Dann schlang sie beide Arme um Frau Elsner und rief: „Nein, Großmutter, verlassen kann ich weder dich noch den Vater, dazu habe ich euch viel zu lieb, wenigstens viel, viel lieber als Herrn Bruger."

„Hast du ihn denn gar nicht ein wenig lieb?" fragte die Großmutter, halb erleichtert, wenn sie an sich dachte, halb betrübt, wenn sie sich die Enttäuschung des jungen Pfarrers vorstellte.

„Ob ich ihn lieb habe?" wiederholte Röschen sinnend.

„Nun ja, ein wenig, weil er unser Hausgenosse ist, aber erst kommt ihr alle, das ist doch natürlich." Nun wußte die Großmutter, daß für Herrn Bruger nichts zu hoffen war.

Röschen sagte traurig: „Ja, bitte, liebe Großmutter, sage es ihm; er kann sich ja leicht eine andere Frau nehmen, es gibt so viele Mädchen.“

Damit war die Sache äußerlich abgetan, und Röschen schien wenig davon berührt. Anders war's, als sie abends zu Tisch gingen und es hieß, Herr Bruger könne nicht erscheinen, er habe arge Kopfschmerzen. Da errötete Röschen, und der Gedanke, daß sie Herrn Bruger vielleicht betrübt habe, war ihr schmerzlich.

Als sie am andern Morgen mit den Kleinen im Wohnzimmer war, öffnete sich die Tür, der Vikar trat ein. Sonst würden sie harmlos miteinander geplaudert haben. Heute grüßte er nur, gab den Kleinen, die ihm die Händchen entgegenstreckten, die Hand, und verließ das Zimmer schnell, ohne ein Wort gesprochen zu haben. „Das war ein ungemütlicher Zustand, ob das nun so bleiben würde?“ dachte Röschen. Doch übermorgen ging ja schon der Vikar, dann war überhaupt der Verkehr mit ihm zu Ende. Der Vater hatte gestern gesagt, einen so tüchtigen Mann würde er nie wieder bekommen, er würde bei seiner Begabung, seiner Treue und Gewissenhaftigkeit ein ausgezeichneter Pfarrer werden. Sie war immer sehr gleichgültig gegen seine Vorzüge gewesen, hatte sich früher, als halberwachsenes Mädchen, vorgenommen, ihn um seiner Strenge gegen Philipp willen zu hassen, und hatte sich bemüht, alles Tadelnswerte an ihm herauszufinden. Seit dem Erlebnis mit Philipp hatten sich ihre Ansichten über ihn geändert; sie fand ihn liebenswürdiger und zugänglicher, aber ans Heiraten hatte sie nie gedacht; sie war ja noch so jung und er so alt, wenn auch nicht dreißig, so doch achtundzwanzig Jahre, wie sie kürzlich erfahren hatte.

Die ganze übrige Familie trug ihr Bedauern über Herrn Brugers Fortgang offen zur Schau. Emmi, Nanni und Miezi halfen ihm eifrig beim Büchereinpacken, trugen ihm ihre Alben hin, damit er zur Erinnerung hineinschriebe, Eva wollte ihm ihre liebste Puppe schenken, Lieschen aber und Trudi behaupteten, sie wollten mit Herrn Bruger gehen und gar nicht wiederkommen. Bei dem allen wurde Röschen jedesmal sehr verlegen, sie wünschte fast, der Tag der Abreise wäre erst vorüber.

Am Nachmittag vor diesem Tag hatte sie eine Besorgung in der Vorstadt, da kam Thea auf sie zugeeilt. „Wie gut, daß ich dich treffe, Röschen, ich muß dir etwas Wunderschönes erzählen, aber du mußt es als strengstes Geheimnis bewahren."

Röschen, sehr begierig, dies große Geheimnis zu erfahren, versprach, alles für sich zu behalten, und hörte nun zu ihrem Erstaunen, daß Thea sich verlobt habe, und zwar mit Josephas Bruder. Sie gratulierte ihr herzlich und fragte, wann die Verlobung veröffentlicht werde und was Josepha dazu gesagt.

„Josepha ahnt nichts davon, und unsere Eltern ebenfalls nicht, nur dir habe ich es anvertraut, weil du meine Freundin bist. Ich hoffe, du wirst uns nicht verraten."

Röschen starrte sie erschrocken an. „Du hast dich verlobt, und deine Mutter weiß nichts davon“, sagte sie endlich, „das ist ja unrecht, Thea, ich hätte es dir nicht zugetraut.“

„Nun kommst du wieder mit deinen strengen Ansichten. Wir haben uns beide lieb, und Alexander hat versprochen, mich zu heiraten – aber er kann seinen Eltern noch nichts davon sagen, da ich kein Vermögen habe und die Sache Schwierigkeiten hat. Meine Mutter soll es deshalb auch noch nicht wissen, und nun laß das gut sein, wir sind glücklich.“

„Wie kann man glücklich sein hinter dem Rücken der Eltern, Thea, das hättest du nicht tun sollen; ich wollte, du hättest es mir gar nicht gesagt.“

„Ich glaubte, du würdest als Freundin dich mit mir freuen über mein Glück, früher warst du anders.“

„Ich habe in dem letzten Jahre seit dem Tode meiner lieben Mutter viel gelernt, und Fräulein Hochbergs Lehren und Ermahnungen stehen mir immer deutlich vor Augen und im Herzen. Denkst du nicht auch daran?“

Thea warf ihr Köpfchen zurück und sagte: „Man bleibt doch nicht immer auf der Schulbank.“

„Wie wird es denn mit deiner Stelle, die du im Sommer annehmen wolltest?“

„Die sage ich nicht ab, wir können noch nicht gleich ans Heiraten denken. Aber weißt du, wir kennen uns schon so lange und sind uns immer gut gewesen. Diesen Winter haben wir uns oft getroffen, und gestern, als wir vor der Stadt ein wenig spazierengingen, hat er es mir gesagt. Und nun schweige, verrate mich nicht."

Röschen kam sehr nachdenklich nach Hause. Es war ihr so bange ums Herz, am liebsten hätte sie der Großmutter alles gesagt, der treuen Großmutter, die mit ihrem klaren, wahren Gemüt immer das Rechte zu sagen und zu raten wußte. Wie prächtig war sie gewesen, als sie ihr die Sache mit Herrn Bruger gesagt hatte. Ja, es mußte wohl ganz schön sein, wenn zwei sich so liebhatten, daß sie sich fürs Leben verbanden, aber ohne den elterlichen Segen nie.

Zu Hause wurde sie empfangen mit den Worten: „Röschen, du gehst spazieren, und wir schwitzen hier bei der Arbeit. Wir haben Herrn Bruger so schön geholfen, und du kümmerst dich um gar nichts."

„Fräulein Röschen mag mir nicht helfen", sagte Herr Bruger, der gerade dazukam, und sah sie traurig an.

„O doch, Herr Bruger", versetzte Röschen verlegen, und dunkle Glut färbte ihre Wangen.

„Röschen geht in die Küche und bereitet unserm Vikar das letzte Abendbrot, da tut sie auch etwas für ihn", entschied die Großmutter, und Röschen, dankbar, daß die Großmutter wieder das rechte Wort gefunden hatte, ging hinaus, froh, der schwierigen Lage enthoben zu sein.

Der Besuch in Beckedorf

Philipp war versetzt und hatte ein sehr gutes Zeugnis nach Hause gebracht. Das ganze Haus nahm daran freudigen Anteil. Er stolzierte aufgerichteten Hauptes zwischen dem Schwesternchor herum, es war, als ob ein Bann von ihm genommen sei. Nun fühlte er sich innerlich gehoben und befriedigt; die Lust zur Arbeit war nicht nur geweckt, nein, nun trieb und drängte es ihn, vorwärtszukommen, ja etwas Vorzügliches zu leisten. Er wollte von nun an auf eigenen Füßen stehen und selbständig arbeiten. Er konnte es, denn Gott der Herr hatte ihm Gaben verliehen, die er bisher nutzlos hatte liegenlassen.

„Aber Großmutter", drängte er, „nun muß ich mein Versprechen einlösen und die Dame besuchen, die sich meiner so freundlich angenommen hat, als ich verirrt und verblendet einherlief, nicht wahr? Wir fahren alle an einem schönen Frühlingstag nach Beckedorf, es ist dort wunderhübsch, sage ich dir. Ich empfand es schon mit meinem bösen Gewissen, nun möchte ich den Ort mit gutem Gewissen sehen und genießen. Vor allen Dingen möchte ich aber der Dame danken für die Wohltat, die sie mir erwiesen. Nicht wahr, Größi, du kommst mit und Röschen auch –"

„Ich könnte meine Freundin Meta besuchen, die auch aus Beckedorf ist und gerade jetzt zu Hause weilt."

„Aber meiner unbekannten Dame muß ich dich vorstellen, auf jeden Fall“, beharrte Philipp.

„Nun meinetwegen, es läßt sich ja alles vereinigen“,war Röschens Antwort.

Die Großmutter dachte: „Metas Mutter und die Unbekannte werden wohl ein und dieselbe Person sein.“

Sie schlug den beiden Geschwistern vor, den Besuch allein auszuführen, sie daheim zu lassen, aber davon wollte Philipp nichts wissen. „Gerade du mußt meine Wohltäterin kennenlernen, und sie dich, bitte, liebe Großmutter, erfülle mir diese Bitte.“

Die Großmutter gab nach, aber niemand ahnte, wie schwer ihr nach einer langen Reihe von Jahren ein Besuch in ihrem Heimatort wurde, gerade unter den obwaltenden Verhältnissen. Und doch war etwas in ihrem Innern, das sie trieb, die Stätte, wo sie ihre Jugendzeit verlebt hatte, wiederzusehen. Sie hatte ja Röschen von ihren Erlebnissen mitgeteilt, aber vermieden, ihr den Ort zu nennen, wo sich solches zugetragen hatte, weil sie annehmen mußte, daß der Bruder noch lebte.

An einem schönen Frühlingstag in den Osterferien beschloß man, eine Fahrt nach Beckedorf zu unternehmen. Die drei größeren Mädchen sollten daheim bleiben und einmal zeigen, daß sie ohne Großmutter und Röschen fertig werden konnten. Sie rühmten sich dessen sehr, behaupteten, sie könnten den Vater versorgen, die drei Kleinen hüten, Besuche empfangen, auch noch im Garten arbeiten und noch vieles mehr. Großmutter, die den Kleinen auch ein Vergnügen gönnte, bestimmte schließlich, daß Eva und Lieschen mitgenommen werden sollten, Trudchen aber zu Hause bleiben, da sie mit ihren Füßchen nicht so schnell fortkonnte. Sie legte die Kleine den größeren Schwestern sehr ans Herz, bat auch ihren Schwiegersohn, der tief in der Arbeit steckte, sich im Laufe des Nachmittags nach dem jungen Volk umzusehen. Und nun ging's fort, dem nahen Beckedorf zu. Es war das erste Mal, daß Frau Elsner von der Hauptstadt dorthin mit der Eisenbahn fuhr. In einer halben Stunde war es erreicht, während man in früherer Zeit zwei Stunden mit der Post gebrauchte.

Als sie ausstiegen und ins Freie getreten waren, sah Philipp sich unschlüssig um und sagte verlegen: „Ja, nun weiß ich wirklich nicht wohin."

„Du bist mir der Rechte", meinte Großmutter lächelnd, „erst quälst du mich, ich soll mit dir kommen, und nun muß Großmutter wohl gar den Führer machen."

„Von hinten müssen wir jedenfalls kommen, dann finde ich es am besten. Wenn wir nur einen Weg entdecken könnten, der zum Bach hinunterführt, dann wäre uns geholfen", erwiderte Philipp.

Die Großmutter sah sich in der Gegend um. Etwa eine Viertelstunde vom Bahnhof entfernt lag das Städtchen mit dem wohlbekannten spitzen Kirchturm. Dort hinter der Kirche ragte ein hohes Haus besonders hervor; wenn, wie Philipp erzählt hatte, die Dame in der Nähe dieses Hauses wohnte, dann hatten sie noch ein gutes Stück zu wandern. Sie kannte dieses Haus wohl aus der Kinderzeit; wie oft hatte sie es bei weiten Spaziergängen vor allen andern Häusern herausgefunden, das Haus mit dem hohen Ziegeldach und den stattlichen Schornsteinen. Sie konnte den Kindern nicht sagen, wie wohl und wehe ihr ums Herz war beim Anblick der alten geliebten Heimat.

„Großmütterchen, du bist so in Gedanken versunken", sagte Röschen, während Philipp, der ein Stück gelaufen war, um die Gegend zu erkunden, triumphierend zurückkam, mit dem Bescheid, dort führe ein Weg gerade zum Bach hinunter, sie wollten ihn doch gehen, es sei so schön dort.

So gingen sie miteinander; die beiden Kleinen trabten munter voran; Philipp, welcher der Großmutter ritterlich den Arm geboten, folgte mit ihr und der Schwester. Bald waren sie unten am Bach, wie wonnig, wie schön war es hier; die Sonne schien warm und freundlich und lockte die kleinen Frühlingsblumen heraus.

„Veilchen", jubelte Röschen, „Großmutter, hier gibt's Veilchen." Sie bückte sich im Weitergehen mit den Schwesterchen, um für die Großmutter ein Sträußchen zu pflücken.

Die Vöglein sangen und flogen munter von Ast zu Ast, an den Erlen und Birken hingen schon hübsche grüne und braune Kätzchen malerisch herunter.

Frühlingsluft und Frühlingsduft erfüllte die Welt. Das Bächlein floß plätschernd über Steine dahin, und Großmütterchen wischte sich heimlich eine Träne aus dem Auge. So war es gerade in ihrer Jugendzeit auch gewesen, wenn sie mit ihren Freundinnen hier gespielt und Frühlingsblumen gepflückt hatte. Sie näherten sich immer mehr dem Städtchen; nun waren sie den Häusern gegenüber, die aber von ihnen durch die Gärten, welche sich bis an den Bach hinunterzogen, getrennt waren. Immer weiter wanderten sie und immer mehr klopfte der Großmutter das Herz. Dort war die hohe graue Mauer, die ihren Garten begrenzte, darüber ragten die großen Bäume, in deren Schatten sie gewandert, die ihre Lust und ihr Leid gehört, die ernst ihre Häupter geschüttelt hatten, als sie den letzten Abend vor ihrem Abschied ihren Tränen hier freien Lauf gelassen hatte.

Doch hinweg mit den trüben Erinnerungen, eben beugte sich Philipp über sie und sagte: „Großmutter, du bist so traurig, gewiß über mich. Du denkst daran, wie ich hier mit dem bösen Gewissen als Ausreißer in triefendem Regen gewandert bin, aber es ist ja nun anders geworden. Sieh, Großmütterchen, nun sind wir gleich da, hier muß ich aber deinen Arm freigeben, an der Mauer ist der Weg so schmal, wir müssen hintereinander gehen. Die Kleinen sind so fix, sieh nur, die laufen schon dahin, als kennten sie den Weg lange."

„Fremde Kinder", flüsterte eine Knabenstimme in

dem kleinen, uns schon bekannten Gärtchen, das an den großen Garten grenzte. „Sieh nur, Mariechen, zwei kleine niedliche Mädchen."

Mariechen sah sie und lächelte den Bruder an. „Ob sie wohl zu uns kommen?"

Eva und Lieschen blieben verlegen stehen und sahen sich nach den übrigen um.

„Seid ihr allein hier?" fragte Martin.

„Großmutter kommt auch", sagte Eva ganz dreist, während das schüchterne Lieschen sich hinter ihrer älteren Schwester versteckte.

Nun kam Röschen zum Vorschein; sie nickte den Kindern freundlich zu und sagte: „Ihr bringt wohl eure Beete schon in Ordnung?" Dann sich nach Philipp umsehend, rief sie: „Ist es hier?" worauf dieser nickte, der Großmutter die Hand reichte, weil es einen kleinen Graben zu überspringen gab, und zu den Kindern sagte: „Kennt ihr mich noch?"

Die Kleinen stutzten einen Augenblick, dann nickte der Knabe verständnisvoll. Sie erkannten Philipp wieder als den jungen Mann, der an jenem Sonntagmorgen mit ihnen in der Laube Kaffee getrunken hatte.

„Können wir eure Mutter sprechen?" fragte Philipp.

Kaum war die Frage ausgesprochen, so flog Martin wie ein Pfeil davon. Es währte nicht lange, da kam er in Begleitung seiner Mutter zurück.

Philipp ging der Dame bis auf den Hof entgegen und sagte mit höflicher Verneigung: „Ich komme, meiner Wohltäterin noch einmal zu danken. Sie haben mir an jenem Herbstabend Schutz und Obdach gewährt, mir aber auch, was noch viel mehr wert war, wieder zurechtgeholfen, ich kann es Ihnen nie genug danken."

Frau von Wrede streckte, als sie Philipp erkannte, ihm gleich die Hand entgegen und schüttelte die seine herzlich. Sie freute sich aufrichtig, daß es ihm Ernst gewesen mit seinem Versprechen, daß er Lust und Freude am Lernen gewonnen. Als sie den kleinen Garten betraten, stellte er Großmutter und Schwester, die sich einstweilen mit den Kindern unterhalten hatten, vor.

Kaum hatten sich die Damen prüfend angesehen, als Frau von Wrede der Großmutter die Hand reichte, mit den Worten: „Ich glaube, in Ihnen die Dame zu erkennen, die mich vor etwa neun Jahren im Schnee fand und mir ein so freundliches Unterkommen gewährte."

„Ich bin gekommen, Ihnen zu danken, liebe Frau –"

„Von Wrede ist mein Name."

„ – liebe Frau von Wrede, für das, was Sie an meinem Enkel getan haben."

„Wir sind quitt", sagte Frau von Wrede lächelnd, „die Wohltat, die Sie mir und meinen Kindern erwiesen, war größer als die, welche ich dem jungen Mann angedeihen ließ."

„Liebe um Liebe", meinte Frau Elsner freundlich. „Wir wollen die einander erwiesenen Guttaten nicht abwägen und messen, sondern wollen uns untereinander liebhaben, das ist das Beste."

Es gab ein großes Staunen und Wundern unter den Kindern, als sie sich gegenseitig erkannten. Martin konnte sich nur ganz dunkel entsinnen, einmal im Schnee umgeworfen zu sein, Röschen aber und Philipp wußten es noch genau, wie die fremde Dame mit den beiden kleinen Kindern im Winter mit der Großmutter angekommen war. Sie hatten noch oft davon gesprochen.

Nun wäre es natürlich gewesen, daß Frau von Wrede die alte Dame ins Haus genötigt hätte, um sich auszuruhen. Sie zögerte jedoch, wurde verlegen und meinte, ob es wohl in der Laube zum Sitzen möglich sei. Großmutter erwiderte, daß sie gern im Freien säße, sie sei jedoch etwas warm vom Gehen und würde dankbar sein, sich im Zimmer auszuruhen. Die Kinder könnten jedoch im Garten bleiben und Röschen und Philipp –

„Meine älteste Tochter ist auch zu Hause, ich vermute, Sie kennen sich –"

„Ist es Meta? Ja natürlich, es kann nicht anders sein. Als ich Ihren Namen hörte, Frau von Wrede, glaubte ich schon, daß Sie Metas Mutter seien. Wo ist sie?"

„Sie ist drinnen", antwortete Frau von Wrede, wieder errötend und ging mit dem Besuch ins Haus. Röschen und Philipp folgten mit einer gewissen Neugierde. Dies war also Metas Heim. Dann mußte ja auch der alte Großvater, vor dem die

Familie in beständiger Furcht schwebte, zu sehen sein. Die Großmutter betrat unter leisem Kopfschütteln das kleine Haus, immer Seitenblicke nach dem düstern grauen Hause werfend. Dies Häuschen war zu ihren Zeiten die Gärtnerwohnung gewesen; die vorderen Zimmer hatten zur Aufbewahrung des Obstes gedient, in den hinteren hatte der Gärtner Wilken mit seiner Frau gewohnt. Wie oft war sie als Kind zu dieser Tür hineingeschlüpft und hatte die gute Frau Wilken besucht, die stets schöne Früchte oder Blumen für sie bereit gehabt hatte. Und nun dienten diese kleinen Räume zur Behausung ihres Bruders und seiner Familie. Wohin der Geiz den Menschen führt!

Frau von Wrede öffnete die Tür ihres kleinen Wohnzimmers und lud Frau Elsner ein, näher zu treten, doch war eine gewisse Ängstlichkeit in ihrem Benehmen nicht zu verkennen.

Am Fenster saß ein junges Mädchen, welches über und über erglühend sich erhob und überrascht ausrief: „Oh, Frau Elsner, Sie besuchen uns! Und auch du, Röschen!“

Großmutter und Enkelin begrüßten Meta auf das herzlichste, und erstere sagte lächelnd: „Siehst du, Röschen, nun brauchst du deine Freundin nicht aufzusuchen, jetzt bleiben wir alle zusammen.“

Die Frauen nahmen auf dem Sofa Platz, während die jungen Mädchen sich ans Fenster setzten. Die Großmutter hatte eine laute, kräftige Stimme, Frau von Wrede antwortete im Flüsterton, auch Meta sprach gedämpft und wurde ein über das andere Mal rot.

Frau Elsner, der das Flüstern auffiel, sagte eben: „Sie sprechen so leise, liebe Frau von Wrede, schläft hier jemand?“ als die Tür, die ins vordere Zimmer führte, heftig aufgerissen und der Name „Wilhelmine“ herrisch gerufen wurde. Frau von Wrede stand erschrocken auf und ging zu ihrem Vater.

Kaum war sie dort, so hörte man eine laut scheltende, männliche Stimme. Man vernahm deutlich die Worte: „Sofort läßt du die fremden Leute gehen, ich will keinen Besuch, wie oft soll ich dir das sagen. Ist es nicht genug, daß ich dich und die ganze Familie durchfüttere? Wenn du meinen Wünschen nicht nachkommst, kannst du mit deinen Kindern gehen, wo du hergekommen bist.“

Ein lauter Knall erfolgte, als ob eine Tür zugeschlagen wurde. Dann erschien Frau von Wrede blaß und aufgeregt; sie wußte, ihr Besuch hatte alles gehört. Frau Elsner stand auch schon wie zum Gehen bereit, anstatt sich aber nach der Ausgangstür zu bewegen, schritt sie furchtlos, aufgerichteten Hauptes auf die Mitteltür zu.

Frau von Wrede rief erschrocken: „Sie wollen doch nicht – um Gottes willen, bleiben Sie hier! Sie wissen nicht – Sie kennen ihn nicht –“

Frau Elsner schob Frau von Wrede sanft beiseite und betrat furchtlos das vordere Zimmer, in demselben Augenblick, als der Bruder seine Schlafstubentür zuwarf und wieder das Wohnzimmer betrat.

Sie blieb erhobenen Hauptes an der Tür stehen, sah den alten Herrn scharf an und sagte: „Konrad“ – sie nannte ihn absichtlich bei seinem Vornamen – „die fremden Leute haben ein Recht, hier zu sein, man verlangt von dem Herrn des Hauses anständige Behandlung, man verlangt, daß derselbe sich ruhig verhält und gegen seine Tochter kein unschönes Wort verliert.“

Er starrte sie an, als ob er eine Erscheinung aus der Geisterwelt vor sich habe. Er öffnete den Mund, als wollte er etwas sagen, blieb aber stumm und griff nach einem Stuhl. Als er wieder aufsah, war sie verschwunden.

„So, meine Liebe“, sagte sie äußerlich ruhig, „nun wollen wir uns setzen, wir werden durch Ihren Vater nicht mehr beunruhigt werden. Sie haben die Absicht, uns eine Tasse Kaffee anzubieten; ich nehme eine Erquickung mit Dank an, denn ich bin etwas erschöpft.“

Sie lehnte sich einen Augenblick ins Sofa zurück, überwältigt von den gehabten Eindrücken, aber sie war eine starke Natur und verstand es, sich zu beherrschen.

Frau von Wrede sah noch immer mißtrauisch nach der Tür, als müßte sie sich jeden Augenblick wieder öffnen, aber es blieb alles still, kein Laut war hörbar. So gewann sie wieder Mut und setzte sich zu ihrem Besuch, während Röschen und Meta Kaffee einschenkten und dann zu den Kindern in den Garten gingen.

„Woher nahmen Sie den Mut, meinem Vater entgegenzutreten, liebe Frau Elsner?“

„Fragen Sie mich nicht, liebe Freundin, es kam über mich, ich konnte nicht anders. Doch nun erzählen Sie mir von Ihrem Leben, von Ihrer Mutter, Ihren Geschwistern.“

„Geschwister hatte ich keine“, antwortete Frau von Wrede, die immer wieder einen Blick nach der Tür warf, „ich war einziges Kind meiner Eltern und hatte, solange meine Mutter lebte, eine glückliche Jugend.“

„Hatte – hatte die Mutter sehr zu leiden unter den Sonderbarkeiten, oder wollen wir es bei dem rechten Namen nennen, unter dem Geiz des Vaters?“

„Ich glaube wohl, doch hat sie nie geklagt. Sie hatte selbst Vermögen und tat viel Gutes, besonders wenn mein Vater verreist war. Da wurde Brot gebacken für die Armen und Essen verteilt unter die Kranken des Ortes. Leider starb meine Mutter schon, als ich siebzehn Jahre alt war, und der Vater war darauf bedacht, mich sobald wie möglich an einen begüterten Mann zu verheiraten. Leider täuschte er sich, denn der Mann, den er für mich ausersehen hatte, war nichts weniger als wohlhabend. Hauptmann von Wrede war ein Spieler.“

„Sie arme Frau, wieviel Schweres haben Sie erlebt.“

Frau von Wrede nickte, und Tränen rannen über ihre Wangen. „Glücklich war ich nur in meiner Jugend, bei Lebzeiten meiner Mutter. Doch nein, bei allem Schweren, das mich trifft, genieße ich das Glück, gute Kinder zu haben. Wollte nur Gott, ich könnte für meinen Martin etwas tun; er ist ein so lieber, fleißiger Junge, von großer Begabung, sein höchster Wunsch ist, ein Gymnasium zu besuchen. Ich habe nicht die Mittel und sein Großvater – nun Sie wissen ja, daß er kaum das gibt, was unumgänglich nötig ist."

„Hatte – hatte dieser Großvater Geschwister?"

„Soviel wie ich weiß, nicht. Die Leute wollen wissen, er habe eine Schwester gehabt, doch weiß ich nie, daß meine Mutter eine solche erwähnt hat. Vielleicht ist sie jung gestorben, jedenfalls existiert jetzt keine."

Es zuckte eigentümlich um die Mundwinkel der Großmutter. Aber sie schwieg. Sollte sie sich entdecken und damit der Tochter bloßlegen, wie schlecht der Vater an ihr gehandelt hatte? Nein, sie wollte schweigen und die Sache Gott befehlen.

Jetzt kamen kleine Füßchen. Frau von Wredes Gesicht nahm wieder einen ängstlichen Ausdruck an, als Eva und Lieschen ins Zimmer kamen und laut jubelten: „Größi, sieh nur die hübschen Blumen. Martin und Mariechen haben uns pflücken helfen, wir wollen sie morgen auf Muttis Grab legen. Es ist wunderschön hier, Größi, wir möchten wohl immer hierbleiben."

Martin und Mariechen blieben zaghaft an der Tür stehen; auch ihre Blicke richteten sich, gleich denen der Mutter, nach der Tür des Großvaters, aber keine Szene erfolgte, es blieb alles still. Und Großmütterchen fürchtete sich nicht; sie blieb ruhig in der Sofaecke sitzen, sprach mit den Kindern, rief Martin und Mariechen zu sich und redete lieb und freundlich mit ihnen, was ihr die Herzen schnell gewann.

Dann aber mahnte sie zum Aufbruch, „denn“, – sagte sie „wir müssen den jungen Pfarrer Bruger noch besuchen, er würde es uns ja nie verzeihen, wenn wir hier in Beckedorf gewesen und an der Pfarre vorübergegangen wären. Wo sind die jungen Mädchen und Philipp?“

„Sie sind im Garten, sollen wir sie rufen?“ fragten die Kinder.

„Wir gehen mit“, war der Großmutter Antwort. Und alle verließen das Zimmer.

Als sie über den Hof schritten, sah eine lange, hagere Gestalt ihnen nach. Herr Goldewein hatte gehört, daß man aus dem Zimmer ging; er kam sofort herein und stellte sich ans Fenster hinter die Gardine.

„Ich muß heraus haben, wer diese Alte war, die mich so erschreckt hat. Die Augen waren dieselben wie damals; sie sahen mich gerade so an, und die Stimme war auch dieselbe, aber das Alter hat das Gesicht verändert. Ist sie gekommen, um ihr Erbe zu holen? Ja, diese Haltung hatte sie, immer stolz und hochaufgerichtet. Wie kann sie mich so erschrecken! Ist sie es oder ist sie es nicht? Ich denke, sie ist lange tot, habe in vierzig Jahren nichts von ihr gehört. Nun ist sie auf einmal da und macht sich hier breit."

Sein Gesicht nahm einen angstvollen Ausdruck an. Er sah ihr nach, so lange sie zu sehen war, und als sie im Gärtchen verschwanden, humpelte er zurück in sein Zimmer, tastete an den Schränken, ob alles wohl verwahrt sei, und schlürfte dann weiter ins andere Zimmer, wo er noch mehr Schätze verborgen zu haben schien.

Gegen seine Tochter aber äußerte er nichts über den heutigen Besuch, worüber diese ebenso erstaunt war wie über der Großmutter mutiges Vordringen.

Bei Pfarrer Bruger

Philipp war, während die Damen sich unterhielten, mit den jungen Mädchen hinausgegangen, und da er merkte, daß die Freundinnen gern allein blieben, machte er sich von dannen, um die Gegend zu erkunden.

Röschen und Meta aber gingen am Bach entlang, Röschen, die weinende Freundin tröstend, die immer wieder klagte: „Nun werdet ihr auch nie wiederkommen, jeder, der unser Haus zum erstenmal betritt, wird auf immer verscheucht durch den Großvater. Nun begreifst du, Röschen, warum ich nie den Mut habe, eine Freundin einzuladen, und verlegen werde, wenn jemand sich anbietet, mich zu besuchen. So ist es immer gewesen und so bleibt es. Der Großvater nimmt uns jede Lebensfreude, während deine Großmutter Liebe und Freude um sich verbreitet mit ihrem sonnigen Gemüt."

Röschen bat Meta, recht oft zu ihnen zu kommen, ihr Haus ein wenig als ihre Heimat anzusehen. Sie schlossen sich diesen Nachmittag noch inniger aneinander; die Zeit verflog so schnell, daß sie sich wunderten, als die älteren Damen erschienen und zum Aufbruch mahnten.

„Ich muß noch in die Pfarre", sagte Frau Elsner, „mit dem Abendzug fahren wir zurück. Du, mein liebes Röschen, begleitest uns ein Stück und gehst mit deiner Freundin voraus an den Bahnhof; ich gehe mit Philipp und den Kleinen zu Pastor Bruger."

Frau von Wrede meinte, wenn sie in die Pfarre wollten, so könnten sie auch am Bach entlanggehen, der Weg sei sehr viel hübscher als durch die Stadt, Meta könne sie führen. Als ob Großmütterchen den Weg nicht wüßte! Wie oft hatte sie sich mit den Pfarrerskindern unten am Bach getroffen und war dann mit ihnen durch ihren Garten, der sich auch bis ans Wasser erstreckte, in die Pfarre gegangen. Sie wanderten also wieder an der grauen Mauer vorbei und an den Gärten der verschiedenen Hausbesitzer, die nicht durch Mauern oder Hecken begrenzt waren, immer nach Philipp ausschauend. Jetzt kam er in Begleitung eines Herrn.

„Das ist ja unser lieber Pastor selbst", rief die Großmutter erfreut.

Die Kleinen jubelten ihm entgegen und hängten sich an seine Rockschöße, während Philipp triumphierend rief: „Seht, ich habe Herrn Bruger zuerst ausgekundschaftet, er hat ein famoses Haus und einen schönen Garten."

„Ja, liebe Frau Elsner", sagte der Pfarrer, „Sie müssen sich alles ansehen." Mit diesen Worten schüttelte er ihr die Hand, reichte sie auch Röschen mit den Worten: „Und Sie auch, Fräulein Röschen."

Die Großmutter stellte Meta vor und meinte, sie hätte gedacht, die jungen Mädchen sollten sie am Bahnhof erwarten. Bruger sah nach der Uhr.

„Sie haben noch ein und eine halbe Stunde Zeit bis

zum Abgang des Zuges, es würde für die Damen doch ein wenig zu lange sein. Kommen Sie alle mit, die Freundinnen sehen sich vielleicht meinen Garten an."

Es ließ sich nichts dagegen einwenden. Der Pfarrer bot seiner alten Freundin den Arm, Philipp nahm seine kleinen Schwestern an die Hand, und die beiden jungen Mädchen folgten.

Nun waren sie im Garten.

„Ei, Herr Pastor, hier sieht es ja schon sauber aus", rief die Großmutter. – „Ich habe ein paar alte Frauen aus meiner Gemeinde ausfindig gemacht, die sich auf Gartenarbeit verstehen, die haben hier mit mir nach Kräften gewirkt. Hier sind die Gemüseanlagen, weiter nach oben kommt der schönere Teil."

Als sie sich dem Hause näherten, verwandelte sich der Garten. Statt der langen Gemüsebeete gab es hübsche Rasenplätze, die mit Blumenbeeten verziert waren. Hier blühten Krokus, verschieden gefärbt, dort gab es Tulpen und Hyazinthen, und die kleinen Veilchen blühten in üppiger Fülle unter den Büschen oder an den Rändern der Beete.

„O wie schön ist es hier", riefen die jungen Mädchen, worauf sich Philipp triumphierend umsah und mit Nachdruck rief: „Nicht wahr?"

Der Pfarrer öffnete die Glastür, die in ein geräumiges Zimmer führte. Er blieb stehen, um seinen Gästen den Vortritt zu lassen. Sie gingen alle hinein, auch die Mädchen; ein wenig weibliche Neugierde, wie es wohl bei dem jungen Pfarrer aussehen möchte, war doch vorhanden.

„Dies ist das einzige Zimmer außer meiner Studierstube, welches möbliert ist“, sagte Pastor Bruger offenherzig, „die andern stehen alle leer.“

„Wenn wir doch ein so großes Zimmer hätten“, flüsterte Meta Röschen zu.

Das Zimmer war behaglich eingerichtet. Vor dem Sofa stand ein runder Tisch, der zierlich gedeckt war.

„Sehen Sie“, rief die Großmutter, „nun stören wir beim Essen.“

„Durchaus nicht“, fiel Bruger ihr in die Rede, „wie Sie sehen, ist nicht für mich allein gedeckt. Wie gut, daß ich durch Philipp von Ihrem Besuch erfuhr, nun hat meine Frau einige Butterbrote gestrichen und frische Milch geholt, hoffentlich mundet es Ihnen.“

„Meine Frau?“ wie war das zu verstehen.

Die Tür öffnete sich, und ein altes Mütterchen trat ein mit Gläsern und einem Krug Milch.

„Das ist meine Frau, die treulich für mich sorgt“, sagte Bruger, „ich kann mich über nichts beklagen; sie hält mir alles in guter Ordnung.“

Brot und Milch erquickten alle, besonders Philipp, und die Kleinen machten ausgiebigen Gebrauch von Herrn Pfarrers Güte. Dann wurde ein Rundgang durchs Haus unternommen; es gab viele große leere Zimmer und Kammern, viel Platz für eine große Familie, wie Philipp aufs neue versicherte. Jetzt sollte der Blumengarten noch eingehender besichtigt werden, aber Großmutter, die erschöpft war, erklärte, sie müsse sich einen Augenblick ausruhen.

„Dann gehen wir“, sagte Bruger, „und holen für Großmutter einen schönen Strauß zum Mitnehmen.“

„Ja, ja“, jubelten die Kinder, ergriffen sofort Brugers Hände und zogen ihn an die Tür.

Sie gingen alle mit, auch die Mädchen. Plötzlich, als besinne sie sich eines andern, kehrte Röschen um und kam zur Großmutter zurück, die mit geschlossenen Augen in der Sofaecke lehnte.

„Großmutti, du siehst blaß und angegriffen aus, das ist man gar nicht an dir gewohnt; es war gewiß zuviel für dich.“

„Das war es wohl, mein liebes Kind. Aber willst du nicht auch in den Garten gehen?“

Da umschlang Röschen ihre geliebte Großmutter, drückte einen innigen Kuß auf ihren Mund und rief: „Nein, ich bleibe jetzt bei dir.“

Großmutter sah müde aus und schloß wieder die Augen; sie hatte eine gute Natur und konnte schnell ein wenig nicken. Röschen glaubte wirklich, sie wäre eingeschlafen, aber das war heute nicht der Fall, es war ihr nur eine Wohltat, die Augen zu schließen. Das junge Mädchen sah sich in dem Zimmer um, es war alles gediegen, aber einfach. Dicht neben ihrem Stuhl stand ein Tischchen, darauf lag ein Album, sie öffnete es und sah hinein; es waren viele fremde Bilder darin, die sie nicht kannte, aber auch ihre Familie war stark vertreten, da waren die Eltern und hier sie selber, unter ihrem Bild war eine verwelkte Rose befestigt, darunter stand: „Geschenk von meinem geliebten R ...“ – Ja, sie hatte ihm einmal eine Rose gegeben, ohne sich das geringste dabei zu denken, und er hielt die Blume so hoch, daß er sie sich getrocknet aufbewahrte! Sie hatte seinen Antrag doch viel zu leicht aufgenommen; eigentlich war es doch etwas Großes, wenn ein so gelehrter, frommer, tüchtiger Mann ein einfaches Mädchen, wie sie es war, zur Ehe begehrte. Sie trat ans Fenster und sah in den Garten hinaus. Bruger hatte schon einen hübschen Strauß in der Hand, schnitt aber immer mehr von den schönen Frühlingsblumen und unterhielt sich dabei angelegentlichst mit Meta, die neben ihm stand. Welch ein hübsches, stattliches Paar! Wenn sich Herr Bruger nun mit Meta befreundete und sie zu seiner Hausfrau machte! Konnte sie sich wohl Meta hier schaltend und waltend denken? Es war, als ob der Gedanke ihr ein klein wenig Herzweh bereitete.

„Mein liebes Kind, bist du noch immer hier?“ sagte Großmütterchen, sich erhebend. „Komm, wir wollen uns den Garten auch noch einmal ansehen, dann müssen wir fort.“

Röschen bot der Großmutter ihren Arm und leitete sie sorgsam die Stufen der Veranda hinunter.

„Ein außerordentlich hübscher Garten, Herr Pfarrer“, rief die alte Dame.

„Wie hübsch ist diese Tannengrotte, dahinter das junge Grün der Birken. Hier wird sich's gut studieren."

„Das denke ich auch, Frau Elsner, es wird wohl mein Lieblingsplatz werden. Gefällt Ihnen der Garten, Fräulein Röschen?"

„Sehr, er erinnert mich etwas an den unsrigen, aber er ist hübscher."

„Sie können sich denken, welche Freude es mir ist, immer neue Entdeckungen zu machen, noch weiß ich nicht, was der Garten an Schätzen von Blumen birgt, das muß der Sommer alles an den Tag bringen."

„Schöne Obstbäume sind hier in Menge", rief Philipp, „Ich werde Sie im Herbst besuchen, Herr Bruger, Herr Pfarrer, und Äpfel pflücken helfen."

„Sehr willkommen, dann bringe nur meine drei Freundinnen mit, sie essen gerne Obst. Ich hoffe, Emmi, Nanni und Miezi besuchen mich schon, wenn die Kirschen reif sind."

„Wir möchten auch gern Kirschen essen", erhob sich ein feines Stimmchen.

„Freilich, Eva, ihr kommt alle mit. Ich denke überhaupt, Frau Elsner", hier reichte Bruger der Großmutter die Hand, „wir halten gute Nachbarschaft und bleiben treue Freunde, wie wir immer gewesen sind."

„Das versteht sich, mein lieber Bruger", war Großmutters herzliche Antwort, „aber nun müssen wir aufbrechen, es ist höchste Zeit."

Der Pfarrer begleitete die Gäste an den Bahnhof, erkundigte sich nach dem neuen Vikar und hörte, daß derselbe immer noch nicht eingetroffen sei.

„Mein armer Schwiegersohn“, sagte Frau Elsner, „ist fast überlastet, wir hoffen aber bestimmt, daß der Ersehnte in nächster Woche kommt. Sein Zimmer ist schon lange in Ordnung.“

Meta verabschiedete sich nun mit der Bemerkung, die Mutter warte auf sie, während Bruger blieb, bis der Zug abfuhr. Er nickte seinen Gästen, die gar nicht genug für die freundliche Aufnahme danken konnten, noch einmal freundlich zu und kehrte dann in sein einsames Heim zurück. Innerlich war er froher als sonst, er wußte selbst nicht, woher es kam.

Es war schon spät, als man nach Hause kam. Die Kinder, die schon im Zug geschlafen hatten, wurden Christiane, dem Mädchen, übergeben, die sie gleich zu Bett bringen mußte. Philipp, der noch arbeiten wollte, zog sich in sein Zimmer zurück.

„Sind unsere Mädchen noch auf?“ fragte Großmutter ihren Schwiegersohn, der sie freundlich und still lächelnd empfing.

„Ich habe sie zu Bett geschickt, sie waren zu aufgeregt.“

„Ist denn etwas passiert?“ fragte Röschen erschrocken.

„Ja, passiert ist allerlei“, sagte der Vater, sich verlegen hinter den Ohren kratzend, „wäre ich nur früher nach Hause gekommen. Ich hatte aber ganz vergessen, daß möglicherweise der Herr Vikar eintreffen könnte."

„Der Vikar ist gekommen! Und du hast es gewußt, Vater! Hättest du uns davon gesagt, so wären wir nicht gerade heute nach Beckedorf gefahren."

„Nun regt ihr euch auch noch auf", sagte der Oberpfarrer gelassen. „Es ist ja nun alles in Ordnung, morgen werden wir weitersehen."

„Das Bett ist noch nicht in Ordnung, sonst war alles fertig", klagte Röschen. „Es muß nun gleich geschehen, damit der junge Mann sich zur Ruhe begeben kann. Wo ist er denn?"

„Der schläft lange", beruhigte der Vater, „er war sogar schon zu Bett, als ich kam."

„Sonderbar", sagte Röschen kopfschüttelnd, „nun, hoffentlich hat Emmi für alles gesorgt."

Der Vater drängte zur Ruhe, und die Großmutter war durch alles, was sie erlebt hatte, so erschöpft, daß sie froh war, hinaufgehen zu können. Röschen ging noch in die Küche und fragte Christiane nach dem neuen Ankömmling. Diese kicherte und meinte, er sähe ganz anders aus, als Herr Bruger, aber er möchte ja auch ganz gut sein. Er sei lange nicht so vollkommen wie der vorige Herr, sondern recht hager und mager, aber essen könne er für drei. Dabei lachte sie wieder; Röschen schüttelte wieder den Kopf und ging langsam nach oben. Dort war alles still, nur in Philipps Stube polterte es noch, er zog sich wohl die Stiefel aus. Als Röschen in ihr kleines Reich kam, setzte sie sich ein Weilchen ans Fenster. Der Mond schien hell und klar und beleuchtete den Garten. Alles atmete Frieden, aber ihr Herz klopfte stürmisch bewegt. Was hatte sie alles erlebt, erst in dem kleinen Heim der Frau von Wrede, dann im Pfarrhaus zu Beckedorf. Ihr war der Pfarrer jetzt gar nicht mehr die gleichgültige Person von ehedem; sie hatte immer mehr Interesse für ihn bekommen, und heute, nachdem sie ihn zum erstenmal nach längerer Zeit wiedergesehen hatte, war er ihr in einem ganz anderen Licht erschienen als sonst. Auch war er im Wesen ein anderer gegen sie als früher. Sonst hatte er immer etwas Tadelndes, Belehrendes, ja oft Spöttisches für sie gehabt; jetzt war er liebenswürdig, höflich und zurückhaltend. Doch es sollte niemand wissen, daß ihre Gefühle sich zu seinen Gunsten verändert hatten; sie konnte und durfte die geliebte Großmutter nicht allein lassen, mit allen Kindern und der ganzen Wirtschaft.

O die Großmutter! Wie sie für sie fühlte; sie möchte es ihr am liebsten noch diesen Abend sagen; sie ahnte seit heute nachmittag etwas, das sie in Zusammenhang brachte mit dem, was die Großmutter ihr früher erzählt hatte.

Horch, da knarrte eine Tür, sollte es die ihrige sein? Sie ging leise hinaus, richtig, da stand Großmutter mit einem Licht in der Hand.

„Du bist noch auf, Röschen, das ist nicht recht. Aber wenn du einmal da bist, hole mir das Fläschchen mit meinen Tropfen, die ich gegen Kopfschmerzen zu nehmen pflege. Ich habe es unten im Wohnzimmer auf dem Schrank stehen lassen."

Röschen eilte hinunter und brachte es der Guten. „Du bist nicht wohl, Großmutter?", sagte sie besorgt.

„Nur der Kopfschmerz macht mir zu schaffen, mein liebes Kind, nun lege dich schlafen."

„O Großmutter, Großmutter, ich kann nicht, ich muß noch ein wenig bei dir bleiben." Mit diesen Worten umschlang sie die Geliebte und küßte sie. „O Großmutter, ich weiß, was dich bedrückt, du hast heute einen schweren Tag gehabt."

„Gott weiß es, ja, mein Kind, aber wie kommst du dazu –"

„Großmutter, der Vater von Frau von Wrede geht dich nahe an, o sage es mir. Du hast mir aus deinem früheren Leben erzählt, von dem alten grauen Hause mit dem schönen, großen Garten, wo du deine Jugend verlebt hast. Großmutter, das alte Haus haben wir heute gesehen, und dein Bruder lebt noch. Er ist Metas Großvater!"

Die alte Frau bedeckte ihr Gesicht mit beiden Händen und seufzte. Endlich sagte sie: „So ist es, mein Kind. Was mich so unendlich traurig macht, ist, daß die Tochter und die Enkelkinder so leiden müssen, daß er nicht anders geworden, sondern daß der Geiz sein Herz so ganz eingenommen hat und gefangen hält, daß er sich und andern keine Freude gönnt, daß er das große Haus mit seinen luftigen Räumen verlassen hat und sich mit den Seinen in der engen Gärtnerwohnung einzwängt, daß er nichts tut zur Erziehung seiner Enkelkinder. Oh, wenn ich die Mittel hätte, so würde ich dem kleinen Martin dazu verhelfen, daß er ein Gymnasium besuchen könnte. Er versündigt sich an den Seinen!"

So und noch mehr klagte die Großmutter; es tat ihr wohl, sich gegen jemand aussprechen zu dürfen, aber gleichzeitig bat sie die Enkelin, mit niemand über diese Angelegenheit zu sprechen, es auch nicht gegen Meta zu erwähnen, es solle niemand wissen, wie der Bruder an ihr gehandelt habe.

„Werden wir nun nie wieder nach Beckedorf fahren?"

„Gewiß, mein Kind. Jetzt halte ich es für meine Pflicht, Frau von Wrede, die meine Nichte ist, öfter zu besuchen. Ich fürchte mich nicht vor meinem Bruder, hoffe vielmehr, allmählich weiteren Eingang bei ihm zu finden, wenn sein Herz nicht ganz erstarrt ist. Wir wollen Gott bitten, daß er alles wohl mache. Der Abschluß, der Besuch bei unserm lieben Bruger, hat mich erquickt und erfreut, nur schade, daß ich so angegriffen war. Hat es dir nicht auch dort gefallen?"

„Ja, sehr, Großmütterchen", und heiß erglühend setzte sie hinzu: „Ich finde Herrn Bruger, Herrn Pfarrer Bruger, jetzt viel – viel angenehmer als früher."

Die Großmutter sah ihr forschend in die Augen,

drückte einen Kuß auf ihre Stirn und flüsterte: „Auch hier wird Gott alles wohl machen. Nun laufe, sonst bist du morgen zu nichts nütze und deine alte Großmutter auch nicht, und wir beide haben viel zu tun."

Blinder Eifer

Als Großmutter eben mit den Enkeln nach Beckedorf abgefahren war, sahen Emmi, Nanni und Miezi sich fragend an.

„Was schaffen wir nun alles heute nachmittag?“

„Wir wollen Großmutti und Röschen eine rechte Freude machen.“

„Ja, aber was nur!“ Sie dachten nach.

„Wißt ihr“, hub Miezi an, „ich hörte Rösi sagen, die Speisekammer müßte gründlich reingemacht werden, wir wollen es heimlich tun, dann werden sie sich sehr freuen, wenn sie morgen alles blank und sauber finden.“

„Ach“, meinte Nanni, „das ist für uns kein Vergnügen, es steht so sehr viel Geschirr darin, das muß alles ausgeräumt und abgewaschen werden, wir wollen nur lieber mit Trudchen spielen.“

„Dann tue du dies“, sagte Emmi, „wir beide haben gerade Lust hierzu, ich mag gerne packen und räumen. Wir sind ja auch große Mädchen, die so etwas gut fertig bringen können.“

„Ja, aber Trudi müssen wir bei uns behalten.“

„Sie bekommt etwas zu kochen, wir geben ihr die kleine Puppenküche und setzen sie in eine Ecke, wo sie uns nicht stört.“

„Aber Christiane muß uns ein wenig helfen“, wandte Miezi ein. „Sie ist im Garten mit Graben beschäftigt, wir sind ja unserer drei.“

Gesagt, getan. Die drei Mädchen nahmen Trudi mit sich, die damit ganz zufrieden war. Sie erlebte gern etwas Neues, und einmal mit ihren Spielsachen in der Küche zu sitzen, war etwas Außergewöhnliches.

Man begann nun mit großem Eifer die Schätze der Speisekammer auszuräumen. Die Tönnchen mit Backobst, trockenem Gemüse und vieles mehr wurden in die Küche gestellt, dann kam das Geschirr dran. Aber, o weh, Nanni hatte im Amtseifer zu viel genommen, krach! da lagen einige gute Porzellanteller auf der Erde. Nun standen sie alle drei und paßten die Scherben aneinander.

„Hätten wir es doch nur lieber ganz gelassen", klagte Miezi; aber es half nun nicht; sie packten und räumten weiter. Dann nahmen sie das heiße Wasser vom Herd und wuschen darin das Geschirr, trockneten es und freuten sich, wie es blitzte und glänzte.

Plötzlich stand der Vater vor der Tür. „Wollt ihr umziehen?" fragte er.

„Nein, bestes Väterchen, wir wollen Großmutter und Röschen überraschen und die Speisekammer reinmachen."

„Wo bleibt aber der Kaffee heute?"

Jetzt erschraken die Mädchen, Röschen hatte es ihnen anempfohlen, den Kaffee zur rechten Zeit zu bereiten; Emmi verstand es schon ganz hübsch; und nun? Sie hatten alle drei gänzlich vergessen, daß Kaffeezeit sei, und waren nun sehr bestürzt. Und was das Schlimmste war, sie hatten das heiße

Kaffeewasser, das nahe am Kochen war, zum Spülen des Geschirrs genommen, also war es unmöglich, dem Vater den Kaffee gleich zu bringen.

„Das ist aber doch zu toll und zu arg“, schalt der Vater, „drei so große Mädchen, und nicht einmal Kaffee könnt ihr zur rechten Zeit besorgen.“

Wie begossene Pudel standen die drei vor dem zürnenden Vater. Sie hatten es doch so gut gemeint und nun dies!

„Laßt es nur jetzt“, sagte der Oberpfarrer, „ich trinke auswärts eine Tasse, habe jetzt keine Zeit, darauf zu warten. Ich habe zunächst eine Lehrerkonferenz, dann habe ich Krankenbesuche zu machen, werde vielleicht vor Abend nicht wiederkommen. Gebt acht auf die Haustür, wenn es klingelt, seht hinaus, und in schwierigen Fällen wendet euch an Christiane, die im Garten ist.“ Er ging, kehrte jedoch noch einmal um. „Hört“, fügte er hinzu, „sollte vielleicht ein Herr kommen, der sich Koch nennt, so behaltet ihn hier, es ist der neue Herr Vikar. Ich glaube nicht, daß er heute schon kommt, es wäre jedoch nicht unmöglich.“

Mit diesen Worten entfernte sich der Vater, und die Mädchen sahen sich an.

„Wenn der käme, und wir säßen hier mittendrin.“

„Hätten wir es doch lieber ganz gelassen.“

„Ich möchte auch Kaffee haben“, sagte eine weinerliche Stimme aus der Ecke.

„Du bekommst deine Milch wie immer, damit basta. Du trinkst ja sonst auch keinen Kaffee.“

„Und wir essen ein Butterbrot ohne Kaffee, wir haben ja überdies gar keine Zeit zum essen."

Sie seufzten leise, es wuchs ihnen schon die Arbeit über den Kopf, so schwierig hatten sie sich das Ganze nicht gedacht. Nun kam auch noch Christiane vom Garten herein, Christiane, die ein ganz gutes Mädchen war, aber die Leistungen der drei kleinen Fräuleins in wirtschaftlicher Beziehung nicht genügend anerkannte.

„Was ist hier los?" polterte sie in ihrer derben Weise.

„Meines Lebens! Alles ist auf den Kopf gestellt! Ja, ja, hier heißt's: ‚Wenn die Katze nicht zu Hause ist, tanzen die Mäuse auf Tischen und Bänken herum.'"

„Das tun wir gar nicht, Christiane", schmollte Emmi. „Hilf uns lieber ein bißchen die Borde abscheuern, damit wir bald fertig werden."

„Ich habe draußen noch zu tun. Was ist das für ein Unsinn, hier heute große Scheuerei anzustellen, davon hat Großmutter gewiß nichts gesagt. Nun, mir kann's gleich sein, ich menge mich nicht hinein."

Mit diesen Worten ging sie wieder ab, und die Mädchen setzten ihr Werk fort, so gut es ging.

„Wir müssen die Borde erst abstäuben", sagte die verständige Emmi, „besonders das obere, wo der Zuckerhut steht, ist staubig, den müssen wir herunterholen."

„Aber eine kann ihn doch nicht heben", warf Nanni ein.

„Wir fassen beide an, Miezi steht unten und nimmt ihn in Empfang."

Sie kletterten auf die Trittleiter, die sie sich zu diesem Zweck herbeigeholt hatten, erfaßten den Zuckerhut und riefen: „Miezi, paß auf!"

War es nun, daß die beiden Oberen zu früh losließen oder Miezi nicht schnell genug zugriff, kurz, der Zuckerhut entglitt den Händen, fiel zu Boden und riß mehrere Gläser mit Eingemachtem, die auf dem untern Bord standen, mit herunter.

„Wieder ein Unglück", rief Emmi wehmütig, und Nanni und Miezi klagten wie aus einem Munde: „Hätten wir es doch nur ganz gelassen!"

Da lag der Zucker am Boden und wälzte sich in dem roten Saft, der mit Schnelligkeit aus den zerbrochenen Gläsern quoll. Sie brachten mit vereinten Kräften den Zuckerhut, der natürlich geplatzt war, in Sicherheit, und sammelten die Glasscherben aus dem Eingemachten, von dem sie retteten, was zu retten war. Das übrige wurde mit den Fingern aufgetupft.

Gerade jetzt ertönte laut und schrill die Hausklingel.

„Es kommt jemand; schnell, Miezi, sieh nach!"

„Ich kann doch nicht, wie seh' ich aus." Sie hielt ihre Hände, an denen der rote Saft herablief, in die Höhe, mit einem beklagenswerten Gesicht.

„Sehen wir besser aus?" rief Emmi, „ich kann nicht gehen, ich muß diese zerbrochene Glasbüchse ihres Inhalts entledigen, sonst läuft alles heraus."

Nanni und Miezi entschlossen sich, zusammen zu gehen.

In dem Hausflur stand ein langaufgeschossener Jüngling mit blondem Haupthaar und dünnem Bärtchen; er trug eine Brille, sah aber sonst nur dürftig aus in seiner Kleidung, die in einem verwachsenen, grauen Röckchen und ebensolchen Beinkleidern bestand.

„Was wünschen Sie?“, fragte Nanni.

„Ich wollte nur fragen, ob hier vielleicht ein Zimmer zu haben ist?“

„Wie heißen Sie?“

„Mein Name ist Koch.“

„Koch?“ wiederholten die beiden und sahen sich verständnisvoll an. „Koch heißen Sie?“

„Zu dienen, meine Damen.“

„Der neue Vikar“, flüsterte Nanni Miezi zu, laut aber sagte sie: „Vater hat Sie schon erwartet, Herr Koch. Ihr Zimmer ist auch bereit, Herr Bruger hat vor Ihnen darin gewohnt.“

Der junge Mann sah sie befremdet an, hörte es aber gern, daß ein Zimmer für ihn bereit sei, fragte nur, ob es nicht allzuteuer sei, worauf die Mädchen sagten, das koste gar nichts, das bekäme er umsonst. Er solle nur ins Wohnzimmer gehen; sie zeigten links auf die Tür, er möge sie entschuldigen, sie würden gleich kommen, sie seien bei einer häuslichen Beschäftigung. Bei diesen Worten ließen sie die roten Hände, die sie bis dahin auf dem Rücken gehalten hatte, etwas sehen.

Nun stürmten sie in die Küche zurück.
„Der neue Vikar", schrien sie beide.
„Emmi, der neue Vikar ist da!"
„Was nun! Hätten wir doch nur das Ganze gelassen", rang es sich nun auch von Emmis Lippen, „nun sitzen wir mittendrin, und der Vater ist nicht zu Hause."
„In schwierigen Fällen sollen wir Christiane rufen", riet Miezi.
„Magst du sie rufen, ich danke!"
„Ich hole sie", rief Miezi entschlossen, „sie mag nun schelten oder nicht."
„Allerbeste Christiane", schmeichelte sie und schlang ihre Arme um das Mädchen, „komm uns schnell zu Hilfe. Der neue Vikar ist da, er muß Kaffee haben, sein Zimmer muß nachgesehen werden, und Vater hat gesagt: Du müßtest gleich kommen, wenn etwas passierte."
„Ja, wenn der neue Vikar da ist, da muß ich schon kommen", sagte sie und stellte ihre Arbeit im Garten ein.
„Christiane, zuerst mache bitte ein helles Feuer unter den Herd, damit das Wasser schnell ins Kochen kommt, wir müssen dem Herrn Vikar eine Tasse Kaffee vorsetzen."
„Jetzt ist doch keine Kaffeezeit mehr, da kocht ihm lieber eine Suppe, oder gebt ihm eine Tasse Tee und ein gutes Butterbrot dazu."
„Ja, das ist wahr!" rief Nanni, „wir wollen Butterbrote streichen, er sieht hungrig aus."

„Was soll nun hier mit dem ganzen Kram werden?“ brummte Christiane, „das kann nicht in meiner Küche stehen bleiben.“

„Allerliebstes Christianchen“, bat Miezi wieder und strich ihr die Wangen, „du hast so kräftige Arme und Hände; räume uns die Sachen wieder ein. Du siehst doch, was alles auf uns liegt.“

Christiane lachte. „Alte Schmeichelkatze“, sagte sie, und nun waren die Mädchen beruhigt; sie wußten, Christiane würde draußen die Sachen in Ordnung bringen. Um so eifriger gaben sie sich den neuen Pflichten hin.

„Wir müssen hineingehen und ihn unterhalten“, meinte Nanni.

„Nun gut, geht ihr beide, unterdes will ich den Tee machen“, bestimmte Emmi. „Wo ist Trudchen?“

„Sie wird wohl im Wohnzimmer sein, sie lief fort, als es klingelte.“

Als die Mädchen nach vorne kamen, ging Herr Koch unruhig im Zimmer auf und ab.

„Der Tee kommt gleich“, sagte Nanni.

„Und Butterbrote auch“, ergänzte Miezi.

„Sehr freundlich, außerordentlich freundlich, meine Damen! Das wäre aber gar nicht nötig gewesen.“

„Natürlich, Herr Bruger hat hier auch gegessen.“

„Also wohnte vor mir schon ein Herr hier?“

„Natürlich, mehrere Jahre. Bitte setzen Sie sich doch!“

„Danke, danke!“

Jetzt kam Emmi mit dem Tee. Die andern deckten ein weißes Tuch über den Tisch, und Herr Koch ließ es sich bald vortrefflich schmecken, obwohl er immer das unbestimmte Gefühl hatte, für jemand anders gehalten zu werden.

Emmi winkte den Schwestern, sie folgten ihr. Draußen sagte sie: „Wir wollen nicht zusehen, wenn er ißt, es geniert ihn."

Als sie wieder in die Küche traten, hörten sie jemand in der Speisekammer gewaltig schelten.

„Ja, einschmutzen können sie alles, aber nicht wieder reinmachen. Das ist ja hier eine bodenlose Wirtschaft, lauter Glassplitter auf der Erde und Himbeersaft und Zucker dazwischen."

Emmi winkte den Schwestern. „Wir wollen lieber wieder nach vorn gehen, hier ist es nicht geheuer."

Es klingelte wieder.

„Der Vater!" riefen sie erleichtert aus. Doch nein, es war eine weibliche Gestalt, die ein Kind trug.

„Trudchen ist ganz allein bei mir angekommen", ertönte Frau Linas Stimme. „Sie sagte, sie möchte nicht mehr in der Küche spielen."

„Aber Trudi, wie kannst du fortlaufen", riefen die erschrockenen Schwestern. „Wie gut, liebe Frau Wegner, daß Sie sie wiederbringen, vielen Dank."

Frau Wegner hatte keine Zeit, sich aufzuhalten und ging. Die Schwestern nahmen die Kleine an die Hand und gingen mit ihr zu Herrn Koch.

„Komm Trudi, gib die Hand, es ist der neue Herr Vikar."

Trudchen sträubte sich.

„Ich kann ihn nicht leiden“, sagte sie weinend. Sie war müde von ihrer Reise und fühlte sich nicht behaglich unter dem Regiment der drei.

Herr Koch aber dachte: „Sie geben mir ja einen wunderbaren Titel, so weit ist es noch nicht mit mir“, während die Schwestern mit der Kleinen abzogen, um sie in ihr Bettchen zu bringen.

„Nun ist das nächste, daß wir sehen, ob oben alles in Ordnung ist. Miezi, du siehst unterdes, ob Herr Koch noch etwas essen will.“

Der Teller war leer, und auf Miezis Frage lautete die Antwort: „Ich nehme gern noch etwas.“

Miezi schlich sich in die Küche, um nicht von Christiane gehört zu werden, die glücklicherweise jetzt beim Scheuern war. Sie strich noch einen ganzen Haufen Butterbrote, während Nanni und Emmi den Leinenschrank durchsuchten nach Bettwäsche. Nachdem alles besorgt war, gingen sie befriedigt hinunter. Der Herr Koch war tapfer am Essen gewesen, das bewies der wieder geleerte Teller; in diesem Fach schien er tüchtig zu sein.

„Wer ist denn hier eigentlich die Hausfrau?“ erlaubte sich der gesättigte magere Hagere zu fragen.

„Unsere Großmutter, sie ist aber gerade heute nicht zu Hause, sie geht selten aus, nun muß es sich so treffen.“

„Sie konnte es ja gar nicht wissen, daß ich kommen würde“, bemerkte Herr Koch bescheiden.

„Erwartet haben wir Sie schon immer."
„Sehr freundlich, meine Damen", sagte wieder Herr Koch und legte sich mit seinen mageren Gliedern behaglich in den Lehnstuhl zurück.
„Sie sind gewiß müde?"
„Ja, sehr müde."
„Der Vater muß bald kommen, er hat gesagt, gegen Abend würde er hier sein."
„Ja, aber oft kommt er später, als er gesagt hat, wenn Sie hinaufwollen in Ihr Zimmer –"
„Ja, sehr gern", sagte Herr Koch erleichtert, „ich kann Ihren Herrn Vater ja morgen sprechen wegen der Bedingungen, ich habe einen tüchtigen Marsch gemacht und bin sehr müde."
Die Mädchen zündeten die Lampe an und geleiteten ihn alle drei nach oben. Christiane guckte neugierig aus der Küche und schüttelte den Kopf, als sie des neuen Vikars ansichtig wurde.
„Hier ist Ihr Kleiderschrank, dort das Bett, hier ein Sofa zum Ausruhen; gefällt Ihnen das Zimmer?"
„Außerordentlich, meine Damen, haben Sie vielen Dank."
Sie gingen, und er schloß hinter ihnen zu.
„Höflich ist er, aber sonderbar sieht er aus", sagte Emmi, „ich würde ihn kaum für einen Geistlichen halten."
„Er kommt von der Reise und ist bestaubt", meinte Nanni, „morgen wird er schon anders auftreten."

Nun warteten die Mädchen auf den Vater; sie eilten hinaus, um das Abendbrot für ihn zu bereiten. Die gute Christiane war schon dabei, es herzurichten, sie hatte ihre Laune wiedergewonnen und lachte in sich hinein. Was hatte sie nur? Nun, es war jedenfalls besser, als wenn sie zankte. Der Tisch war gedeckt, der Vater kam immer noch nicht, endlich nach neun Uhr hörte man seine Schritte.

Als er zum Essen herüberkam, bestürmten ihn die Mädchen mit ihren Erlebnissen. Sie schwatzten so durcheinander, daß er keinen Sinn hineinbrachte. Endlich ließ er Emmi allein einen Vortrag halten über das, was sich zugetragen hatte, und sagte verdrießlich: „Das ist recht unangenehm, ich wurde aufgehalten in der Stadt und mußte schließlich noch einen Kranken besuchen, der sehr entfernt wohnt. Ich hätte diesen Besuch morgen machen können, wenn ich geahnt hätte."

„Väterchen, du sagtest, Herr Koch könnte vielleicht kommen."

„Ja, ich besinne mich, ich hatte es ganz vergessen. Konnte denn der junge Mann mit dem Schlafengehen nicht warten, bis ich nach Hause kam, das finde ich sonderbar, höchst sonderbar."

„Er war so sehr müde", sagte Miezi mitleidig.

„Und so sehr hungrig", fügte Nanni hinzu.

„Nun, ihr Mädchen, seid ihr denn mit eurer Rummelei da draußen fertig geworden?"

Nun fingen sie wieder an, alle auf einmal zu erzählen, daß es dem Vater schwirrte. „Ihr seid aufgeregt, meine Töchter, deckt den Tisch ab und geht zu Bett."

Sie wären gern noch aufgeblieben, aber gegen Vaters Gebot wagten sie keine Einwendungen zu machen. Auch hatten sie ein klein wenig böses Gewissen, und verschoben die Bekenntnisse von zerbrochenen Tellern und Glasbüchsen gern bis auf den folgenden Tag. Sie gingen also ohne Murren in ihr Schlafkämmerlein und waren so müde von allem Wirtschaften und von den verschiedenen Aufregungen, daß sie Großmutters und der Geschwister Kommen nicht mehr hörten.

Herr Koch

Am nächsten Morgen war die um den Kaffeetisch versammelte Familie in größter Spannung auf die Erscheinung des mutmaßlichen Vikars.

„Er schläft aber lange“, sagte Philipp und lachte, während Röschen die Mädchen fragte, wie er denn eigentlich aussehe.

„Schön nicht“, behauptete Emmi entschieden, aber die andern beiden nahmen ihn in Schutz und sagten, er müsse nur etwas gepflegt werden, er sei so sehr mager; er habe gewiß recht dürftige Kost gehabt. Philipp meinte, dann könnten die Schwestern ihn ja in Kost nehmen, vielleicht würde er in vier Wochen ein schöner Mann sein, wenn es nur daran läge.

Ein schüchternes Klopfen an der Tür ließ sich vernehmen.

„Da ist er“, flüsterten die drei aufgeregt, und auf das „Herein“ des Vaters betrat ein lang aufgeschossener, außerordentlich magerer, dürftig gekleideter Jüngling das Zimmer. Röschen platzte bei seinem Anblick beinahe heraus, doch nahm sie sich zusammen. Der Gedanke, diesen Mann für einen geistlichen Herrn zu halten, kam ihr zu komisch vor. Auf des Oberpfarrers Gesicht malte sich sichtliches Erstaunen; es war ihm sofort klar, daß hier ein Irrtum obwaltete.

Großmutter aber, welche die große Verlegenheit

des an der Tür Stehenbleibenden wahrnahm, ging ihm in ihrer Herzensgüte entgegen und sagte: „Wie haben Sie denn in Ihrem neuen Heim geschlafen, Herr Koch?“

„Ausgezeichnet, gnädige Frau, ganz ausgezeichnet.“

Es wurde ihm ein Platz am Kaffeetisch eingeräumt, und nachdem er sich gesetzt, begann der Oberpfarrer, der die Hauptsache gleich zu erledigen wünschte: „Meine Töchter sagen mir, daß Sie sich hier gestern in meinem Hause als Vikar eingeführt haben, ich muß gestehen –“

Der arme junge Mann wurde über und über rot im Gesicht und stotterte verlegen: „Das ist ein gewaltiger Irrtum von den jungen Damen, ich habe nur gesagt, daß mein Name Koch sei. Ich bin ein armer Student, der erst zwei Semester hinter sich hat.“

Großes Erstaunen auf allen Gesichtern. Philipp machte den drei Schwestern verstohlen eine tiefe Verbeugung, die seine Hochachtung vor ihrer Menschenkenntnis ausdrücken sollte; der Oberpfarrer schien erleichtert über des Jünglings offenes Bekenntnis, Großmütterchen schüttelte ernst ihr Haupt, Röschen aber konnte sich nicht mehr halten, sie kicherte leise vor sich hin; die Lage war zu spaßhaft. Emmi, Nanni und Miezi machten so furchtbar dumme Gesichter, daß man nicht ernst bleiben konnte.

„Was – was hat Sie denn in aller Welt veranlaßt,

sich hier bei uns einzufinden?" fragte der Oberpfarrer ernst.

„Ich suchte ein Stübchen, weil ich hier ein Semester zu studieren beabsichtige. Man hat mir gesagt, in der Kirchgasse seien einige billig zu haben, so geriet ich in dieses Haus. Als ich meinen Namen nannte, nahmen mich die jungen Damen so freundlich auf, sagten mir, ein Zimmer sei für mich bereit, und als ich nach dem Preis fragte, sagte man mir, dafür würde nichts bezahlt. Ich mußte glauben, daß ein hoher Gönner von mir, ohne daß ich es wußte, für mich gesorgt habe, und ließ es mir gefallen, da ich sehr müde und hungrig war."

„Woher stammen Sie denn?"

„Aus dem Dorfe Buchenau. Mein Vater ist dort ein armer Schulmeister, der es sich als höchste Aufgabe gesetzt hat, mich studieren zu lassen. Nun sind aber die Gelder knapp, ich bin auf Schusters Rappen hierhergelaufen und wollte mir ein ganz bescheidenes Dachstübchen mieten, war natürlich sehr angenehm überrascht, hier ein so herrschaftliches Unterkommen zu finden."

„Leider können wir Ihnen die Stube nicht lassen, da der wirkliche Vikar Koch jedenfalls heute eintreffen wird."

„Ich gehe, mir sofort ein anderes Lokal zu suchen. Verzeihen Sie, daß ich so frei war, aber die Liebenswürdigkeit der Damen ..."

„Die Kinder haben sich geirrt", sagte Großmutter und fügte freundlich hinzu: „Essen Sie sich nur satt, lieber Herr Koch, und beeilen Sie sich nicht, wir werden nicht so unchristlich sein, Sie gleich wieder hinauszustoßen. Vielleicht findet sich in unserm Hause noch ein Stübchen für Sie; wir wollen einmal nachdenken. Sollten Sie kein Ihren Wünschen entsprechendes Zimmer finden, kommen Sie noch einmal wieder. Jedenfalls geben wir Ihnen einen oder zwei Freitische, nicht wahr, lieber Sohn?“

Der Oberpfarrer nickte zustimmend.

„Mehr können wir nicht tun“, fuhr Frau Elsner fort. „Sie sehen, hier ist eine große Kinderschar, die versorgt sein will.“

Der Student verbeugte sich dankend und verließ, nachdem er gegessen und getrunken hatte, unter vielen Bücklingen das gastliche Pfarrhaus.

„Euch kann man aber nicht wieder allein lassen“, neckte Philipp, „wenn ihr den ersten besten Menschen, der euch in den Weg läuft, mit offenen Armen aufnehmt.“

Die Schwestern verteidigten sich damit, der Vater habe gesagt, der neue Vikar käme wahrscheinlich, und sein Name sei „Koch“.

„Ja, ich bin wieder an allem schuld“, meinte dieser.

„Hättest du uns nur gesagt, daß Herr Vikar sich für die nächsten Tage angemeldet hatte, dann wären wir gestern daheim geblieben“, sagte Röschen.

„Ich hatte es vergessen, liebe Kinder. Ihr wißt ja, ich stecke immer tief in der Arbeit und –“

„Wir kennen dich schon, lieber Sohn. Der Vater darf auch einmal etwas vergessen“, fügte Großmutter zu den Kindern gewandt hinzu, „aber Kinder dürfen nie etwas vergessen, besonders nicht die ihnen aufgetragenen Pflichten.“ Hier sah sie Emmi, Nanni und Miezi ernst an, so daß diese erröteten. „Ihr drei kommt dann einmal nach oben; ich möchte noch mit euch sprechen.“

Als die Schwestern dem Befehl nachkamen, saß Großmütterchen an ihrem Fensterplatz mit ernster Miene.

„Kinder, ich möchte euch nur dies sagen: Wenn euch etwas übertragen wird, so richtet das Wenige pünktlich und gewissenhaft aus. Übernehmt aber nebenbei nichts, was über eure Kräfte geht, was ihr nicht durchführen könnt. Ihr wolltet Bewunderung und Ruhm ernten für die Reinigung der Speisekammer, statt dessen müßt ihr Tadel haben dafür, daß ihr des Vaters Kaffee vergessen habt, daß ihr allerlei Schaden draußen angerichtet, und daß ihr Trudi nicht gut versorgt habt. Ihr habt keine eurer Pflichten erfüllt, ein andermal müßt ihr's besser machen. Woher hustet Trudchen so? Sie ist doch nicht draußen gewesen ohne Jacke?“

„Sie ist uns weggelaufen, als der Vikar – als der – Mensch kam. Frau Wegner brachte sie wieder“, stotterte Emmi.

Und Nanni fügte offenherzig hinzu: „Es war schon Abendluft, da hat sie sich vielleicht erkältet.“

„Es ist gut, daß ihr mir die Wahrheit sagt, wie leicht hätte Trudchen ein Unglück zustoßen können auf der Straße, der liebe Gott hat sie behütet, dafür wollen wir ihm danken. Ihr aber müßt gewissenhafter werden, wollt ihr mir das versprechen?"

Die drei, denen die Tränen schon sehr lose saßen, umarmten schluchzend die Großmutter und versprachen, pünktlicher in der Ausübung ihrer Pflichten zu werden. Dann schlichen sie davon.

Zu Tische erschien der hagere Magere wieder. Großmutter hatte ihm beim Weggehen noch zugeflüstert, heute solle er jedenfalls hier essen. Er schien gedrückt; das Resultat der Wohnungssuche war kein günstiges; die Mieten waren hier viel höher, als er sich hatte träumen lassen.

„Sie können ein kleines Giebelzimmer bei uns haben", sagte der Oberpfarrer, „es ist sehr einfach möbliert, aber wenn Sie zufrieden sein wollen ..."

Der Jüngling wurde rot vor Freude, eine Träne glänzte in seinem Auge. „Oh, ich danke Ihnen, wenn das meine Eltern wüßten."

„Sehen Sie es sich nur einmal an, Philipp kann mitgehen, es ist neben dem seinigen."

Der junge Mann kam sehr befriedigt herunter. Es sei eigentlich noch viel zu schön für ihn, meinte er, aber was er denn zu zahlen habe.

„Im Pfarrhause vermietet man keine Zimmer für Geld. Sie können es ruhig annehmen, wir entbehren es augenblicklich nicht", sagte der Oberpfarrer.

„Und sonntags sind Sie unser Gast", fügte die Großmutter hinzu. „Außerdem will ich mich bemühen, für die Wochentage bei guten Freunden Freitische zu erlangen, wenn es Ihnen recht ist."

„Ich bin Ihnen außerordentlich dankbar, gnädige Frau.“

„Nennen Sie mich nicht so, ich bin Frau Elsner, nichts weiter. Nun erzählen Sie mir etwas von den Ihrigen.“

Das tat der junge Mann gern, denn er hing am Elternhause, und Großmütterchen erkannte an der Art und Weise, wie er erzählte und was er erzählte, daß er ein braver Sohn und ein solider Mensch war, und war fest entschlossen, etwas für ihn zu tun. Schon am Abend konnte sie ihm mitteilen, daß sie bereits drei Familien für ihn interessiert habe, und daß sie hoffe, ihm für jeden Tag einen Freitisch zu verschaffen.

Wenn sie doch nur ein wenig reicher wäre, wie gern würde sie diesen strebsamen Jüngling wirksamer unterstützen oder für Martin von Wrede etwas tun. Der Enkel des Bruders konnte nicht einmal ein Gymnasium besuchen, weil der Großvater sich nicht entschließen mochte, etwas Geld zu opfern. Lieber sah er, daß der Knabe nichts lernte, als daß er sein geliebtes Geld aus dem Schrank nahm und es für die Erziehung des Knaben anlegte. Da kam der Großmutter ein guter Gedanke. Sie schrieb ihrem lieben Pfarrer in Beckedorf, daß sie sich für die Familie von Wrede interessierte, legte die Verhältnisse dar, und fragte bei ihm an, ob er dem begabten und fleißigen Knaben nicht lateinische Stunden geben wolle. Sie wußte im voraus, daß sie keine Fehlbitte tun würde. Herr Bruger schrieb sehr bald, daß er Frau von Wrede besucht habe, und daß er sich des Knaben annehmen würde. Wie glücklich und dankbar war Frau Elsner hierfür. Aus einem Brief von Meta an Röschen erfuhr sie dann, daß Martin die erste Stunde beim Herrn Pfarrer gehabt habe, und daß er vor Glück strahle, weil ihm sein Lieblingswunsch, Latein zu lernen, erfüllt wurde.

Philipp und die Mädchen wetteiferten in den neuen Klassen, wer es dem andern an Fleiß zuvortun wollte, Röschen war die treue Stütze der Großmutter. Eines Abends stand sie sinnend am Fenster. Wieviel hatte sich in dem verflossenen Jahr zugetragen. Sie erinnerte sich noch genau des Tages, an dem sie aus der Pension zurückgekehrt war, da hatte sie am Abend auch mit der geliebten Mutter hier gestanden, und das Leben im Elternhause war ihr verlockend schön erschienen. Wieviel Schweres hatte es schon gebracht; sie kannte sich fast selbst nicht wieder. Aus dem übermütigen, unfertigen Mädchen war eine ernste, gereifte Jungfrau geworden. Der Tod der Mutter und manches andere hatte einen tiefen, bleibenden Eindruck hinterlassen. Sie dachte weiter zurück an ihr Pensionsleben, an die vielen jungen Mädchen, mit denen sie zusammen gelernt und gearbeitet hatte. Wo waren sie alle? Mit einigen stand sie in Briefwechsel; einige lebten hier in der Stadt, aber mit diesen war es zu inniger Herzensfreundschaft nicht gekommen. Josepha schätzte und liebte sie sehr, aber sie kamen nur wenig zusammen, sie war ihr jetzt viel sympathischer als Thea, die sich sehr an sie anschloß, fast zu sehr, und sie mit ihren Herzensgeheimnissen ängstigte. Ja, es machte ihr Kummer, daß Thea sie zu ihrer Vertrauten erkoren hatte. Heute sogar hatte sie Thea mit Herrn von Langen im Tannenwäldchen gesehen, wohin sie die kleinen Geschwister spazieren geführt. Das Paar hatte sie glücklicherweise nicht bemerkt, da sie sich sofort mit den Schwestern zurückgezogen hatte. Aber wohin sollte dies geheime Verlöbnis, wovon die Eltern nichts ahnten, führen? Wenn sie es doch ihrer Großmutter sagen dürfte; sie würde gewiß mit ihrem klaren Verstand das Rechte treffen. Jede Falte ihres aufrichtigen Herzens war der Großmutter bekannt, aber das Geheimnis einer Fremden mußte sie doch wahren! Ihrem Herzen am nächsten stand Meta, jetzt noch näher, seit sie wußte, daß zwischen ihnen verwandtschaftliche Beziehungen bestanden. Welche schwere Jugend hatte die Arme gehabt, wie still und demütig ging sie den Weg der Pflicht. Aber Baron Uhdens erkannten den Schatz jetzt, den sie an ihr besaßen. Wie würde Fräulein Hochberg sich freuen, wenn sie sie in ihrem treuen, zielbewußten Wesen hätte beobachten können. Sie sollte auch ihr zum Vorbild dienen, und sollte sie einst Pfarrerin in Beckedorf werden, dann wollte sie sich mit ihr freuen!

Jetzt kamen die kleinen Schwestern, die nach Röschen verlangten. Es war Zeit, daß sie ihre Milch bekamen, und dann mußten sie zur Ruhe gebracht werden. Emmi, Nanni und Miezi machten Schularbeiten, und Philipp saß oben und schwitzte bei lateinischen und griechischen Übersetzungen. Alles war tätig; auch Röschen durfte ihren Gedanken nicht länger nachsinnen, wenn die Pflicht rief.

Das drückende Geheimnis

„Heute lasse ich dich nicht fort, Röschen“, rief Josepha von Langen, als die erstere sich anschickte, sie nach einem kurzen Besuch wieder zu verlassen. Röschen versicherte, sie könne nicht bleiben, es gäbe zu Hause zu tun.

„Aber ein halbes Stündchen wirst du wohl noch bleiben können“, meinte Josepha.

„Der Weg ist weit, und ich freue mich immer, wenn du kommst; ich spreche so gern mit dir von der Pension und von Fräulein Hochberg. Am liebsten nähme ich dich auf einige Wochen mit auf unser Landgut. Meine Eltern gehen Mitte Juli ins Bad, und ich bin während dieser Zeit allein mit Tante Agnes. Hast du nicht Lust, Röschen?“

Diese meinte, Lust sei wohl da, aber sie könne nicht fort, da es für Großmutter sonst zuviel würde.

„Das sehe ich ja ein“, fuhr Josepha fort, „und will deshalb nicht in dich dringen, aber dann werde ich mir deine drei Schwestern einladen für die Ferien, werden sie wohl dürfen?“

„Das wäre reizend“, jubelte Röschen; „sie werden glückselig sein, wenn sie das hören, die Erlaubnis werden sie gewiß bekommen.“

Es klopfte. Ein Diener trat ein und meldete: Frau Elsner lasse sich empfehlen, sie gebe Fräulein Röschen sehr gerne ihre Erlaubnis, den Abend zu bleiben, da gnädiges Fräulein es wünschten.

„Überrumpelt", rief Josepha lachend. „So muß man es machen, um dich zu fangen. Ich habe gleich, als du kamst, unsern Diener zu deiner Großmutter geschickt und sie bitten lassen. Nun bleibst du den Abend, und Friedrich geleitet dich."

„Aber deine Eltern?"

„Haben schon lange gewünscht, dich näher kennenzulernen. Du sollst auch heute meine Freundin Elsbeth sehen, von welcher ich dir schon öfter erzählt habe. Es ist, wie du weißt, die Tochter eines unserer Gutsnachbarn, ein reizendes Mädchen, die dir sicher gefallen wird. Sie macht eben einen Besuch in der Stadt, wird aber bald zurückkehren."

Josepha hatte recht, Elsbeth von Falter war ein reizendes Mädchen. Eine elfenartige Gestalt mit zartem, rosig angehauchtem Teint und lichtblondem Haar. Die freundlichen blauen Augen hatten etwas Offenes, Treuherziges; sie war herzlich und zutraulich gegen Röschen, die beiden waren bald in eifrigem Gespräch miteinander und schienen aneinander Wohlgefallen zu finden. Röschen war etwas bange vor dem Abend im freiherrlichen Salon, doch die Eltern Josephas kamen ihr freundlich und liebenswürdig entgegen, und der Bruder war höflich und zuvorkommend. So sehr Röschen Josepha liebte, so wenig sympathisch war ihr der Bruder Alexander, der sich sofort eingehend mit Elsbeth beschäftigte und sie zum lebhaften Gegenstand seines Interesses machte. Röschen beobachtete ihn scharf; sie hatte ihre Gründe, diesen Herrn etwas näher kennenzulernen. Als es zu Tisch ging, bot er Elsbeth seinen Arm und sagte ihr, seiner Tischnachbarin, so viel Schönes, daß Röschen einige Male in Theas Seele errötete. Auch nach Tisch wich er nicht von ihrer Seite; schließlich wurde musiziert. Er forderte Elsbeth auf, ein Duett mit ihm zu singen, er hatte einen guten Tenor, sie eine schöne Sopranstimme, es war prächtig anzuhören. Später standen die beiden lange allein in einer Fensternische und schienen süße Geheimnisse miteinander zu haben. Die Eltern und Josepha sahen befriedigt aus, nur Röschen wurde von einer Angst und Unruhe erfaßt, sie wußte nicht aus noch ein. Josepha sah sie ein paarmal besorgt an und fragte, ob ihr etwas fehle. Sie schüttelte den Kopf und schwieg. Endlich war es Zeit aufzubrechen, es schien ihr wie eine Art Erlösung.

Als sie oben noch einige Minuten mit Josepha allein war, sagte diese scherzend: „Röschen, ich glaube, du bist noch ein ganzes Kind, hast du noch nie ein Paar gesehen, das sich lieb hat, das auf dem Punkt steht, sich zu verloben?"

Röschen sah Josepha mit großen Augen an, als verstände sie sie nicht. „Dein – Bruder will sich mit Fräulein von Falter verloben?" – stammelte sie endlich.

„Ja gewiß, du kleine Unschuld, und wir freuen uns alle darüber. Elsbeth ist ein prächtiges Mädchen, für meinen Bruder ist es gut, wenn er eine so nach allen Seiten vorteilhafte Verbindung eingeht; er neigt etwas zum Leichtsinn, aber eine Frau wie Elsbeth wird guten Einfluß auf ihn haben. Doch schweige hierüber, ich durfte eigentlich nicht davon sprechen, da die Sache noch nicht so weit gediehen ist, daß sie an die Öffentlichkeit dringt. Freue dich mit mir, wenn ich eine so liebe Schwägerin bekomme. Nun behüte dich Gott, grüße dein Großmütterchen und besuche mich bald wieder!"

Wie lieb und gut war Josepha, wie wenig ahnte sie, was in Röschens Herzen vorging. Diese war so erschrocken über alles, was sie gesehen und gehört hatte, daß sie nichts weiter denken konnte als: „Arme Thea, ein böser Frost hat deinen Frühlingstraum zerstört."

Frau Elsner war allein im Wohnzimmer und erwartete ihr Kind. „Warst du recht vergnügt diesen Abend, mein Röschen?" fragte sie mit mütterlichem Ton.

„Ach Großmutter", seufzte Röschen und fiel ihr weinend um den Hals, „wie ist die Welt so böse, so falsch."

„Du hast mir immer gesagt, daß du Josepha höher schätzest als alle andern Freundinnen außer Meta, bist du denn heute vom Gegenteil überzeugt worden?"

„Ach nein, Großmütterchen, Josepha liebe ich wie immer zuvor, aber – ach – es ist ein Geheimnis, ich darf nicht davon sprechen, und doch sagte ich es dir so gern."

Frau Elsner sah ihre Enkelin besorgt an. Sollte sie

selbst ein Erlebnis gehabt haben, das sie ihr nicht sagen konnte, das ihr aber Gewissensunruhe machte? Sie forschte nicht weiter, sondern schwieg.

Röschen hatte den Kopf auf den Tisch gestützt und sah sorgenvoll vor sich hin. Sie schwieg auch. Endlich rief sie aus: „Ich finde nicht heraus, was ich bei der Sache tun soll, aber geschehen muß etwas. Großmutter, ist es unrecht, wenn man das Geheimnis eines andern, das einem anvertraut ist, aufdeckt, wenn man sieht, daß Gefahr droht und man selbst keinen Rat weiß zu helfen?“

Die Großmutter sann ein Weilchen nach. „Wenn ich dir verspreche, mein liebes Kind, dies dir anvertraute Geheimnis fest bei mir zu verwahren, so könntest du es mir wohl sagen, vielleicht weiß ich, die ich alt und erfahren bin, einen Rat für dich.“

Röschen atmete erleichtert auf. „Gut, ich werde dir alles sagen, was mir seit Wochen auf dem Herzen liegt.“

Sie erzählte von Thea und ihrem Verlöbnis, berichtete, daß sie hinter dem Rücken der Eltern Zusammenkünfte gehabt habe, daß sie, Röschen, die beiden schon einige Male hatte miteinander gehen sehen, ohne jedoch von ihnen bemerkt worden zu sein. Ferner berichtete sie alle Einzelheiten von dem heutigen Abend und wie sie aufs tiefste erschrocken sei, den Bruder Josephas in so naher Beziehung zu deren Freundin gesehen zu haben, da sie die Verbindung Theas mit ihm gewußt habe.

„Das ist eine böse Geschichte, mein liebes Kind“,

sagte die Großmutter betrübt. „Es tut mir leid, daß du darin verwickelt bist, jedenfalls ist es nun deine Pflicht, Thea zu warnen und sie dringend zu bitten, das Verhältnis baldmöglichst zu lösen."

„Aber ich kann ihr doch nicht sagen, daß Herr von Langen auf dem Punkt steht, sich mit einem andern jungen Mädchen zu verloben, daß er sie nur am Narrenseil führt."

„Stelle ihr zunächst vor, daß sie sündigt, indem sie es vor ihrer Mutter verbirgt. Sie muß es dieser gestehen, und Frau von Immenhoff wird hoffentlich vernünftig genug sein, das Verhältnis sofort zu lösen."

„Thea wird es von mir nicht annehmen", sagte Röschen traurig.

„Bringe sie einmal mit hierher", riet Frau Elsner, „vielleicht finde ich die rechten Worte, mit ihr zu reden."

„Ja, Großmütterchen, nimm du es in die Hand, du wirst es schon aus Thea herausbringen und kannst es ihr besser sagen als ich. Übrigens morgen ist ihr Geburtstag, da soll ich zu ihr kommen, vielleicht macht es sich so, daß ich sie auffordern kann, mich in diesen Tagen zu besuchen."

Um vieles erleichtert ging Röschen zur Ruhe. Welch einen Schatz hatte sie an der Großmutter, der sie alles sagen und klagen konnte, die für alles Rat wußte und aus allen Schwierigkeiten heraushelfen konnte.

Theas Verirrung

Frau von Immenhoff bewohnte den ersten Stock in einem hübschen Hause der Karlstraße. Sie wußte durch Geschmack und Kunstsinn ihren Zimmern ein feines Gepräge zu geben. Obwohl sie große Verluste gehabt hatte und sich sehr einschränken mußte, blieb ihr doch soviel, daß sie nach außen hin ihrem Stande gemäß auftreten konnte, zumal ihre Töchter sich alle einen Wirkungskreis gesucht hatten, der eine jede befähigte, für sich selbst zu sorgen. Lachen und Scherzen tönte aus dem Salon der gnädigen Frau. Alles hatte heute ein festliches Gepräge; die Schwestern waren ohne Ausnahme gekommen, um Theas Geburtstag zu feiern. Auch Röschen erschien, um Thea ihre Glückwünsche zu bringen. Das Geburtstagskind sah strahlend aus.

„Röschen, ich bin überreich beschenkt, am meisten aber von – du weißt ja“, flüsterte sie, „laß dir aber nichts merken.“

Röschens Gesicht nahm einen betrübten Ausdruck an. „Ich kann mich nicht mit dir freuen, Thea, ich möchte überhaupt einmal allein mit dir reden.“

„Kleiner Vernunftskasten du“, rief Thea lustig, „heute laß nur die weisen Lehren, komm, wir wollen recht vergnügt sein. Die Schwestern sind alle da!“ Damit zog sie sie in den Salon, wo die Schwestern um den Geburtstagstisch versammelt waren und Theas Geschenke bewunderten. „Von Mutter habe ich dies reizende Kleid, sieh nur, das soll ein Gesellschaftskleid werden, wenn ich erst im Hause des Herrn Fabrikbesitzers Hausdame bin. Dies habe ich von Wilhelmine, dies von Lottchen, das feine Briefpapier von Anna und die beiden Jüngsten, Klara und Frieda, haben mir diese reizende Nähtischdecke gearbeitet. Und dies", sie zog aus der Tasche eine Kapsel, als sie sah, daß die Schwestern mit etwas anderem beschäftigt waren – „dies ist von ihm!" Sie öffnete es und zeigte ein glänzendes Armband, schloß es aber schnell wieder und steckte es ein. „Ist es nicht reizend?" flüsterte sie.

Röschen schwieg und wurde dunkelrot, und die Schwestern, die etwas merkten, riefen: „Was hast du nur wieder für Heimlichkeiten, Thea? Du willst dich doch nicht verloben?"

„Man kann noch gar nicht wissen, wie alles kommt", lachte Thea lustig.

„Sonderbar", rief Wilhelmine, „sprich dich doch deutlich aus."

„Ich spaße ja nur", war Theas schnelle Antwort, „Mutter wartet mit dem Kaffee auf uns, kommt."

Man ging in das angrenzende Zimmer, wo Frau von Immenhoff mit Liebenswürdigkeit oben am Kaffeetisch saß und sich anscheinend über alle ihre frisch und blühend aussehenden Töchter freute.

„Wie froh bin ich, daß jede ihren Beruf hat. Früher dehnten sie sich herum und langweilten sich; jetzt haben sie alle zu tun, und kommen sie zusammen, haben sie sich soviel zu erzählen über ihre verschiedenen Berufsarbeiten, daß Langeweile gar nicht aufkommen kann."

„Wie geht es dir, Lottchen?" fragte Röschen ihre Nachbarin.

„Ausgezeichnet", versicherte diese, „ich finde fortwährend Beschäftigung in der Klinik. Bald muß ich dieser Dame Gesellschaft leisten, bald jener. Meine Aufgabe ist, die Kranken zu zerstreuen, ihnen vorzulesen oder zu erzählen."

„Lottchen hat die Gabe, lustig zu erzählen", sagte Wilhelmine, „das erheitert die Damen, sie haben sie alle gern."

„So kann ich mit meiner geringen Gabe doch auch ein wenig nützen", meinte Lottchen bescheiden, „ich bin ja doch die Geringste unter den Schwestern, weil ich unpraktisch bin und zu jeder ernsten Beschäftigung untauglich."

Und gerade sie mochte Röschen am liebsten, weil sie bescheiden und demütig war.

„Welchen Beruf wollen denn deine jüngsten Schwestern ergreifen?" fragte Röschen.

„Klara will Examen in Handarbeit und Zeichnen machen. Sie hat großes Talent. Klara, zeige doch Fräulein Röschen dann einmal deine Zeichenmappe und deine Handarbeiten. Frieda will Buchhalterin werden."

„Ja, denken Sie nur, Röschen", klagte Frau von Immenhoff, „eine geborene von Immenhoff und Buchhalterin!"

„Mutter, das ist ein ganz schöner Beruf, der viel Geld einbringt. Du weißt, ich rechne für mein Leben gern."

„Ja, rechnen ist ihr Lebenselement, das ist wahr. Sie war schon in der Schule die beste Rechnerin, und ich muß mich an den Gedanken gewöhnen, wenn ich zu ‚Richter und Schumann' komme, meine Tochter als Kassiererin dort sitzen zu sehen."

„Es braucht ja nicht gerade hier zu sein, Mutter, ich gehe nach auswärts, wenn es dir anstößig ist."

„Nein, ich will dich wenigstens im Hause behalten und über dich, meine Jüngste, wachen, das ist nötig in solchen Geschäften, wo Herren und Damen gemeinsam arbeiten."

Röschen mußte leise seufzen. Wie vernünftig war das von Frau von Immenhoff gesprochen, aber wenn sie doch die Schritte von Thea etwas mehr überwacht hätte; sie ahnte ja gar nicht, was sich hinter ihrem Rücken abspielte. Es war nicht möglich, heute allein mit Thea zu sprechen, Röschen konnte sie nur bitten, sie morgen zu besuchen, was sie gerne versprach.

Am folgenden Nachmittag wartete Röschen lange, endlich meldete Christiane Theas Besuch. Sie ging, um mit ihr allein zu sein, in den Garten.

„Du tust heute so feierlich, als hättest du mir etwas Besonderes zu eröffnen", sagte Thea.

„Etwas Besonderes möchte ich auch mit dir verhandeln, liebe Thea. Ich möchte dich inständigst bitten, die Verbindung mit Herrn von Langen zu lösen, es kann und wird nie etwas Gutes daraus werden."

„Wenn du das mit mir verhandeln willst, verlasse ich dich sofort. Du kannst nicht verlangen, daß ich mein gegebenes Wort breche."

„Weißt du denn so gewiß, daß er das dir gegebene hält?" fragte Röschen und sah sie forschend an. „Liebe Thea, denke an unsere Pensionszeit, denke an Fräulein Hochberg, was würde sie sagen, wenn sie es erführe, daß du dich ohne Wissen deiner Mutter verlobt hast."

„Mutter soll es ja erfahren, wenn die Wege geebnet sind. Alex wünscht jetzt, daß es geheimgehalten wird, und ich füge mich. Ich hoffe, Röschen, daß auch du dein Versprechen halten wirst und mich nicht verrätst."

Röschen erschrak. Sie war zu ehrlich, um es zu verschweigen, und sagte leise: „Ich habe es gestern meiner Großmutter gesagt."

„Pfui, Röschen, wie häßlich von dir. Ich werde dir nie wieder etwas anvertrauen."

„Komm mit zur Großmutter, sie wird dir meine Gründe sagen, warum ich es ihr mitteilte." Thea mußte heute erfahren, daß der von ihr geliebte und angebetete Mann es nicht treu meinte, das stand fest bei Röschen. „Bist du schon einmal in Großmütterchens Stube gewesen?"

Thea schüttelte ärgerlich den Kopf. „Ich mag gar nicht hinein, laß mich nach Hause gehen", sagte sie unwirsch.

Und doch, als Röschen sie umschlang und sie mit sich ins Haus zog, folgte sie ihr willenlos.

Die ehrwürdige Matrone saß oben an ihrem Fensterplatz in ihrem großen Lehnstuhl, um sie herum die Kleinen. Trudchen auf ihrem Schoß, Eva und Lieschen auf Fußbänken vor der Großmutter, hatten die Händchen gefaltet, so andächtig hörten sie auf das, was Frau Elsner sagte.

„Nun lauft, was ihr könnt, ihr Kinder, jetzt will ich mit Röschen und ihrer Freundin reden."

„Ach bitte, noch das Ende von der Geschichte", baten die Kinder.

„Das Ende sagte ich ja schon; wir sollen nie etwas heimlich tun, ohne das Wissen unserer Eltern oder Großeltern. Der liebe Gott sieht alles, er schaut auch ins Verborgene und weiß, ob ein Kind gut oder böse ist. Nun geht hinunter und laßt euch von den Schwestern eure Milch geben."

Gehorsam verließen die Kinder das Zimmer, und nun wandte Frau Elsner sich liebevoll an Thea. Das junge Mädchen tat ihr so leid in seiner Verirrung, mit Liebe und Erbarmen wollte sie sich seiner annehmen.

„Meine liebe Thea, wie geht es Ihnen?" fragte sie und streichelte ihr die Wangen. Dabei sah sie sie mit ihren klaren blauen Augen so traurig an, daß Thea errötend den Blick senkte und ihr Tränen in die Augen traten.

„Sie wissen es ja nun doch einmal, Frau Elsner, finden Sie es denn auch so unrecht, daß ich mich verlobt habe? Alexander von Langen und ich kennen uns schon lange, wir haben uns gegenseitig gestanden, daß wir uns liebhaben, und er hat versprochen, mich zu heiraten."

„Er hat aber durchaus nicht die Absicht, Sie zu heiraten, armes Kind. Er täuscht Sie. Ein anderes Mädchen wird bald seine erkorene Braut sein, deshalb müssen Sie ihm vorher den Scheidebrief geben, ihm sagen, daß Sie wissen, wie treulos er an Ihnen gehandelt hat. Röschen hat es vorgestern mit eigenen Augen gesehen, mit eigenen Ohren gehört, wie er sich dem Mädchen genähert hat, und wie auch Eltern und Schwestern es sehnlich wünschen, daß diese Verbindung bald zustande komme."

Röschen war, als die Großmutter begann, leise hinausgegangen; sie konnte und mochte nicht Zeugin sein von dem Kummer Theas. Diese sah Frau Elsner an, als habe sie sie nicht verstanden, erst, als diese es noch einmal wiederholte, wurde sie ganz blaß, ihre Hände waren eiskalt.

„Ja, mein liebes Kind, es gibt mir selbst einen Stich durchs Herz, daß ich es Ihnen sagen muß, aber dies ist die Folge der Verheimlichung. Sie kennen die Welt noch nicht, sonst hätten Sie Mißtrauen empfunden darüber, daß Herr von Langen die Sache geheimhalten wollte. Sie hätten nicht einwilligen dürfen. Bitten Sie Gott den Herrn, daß er Ihnen diese Verirrung vergibt, daß er Ihnen Kraft verleiht, das Schwere, was für Sie aus dieser Geschichte erwächst, zu tragen."

Thea, die noch immer regungslos dagesessen hatte, brach plötzlich in ein heftiges Schluchzen aus. Frau Elsner war froh, daß sie weinen konnte und ließ sie gewähren. Dann plötzlich fiel sie Frau Elsner zu Füßen und rief: „Oh, liebes Großmütterchen, sagen Sie mir, was soll ich tun; ich kann es ja nicht glauben, daß Alexander wirklich so schlecht an mir gehandelt hat. Oh – und ich kann ihn nicht aufgeben."

Die Großmutter suchte sie immer mehr davon zu überzeugen, daß sie dies so bald wie möglich tun müsse, daß sie vor allen Dingen ihrer eigenen Mutter alles bekennen müsse. Dazu konnte sich Thea schwer entschließen; sie meinte, die Mutter würde es den Schwestern erzählen, und diese würden sie necken und aufziehen. Nein, lieber wollte sie in der Stille, hinter dem Rücken der Mutter, abbrechen, so daß niemand etwas davon merke.

Frau Elsner sah sie betrübt an. „Glauben Sie wohl, daß Röschen es fertigbrächte, irgend etwas Unrechtes hinter meinem Rücken zu tun?"

„Röschen ist auch ganz anders", entschuldigte sich Thea, „und Sie – sind auch anders als meine Mutter, Ihnen kann man alles sagen."

Die Großmutter hielt es für durchaus notwendig, daß die Mutter von der Sache erfuhr, und brachte es durch vieles Zureden endlich dahin, daß Thea versprach, sich der Mutter zu entdecken.

Das arme Mädchen weinte viel. Es war nach des Vaters Tod der erste tiefe Kummer ihres Lebens. An einem Menschen, den man liebt, irre zu werden, ihn, den man für treu gehalten, treulos dastehen zu sehen, war mehr, als sie ertragen konnte.

Es war spät geworden, sie mußte aufbrechen. Großmutter, die das junge Mädchen in seinem Schmerz nicht allein gehen lassen wollte, rief Röschen, es zu begleiten. Es war dieser Herzensbedürfnis, noch mit Thea allein zu reden. Diese fragte sie unterwegs hastig nach allen Einzelheiten, sie wollte und konnte es immer noch nicht glauben, daß sie sich getäuscht haben sollte. Und doch, Röschens Beobachtungen und Josephas Äußerungen bewiesen deutlich, daß an der Sache etwas war.

„Nimm es nicht zu schwer, liebe Thea. Der Betreffende ist es nicht wert, daß du um ihn trauerst, richte deine Gedanken auf deinen zukünftigen Beruf und denke daran, wie Fräulein Hochberg uns immer darauf hinwies, daß wir bei allem, was wir unternehmen, uns fragen sollten, ob unser Tun Gottes, unseres Heilandes, Wohlgefallen habe."

„Das habe ich freilich nicht getan", bekannte Thea.

Sie standen schon vor Theas Hause, als sie dies sprachen.

„Ihr seht ja aus, als ob ihr des Reiches Wohlfahrt zu beraten hättet", ertönte eine heitere Stimme. Lottchen kam nach Hause, nachdem sie den Tag über ihre Berufspflichten treu ausgeübt hatte. „Kommt mit hinauf", rief sie, „ich habe euch etwas Lustiges zu erzählen."

„Ich muß heim, es ist die höchste Zeit", sagte Röschen, sich verabschiedend. Die beiden Schwestern gingen miteinander die Treppe hinauf, die eine fröhlich und wohlgemut, die andere geknickt und traurig.

Theas Krankheit

Der „Hagere“ schien ordentlich aufzuleben, seit er im Pfarrhause so freundliches Unterkommen gefunden hatte. Frau Elsner hatte wirklich für alle Tage der Woche Freitische erhalten; sie hatte viele gute Freunde in der Stadt und scheute um einer guten Sache willen keinen Weg. Und dies war etwas Großes, was sie vollbracht hatte. Der arme junge Mann, dem sehr wenige Mittel zu Gebote standen, hatte bisher sehr kärglich gelebt. Trockenes Brot und ein schmales Mittagessen für geringes Geld waren sein Unterhalt gewesen; nun bekam er nicht nur reichliches, sondern auch kräftiges Essen, und man sah von Woche zu Woche, wie es anschlug, wie sich allmählich das Gesicht rundete und eine gesündere Farbe einnahm. Herr Koch war sehr bescheiden, in keiner Weise aufdringlich; in der ersten Zeit sah man ihn nur sonntags, an welchem Tage er mittags Gast sein durfte. Respektvoll trat er zurück, wenn der „wirkliche Herr Koch“, wie die drei Mädchen den inzwischen eingetroffenen Vikar betitelten, erschien. Dieser war ein untersetzter, stämmiger Herr, der etwas sehr Zurückhaltendes, Abgeschlossenes in seinem Wesen hatte und mit der Pfarrersfamilie noch nicht auf vertraulichem Fuß stand. Emmi, Nanni und Miezi gaben auch entschieden ihrem Schützling den Vorzug, sie wachten alle drei darüber, daß er sich sonntags bei Tische wohl versorgte, und wußten ihm auf geschickte Weise immer die besten Bissen zuzuschieben.

„Er sieht schon besser aus“, äußerten sie voller Befriedigung, und sie waren es, die es befürworteten, daß Christiane ihm hin und wieder abends einen Teller Suppe hinauftrug. Er arbeitete sehr emsig, ließ sich kaum Zeit zu einem Spaziergang, und der Aufforderung, bei schönem Wetter abends mit in den Garten zu kommen, hatte er bis jetzt nicht Folge geleistet.

Heute aber, an einem herrlichen Juniabend, erschien er, sich bescheiden verbeugend, auf der Veranda, wo die Familie versammelt war.

„Das ist recht“, sagte Großmutter. „Sie müssen nicht immer Bücherstaub schlucken, sondern sich auch an Gottes schöner Natur erfreuen. Sehen Sie sich jetzt einmal unsere schönen Rosen an; sie sind wirklich sehenswert.“

„Ich habe eine Bestellung an Fräulein Röschen von Frau von Immenhoff, bei welcher ich heute zu Mittag speiste. Ein Fräulein Tochter wäre sehr krank, ich glaube Fräulein Thea.“

„Thea!“ rief Röschen erschrocken, „dann muß ich gleich zu ihr. Wissen Sie etwas Näheres darüber?“

„Sie liegt seit einigen Tagen im Bett; der Arzt kommt täglich.“

Röschen eilte von dannen. Sie wußte seit jenem Abend von Thea weiter nichts, als einige mit Bleistift geschriebene Worte, die sie am folgenden Tage erhielt. Sie lauteten: „Es war nicht mehr nötig, daß ich an Herrn von Langen schrieb; ich fand zu Hause einen Brief von ihm vor, in welchem er mir unter vielen schönen Worten den Abschied gab. Bete für deine arme Thea."

Jeden Tag wollte Röschen zu ihr, aber allerlei häusliche Geschäfte hinderten sie. Nun, da Thea krank war, säumte sie keinen Augenblick. Als sie an der Wohnung klingelte, öffnete ihr Josepha von Langen.

„Du hier, Josepha?" frage Röschen verwundert.

„Ich bleibe die Nacht bei Thea; Frau von Immenhoff hat es mir endlich erlaubt, Röschen", fügte sie traurig hinzu, „ich weiß alles. Jetzt verstehe ich, warum du an jenem Abend so erschrocken warst. Es ist von meinem Bruder unverantwortlich, es ist schlecht von ihm."

„Thea ist wohl sehr krank?"

„Leider ja, der Arzt hat Nervenfieber festgestellt. Gott helfe ihr und uns." Tränen erstickten ihre Stimme.

Die beiden Mädchen betraten leise das Krankenzimmer, wo Frau von Immenhoff am Bett ihrer Tochter saß, ihre fieberglühenden Hände in den ihrigen. Sie stand auf und ging Röschen entgegen, während Josepha zu Thea ging und die linde Hand auf ihre heiße Stirn legte.

„Kommen Sie mit mir", sagte Frau von Immenhoff, „ich erzähle Ihnen alles."

„Wie kommt Josepha hierher?" war Röschens erste Frage.

„Sie wundern sich darüber, liebes Röschen, weil Sie in diese traurige Geschichte eingeweiht sind. Oh, hätte ich eine Ahnung davon gehabt, es wäre nie so weit gekommen."

„Wie haben Sie es erfahren?" fragte Röschen weiter.

„Es wurde ein Brief für Thea hier abgegeben, als sie bei Ihnen war. Bei ihrer Rückkehr gab ich ihr denselben, mich wundernd, was er enthalten könnte, und von wem er sei. Als sie ihn gelesen, tat sie einen Schrei, warf den Brief auf den Tisch, schlug sich mit den Händen vors Gesicht und stöhnte: ‚Also doch!' Dann sank sie in einen Stuhl, und ich eilte zu ihr, mit der Bitte, mir zu sagen, was es mit dem Brief auf sich habe. ‚Lies', sagte sie mit schwacher Stimme. Ich las und wußte alles. Thea hat ja unrecht getan, daß sie es vor mir verheimlichte, aber ein viel größeres Unrecht liegt auf Herrn von Langens Seite, der sie erst betörte und sie dann zum Schweigen veranlaßte. Ich kann es ihm nie verzeihen. Nun liegt mein armes Kind matt und sterbenskrank darnieder, und ich weiß nicht, ob es mir erhalten bleibt."

Röschen fragte noch einmal, wie Josepha hierherkomme, worauf Frau von Immenhoff berichtete, daß selbige einen Tag nach Empfang des Briefes ganz harmlos gekommen sei, um Thea nachträglich zum Geburtstag zu gratulieren. Thea habe sich nicht sprechen lassen, da sie sich zu elend gefühlt und sie, die Mutter – nun ja – es habe ein Wort das andere gegeben, bis sie zuletzt Josepha das Ganze erzählt habe. Diese sei erschüttert gewesen und sei jeden Tag gekommen, um sich nach Thea zu erkundigen. Diese Nacht habe sie durchaus wachen wollen, sie habe zuerst ihre Zustimmung nicht geben wollen, aber Josepha habe einen festen Willen; was sie sich vorgenommen, das führe sie durch.

Röschen bat nun Frau von Immenhoff auch, ihr zu erlauben, sich soviel wie möglich an der Pflege zu beteiligen; sie würde gern eine Nacht wachen, wenn es nötig sei, oder sonst auf irgendeine Weise behilflich sein.

„Bisher haben Wilhelmine und ich uns abgelöst, aber Wilhelmine ist durch ihre Berufsarbeit am Tage gebunden und darf das Nachtwachen nicht zu lange fortsetzen, damit sie am Tage frisch bleibt. Wilhelmine ist außer mir die einzige, die den Grund von Theas Erkrankung kennt; die andern Schwestern dürfen es nicht erfahren, deshalb dürfen sie auch nicht zur Kranken, da sie in den Fieberträumen sehr viel den Namen Alexander von Langen nennt und von ihrem Kummer spricht."

Wie schwer mußte unter diesen Umständen die Pflege für Josepha sein. Röschen begriff aber auf der andern Seite, daß es für sie eine Genugtuung war, etwas für Thea leisten zu können. Sie ging diesen Abend betrübt nach Hause und erlangte von der Großmutter gern die Erlaubnis, sich an der Pflege zu beteiligen.

Von nun an war es ein Wetteifern zwischen Josepha und Röschen, wer es am meisten der armen Frau von Immenhoff erleichtern konnte. Es gab viele schwere Nächte, viele trostlose Stunden, aber endlich siegte Theas kräftige Natur über die Krankheit. Die Krisis trat ein; der Arzt erklärte Thea für gerettet.

Josepha, die gerade gewacht hatte, empfing Röschen mit der Freudennachricht: „Thea ist besser!“ Freude strahlte aus ihrem Angesicht, sie zog die Freundin in ein kleines Zimmer, das leer war, und rief: „Oh, Röschen, wie dankbar bin ich, ich kann es dir nicht sagen. Ich wäre nie wieder froh geworden – wenn – wenn – wenn Thea gestorben wäre. Ich würde immer meinen Bruder als ihren Mörder angesehen haben.“

„Weiß – weiß er von Theas Krankheit?“

„Er weiß es und ist sehr geschlagen. Meine Eltern wissen es auch, des Vaters Zorn war groß; Alexander hat schlimme Tage durchmachen müssen. Ja, meine Eltern hätten mich sonst wohl nicht hergehen lassen, es hat trotzdem einen Kampf gekostet, da sie sehr ängstlich sind. Aber sie sind natürlich tief betrübt über den Fall.“

„Und – und – Fräulein von Falter?“

„Wenn die Verlobung nicht schon im stillen vor sich gegangen wäre, so hätten die Eltern es jetzt, unter diesen Umständen, nicht zugegeben. Elsbeth ist bei ihren Eltern und ahnt nichts, ich habe meinem Bruder gesagt, er müsse ihr alles gestehen, es gehöre zu seiner Sühne. Aber ich weiß nicht, ob es wohlgetan ist, vielleicht werden zwei Mädchen dadurch unglücklich."

„Ich glaube, es ist besser, sie erfährt es nicht", sagte Röschen, „sie verliert ja sonst auch das Vertrauen zu ihm."

„Du hast recht", war Josephas traurige Antwort. „Was ich gelitten habe in diesen Wochen, kann ich nicht sagen. Die Sache wird mir zeitlebens zu schaffen machen, aber es ist ein großer Druck von mir genommen, seit ich weiß, daß Thea genesen wird."

Alle freuten sich ihrer Besserung. Sie mußte allerdings noch sehr vorsichtig behandelt werden und durfte nicht aufstehen, aber sie schlief sehr viel und hatte Appetit, zeigte auch wieder Teilnahme an dem, was um sie her vorging.

Eines Tages war Röschen wieder an ihrem Bett, während Frau von Immenhoff gegangen war, um ein wenig frische Luft zu schöpfen. Thea schlief und merkte nicht, wer bei ihr saß. Schöne Blumen und Früchte, auch andere Erquickungen standen an ihrem Lager; sie hatte viel Liebe erfahren. Die Schwestern, die sie nun auch wieder sehen durften, dachten darüber nach, womit sie ihr wohl eine Freude bereiten konnten. Josepha aber brachte die auserlesensten, kräftigsten Speisen und Leckerbissen, ließ sich jedoch, seit Thea wieder bei Bewußtsein war, nicht vor ihr sehen.

Röschen las, es war alles still im Krankenzimmer. Da öffnete Thea die Augen und blickte um sich. Plötzlich sagte sie: „Röschen, du bist auch wieder da, habe Dank für deine Liebe", und reichte ihr die magere weiße Hand. Röschen legte das Buch weg, beugte sich über Thea und küßte sie. „Was lasest du eben?"

„Ein kleines Lied, soll ich es dir vorlesen?"

„Bitte, ja."

Röschen las:

Mache mich einfältig,
Innig abgeschieden,
Sanft und still in deinem Frieden!
Mach mich reinen Herzens,
Daß ich deine Klarheit
Schauen mag in Geist und Wahrheit.
Laß das Herz
Himmelwärts
Wie ein Adler schweben
Und in dir nur leben!

Thea hatte die Hände gefaltet und wiederholte leise die letzten Worte: „Und in dir nur leben. – Röschen", sagte sie dann, „ich will es immer mehr lernen, Gott hat mir das Leben wiedergeschenkt, es soll mit seiner Hilfe ein neues Leben werden. Glaubst du, daß mein Heiland mir alles vergeben wird?"

„Ja, das glaube ich, liebe Thea. Der gesagt hat: ‚Wenn eure Sünden gleich blutrot wären, so will ich sie doch schneeweiß waschen', wird diese Verheißung auch an dir erfüllen. Aber nun rege dich nicht auf; du darfst eigentlich noch gar nicht sprechen, sonst muß ich gehen."

„Ich bin durch den Schlaf sehr erquickt worden und möchte gerne noch etwas sagen. Es steht jetzt alles in einem andern Licht vor mir. Ich möchte alles vergessen, was dahinten liegt, und mein Leben dem weihen, der es mir wiedergeschenkt. Womit kann ich das am besten?"

„Ich denke mir, wenn du rechte Treue übst in deinem irdischen Beruf, den Gott dir geben wird."

„Meine Stelle werde ich wohl verlieren, weil ich zu schwach bin, aber vielleicht findet sich später etwas anderes. Sage mir nur noch das eine. Wer hat mich so treu gepflegt, wer hat mir, wenn der Kopf brannte, kühle Umschläge gemacht und seine weiche Hand auf meine Stirn gelegt?"

Röschen erschrak. „Deine Mutter hat bei dir gewacht, auch Wilhelmine und ich."

„Es war noch jemand da. Sie sah aus – wie Josepha, aber ich kann nicht glauben, daß sie es war." Sie sah Röschen forschend an, so daß diese nicht ausweichen konnte. „War es Josepha?"

Röschen nickte.

„Die gute, liebe Josepha!" rief Thea; „ich wollte, ich könnte ihr danken. Ob sie wohl noch einmal zu mir kommen mag?"

„Wenn du etwas wohler und kräftiger bist, tut sie

es gewiß. Es wird ihr eben selbst schwer sein."
„Das glaube ich, das glaube ich, aber sie wird es mir zuliebe tun."

Und Josepha tat es ihr zuliebe. Sie kam, als Thea das erste Mal außer Bett war. Sie waren lange allein. Als Josepha ging, standen ihre Augen voll Tränen. Thea hatte sie gebeten, alle Geschenke, die sie vom Bruder hatte, ihm zurückzugeben und ihm zu sagen, daß sie ihm vergeben habe; er solle aber nie daran denken, ihr zu schreiben oder selbst zu kommen. Ferner ließ sie ihn bitten, seiner nunmehr rechtmäßigen Braut nichts von seiner vorherigen Verbindung mit ihr zu sagen, sie wünsche dringend, daß Elsbeths Glück nicht getrübt würde. Aber dafür solle er seiner Braut und zukünftigen Frau zeit seines Lebens die Treue wahren, denn nichts sei trauriger, als getäuscht zu werden.

Gerade jetzt wurde Alexander von Langen in ein anderes Regiment versetzt in eine kleinere Garnisonstadt. Es war für alle Teile gut, so war eine Begegnung ausgeschlossen. Josepha verließ in kurzer Zeit die Stadt, um auf ihr Gut zu gehen. Am liebsten hätte sie Thea mitgenommen und sie herausgepflegt, aber da das unter den obwaltenden Umständen nicht ging, ließ sich vielleicht in anderer Weise etwas für sie tun.

Genesung

„Sehen Sie, liebe Thea, wie schön wir Sie hier untergebracht haben. Ich sagte es gleich, Sie müßten einmal einen ganzen Tag in unsern schönen Garten kommen; bei Ihnen oben in der Stube werden Sie nicht kräftiger." Die Großmutter streichelte bei diesen Worten Theas noch immer schmale Wangen und fuhr fort: „Sie sollten eigentlich Seeluft genießen, das würde Ihre Nerven stärken."

„Der Doktor hat es auch verordnet", sagte das in einem bequemen Klappstuhl sitzende junge Mädchen, „aber die Mittel fehlen. Meine Krankheit hat schon so viel gekostet; die arme Mutter wird lange darunter zu leiden haben. Wenn Sie mir erlauben, öfters in Ihren Garten zu kommen, hier unter der Akazie ist es so schön mit dem Blick auf den grünen Rasen und auf die herrlichen Rosen. Wie wohl tut es, nach langer Krankheit wieder die schöne, reine Luft einatmen zu können, ich bin so dankbar für alles. Überhaupt, Großmütterchen, nicht wahr, so darf ich Sie nennen, die Krankheit und alles Schwere, das ich durchgemacht habe, hat mir innerlich Segen gebracht, ich fühle etwas von dem Frieden, den die Welt nicht kennt."

„Das ist recht, mein liebes Kind. Sie haben die Reue empfunden, von der es heißt: ‚Die göttliche Traurigkeit wirket eine Reue zur Seligkeit, die niemand gereut, die Traurigkeit der Welt aber wirket den Tod.‘ Wie viele junge Mädchen gehen zugrunde an sogenannter unglücklicher Liebe, wer aber sein Herz zu Gott wendet, des Seele wird genesen. Nur aufwärts geschaut und dann mit neuen Kräften vorwärts auf dem Pilgergang durch die Welt nach dem Himmel. Sie sind noch jung und können, wenn Sie wieder gesund und kräftig sind, viel leisten.“

„Ja, wenn ich nur wieder kräftiger werde. Ich bin immer so müde und kraftlos. Ich glaube nicht, daß Frau Dr. Ernst, die Tante des Fabrikbesitzers Löhr, mich noch ins Haus nehmen mag.“

„Freilich mag sie das. Ich bin gestern bei ihr gewesen. Sie will sich noch einige Wochen allein behelfen, bis Sie sich gründlich erholt haben. Doch jetzt kommt Röschen, was bringt denn die Gutes?“

Röschen warf ihren Hut in die Höhe vor lauter Lust und Übermut. „Ja, ich bringe viel Gutes“, sagte sie strahlend. „O wie bin ich glücklich, Thea, um deinetwillen. Du gehst mit deiner Mutter in ein Seebad und kommst mit dicken, runden Wangen heim. Hier ist für alles gesorgt.“ Mit diesen Worten warf sie ihr etwas in den Schoß, das fein und zierlich in Seidenpapier gewickelt war.

Überrascht öffnete sie es; ein kleines Ei wurde sichtbar. Sie drehte es hin und her und sah Röschen fragend an.

„Es läßt sich öffnen“, sagte diese, „versuch es nur.“

Thea sah nun, daß es in der Mitte eine feine Spalte

hatte. Sie drehte es auf und fand eine Rolle darin mit den Worten: „Zu einer Badereise nach Sylt oder Norderney."

Thea errötete. „Das ist natürlich von Josepha", sagte sie gerührt.

Röschen umarmte sie. „Wenn du es doch erraten hast, ja! Sie möchte alles für dich tun, um dich wieder gesund und kräftig zu sehen, sie wünscht, daß du jemand von den Deinigen mitnimmst, und daß du es dir so bequem wie möglich einrichtest. Wie freue ich mich mit dir, liebe Thea. Doch nun will ich gehen und nach dem Mittagessen sehen, damit du ein kräftiges Mahl erhältst, und der Tag im Pfarrhause auch etwas zu deiner Stärkung beiträgt."

Sie eilte davon, Thea sah ihr nach. „Wie gut und lieb sie alle gegen mich sind." Sie streckte sich in ihrem Stuhl, wie wohl tat ihr die schöne Luft im Garten, das Liegen im Grünen, über sich den blauen Himmel. Die Vöglein zwitscherten in den Zweigen. Die Bienen summten, bunte Schmetterlinge flogen von Blume zu Blume oder setzten sich wohl auch einen Augenblick auf die Lehne ihres Stuhles, um sich dann wieder in die Lüfte zu erheben. Sie schloß ein Weilchen die Augen, wie köstlich war das Gefühl der Genesung, nicht nur von Krankheit des Leibes, nein, auch Genesung von innerem Zerwürfnis, von Unruhe und Qual, von Gewissensbissen und Eifersucht. Es war durch Gottes Gnade alles dahin; sie hatte einen guten Kampf gekämpft und gesiegt. Wie schön war Gottes Welt, wie gern wollte sie nun für ihn und sein Reich arbeiten. Sie wollte dem kleinen mutterlosen Mädchen eine treue Freundin und Leiterin werden, und der alten Dame eine Stütze, wenn sie im Bade die gewünschte Kräftigung erhalten hatte.

Nun kamen Eva, Lieschen und Trude. Sie hüpften in den Kieswegen und bückten sich dann, um Blumen zu pflücken. Jetzt kamen sie auf Thea zu und legten verschämt die Blumen auf ihren Schoß.

„Soll ich sie haben, ihr lieben kleinen Mädchen?"

„Ja, weil du krank bist."

Am Nachmittage versammelte sich die ganze Familie um Thea, sogar der Herr Oberpfarrer setzte sich zu ihr und meinte, sie wollten alle unter den Akazien Kaffee trinken, wenn es für Thea nicht zu angreifend sei. Diese versicherte, sie habe nach Tisch so herrlich geruht, daß sie sich ganz kräftig fühle. Nun entfaltete sich ein reges Leben. Die drei Mädchen mußten immer wieder zur Ruhe ermahnt werden, sie taten alles mit einem gewissen Ungestüm, aber schließlich hatten sie den Kaffeetisch so zierlich gedeckt, daß nichts daran zu tadeln war.

Der Oberpfarrer fand es so schön unter den grünen Blumen, daß er beschloß, heute der Familie seine Gegenwart ein wenig länger zu schenken. Er ließ sich von Emmi Missionsblätter aus der Studierstube holen und las vor, während Großmutter und die Töchter mit einer Handarbeit beschäftigt waren, Thea aber ruhend in ihrem Klappstuhl saß. Alles atmete Ruhe und Frieden. Die Genesende fühlte, wie wohl ihr dieser Tag tat, und hegte den stillen Wunsch, noch öfter solche Tage verleben zu dürfen.

Da schlug der Hund an.

„Besuch!" riefen Emmi, Nanni und Miezi wie aus einem Munde und warfen ihre Handarbeiten hin.

„Bleibt bei eurer Arbeit", gebot Großmutter, „ihr seht, daß Philipp schon aufgestanden ist."

Pfarrer Bruger stand schon auf der Veranda. Er hatte einen schönen Rosenstrauß in der Hand, den er Philipp überreichte und ihm etwas zuflüsterte. Dieser ging mit den Blumen ins Haus, während Bruger mit Martin von Wrede, der ihn begleitete, auf die Gruppe im Garten zukam. Alle standen auf und begrüßten den alten Freund herzlich; er konnte merken, daß man ihn nicht vergessen hatte.

Röschen, die bei der Begrüßung verlegen errötete, eilte ins Haus, um für den Besuch Tassen zu holen, während Philipp Stühle brachte und Großmutter bat, der Herr Pfarrer möchte zwischen ihr und dem Schwiegersohn Platz nehmen. Sie sprach ihre Freude aus, daß er Martin mitgebracht habe.

„Er hat sich wochenlang auf diesen Nachmittag gefreut", sagte Bruger; „da er so furchtsam und schüchtern ist, habe ich beschlossen, ihn recht viel unter andere Menschen zu bringen."

„Nun Emmi, dann nehmt ihr euch nur seiner an, aber erst soll er Kaffee trinken."

Das ließen sich die Mädchen nicht zweimal sagen. Sie holten ihn an den Kaffeetisch, er mußte neben der Großmutter auf der andern Seite sitzen, und diese erfreute ihn mit allem möglichen Guten. Sie streichelte von Zeit zu Zeit seine blassen Wangen und meinte, er müsse tüchtig essen, damit er stark und groß würde. Doch schon, nachdem sie es gesagt hatte, bereute sie es, denn des Knaben Gesicht nahm einen wehmütigen Ausdruck an. Nachdem er sich erquickt hatte, nahmen ihn die Mädchen in ihre Mitte und gingen mit ihm davon. Bei dem lustigen Volk verging ihm bald die Schüchternheit; sie zeigten ihm alle Schönheiten des Gartens, dann ging es in den Hof, in die Stallgebäude, alles mußte er sehen und bewundern, unterdes Philipp es vorzog, bei seinem lieben Pastor Bruger zu bleiben und seinen Erzählungen zu lauschen.

Dieser kam bald auf die Familie von Wrede zu sprechen. Das Herz war ihm voll, man merkte es; je mehr er aber herausgab, um so besorgter blickte Röschen zur Großmutter hinüber. Sie hätte so gern das Gespräch auf etwas anderes gelenkt, es ließ sich aber nicht in unauffälliger Weise tun.

„Frau von Wrede ist eine prächtige Frau“, sagte er. „Je mehr ich sie kennenlerne, um so höher schätze ich sie. Mit welcher Geduld und Ergebung trägt sie die Sonderbarkeiten des alten Vaters! Sündlich ist es, wie er die arme Frau behandelt, er ist ein Geizhals erster Klasse. Es ist ihm nur schwer beizukommen, weil er sich nie sehen läßt und keine Besuche annimmt, sonst würde ich Gelegenheit nehmen, ihm sein Unrecht vorzuhalten.“

Die Großmutter beugte sich tiefer auf ihre Arbeit.

Röschen, die neben ihr saß, sah, wie ihre Hände leise zitterten. Plötzlich richtete sie sich auf und sagte: „Mein lieber Pfarrer, wenn Sie sich dieses Ihres Gemeindegliedes annehmen möchten, so wäre es sehr dankenswert."

„Nehmen Sie ein besonderes Interesse an dem Alten?" fragte Bruger lächelnd.

„Ich interessiere mich für die Familie und möchte es um Frau von Wredes und ihrer Kinder willen."

„Wie geht es Fräulein Meta?" fragte der Pfarrer, sich an Röschen wendend.

Diese, froh, daß das Gespräch eine andere Wendung nahm, erzählte, daß Meta sehr befriedigt schriebe, und daß sie auch Gelegenheit gehabt habe, von anderer Seite zu hören, daß die Baronin jetzt außerordentlich mit ihr zufrieden sei.

„Es ist auch ein prächtiges Mädchen", meinte Bruger. „Sie ist ihrer Mutter ähnlich."

„Röschen", wandte sich später Thea an diese, als der Besuch sie verlassen hatte und sie beide allein im Garten waren, „Röschen, ich glaube, der Pfarrer Bruger holt sich einmal Meta zu seiner Pfarrfrau, was meinst du?"

„Es ist ja möglich", antwortete Röschen langsam, und ein verräterisches Rot stieg in ihre Wangen. Thea merkte es aber nicht.

Als Röschen am Abend in ihr Zimmer kam, fand sie den Rosenstrauß auf ihrem Tisch. Hatte Philipp ihn auf Veranlassung Brugers dorthin gestellt? Ihr dachte. Großmutter hatte es ihm damals deutlich gesagt. Freilich, die Ansichten änderten sich, und wenn sie jetzt gefragt würde?

Doch nein, es war am besten, wenn alles blieb wie es war. Sie wollte in treuer Pflichterfüllung hier ihres Amtes walten und an weiter nichts denken.

Die drei Schwestern auf Reisen

Emmi, Nanni und Miezi jubelten und tanzten, sie wußten gar nicht, was sie vor Freude tun sollten, so etwas Schönes hätten sie sich nie ausdenken können! Was war ihnen denn begegnet?

Sie waren von Josepha von Langen eingeladen, die Sommerferien bei ihr auf dem Lande zu verleben. Josepha hatte selbst an die Großmutter geschrieben, daß sie mit ihrer Tante allein zu Hause sei, da die Eltern ins Bad gereist seien. Letztere hätten ihr erlaubt, sich für die Zeit eine Freundin zu bitten, doch da sie wußte, daß Röschen unentbehrlich sei, so fragte sie an, ob Frau Elsner ihr die kleinen Freundinnen Emmi, Nanni und Miezi schicken wolle. Es würde ihnen gewiß in Tiefensee gefallen; sie wolle sie treulich hüten und am Schluß der Ferien zurückschicken. Der Oberpfarrer hatte nichts dagegen, und Großmutter gönnte ihren Enkelinnen dies Vergnügen von Herzen.

Freilich dachte sie mit Sorge an die einfache Kleidung der Kinder. Es wurde alles durchgegangen, die Sommerkleider frisch gewaschen und geplättet und „wenn sie nur sauber sind, elegant brauchen Pfarrtöchter nicht zu sein“, tröstete sie sich. Sie gab ihnen allerlei gute Ermahnungen mit auf den Weg; sie sollten höflich, bescheiden und dienstfertig sein, die Kleider schonen und darauf sehen, daß sie ordentlich und sauber einhergingen, eine sollte die andere ermahnen. Sie versprachen alles, ja, hätten viel mehr versprochen, als sie zu halten imstande waren, wenn es von ihnen gefordert worden wäre; sie waren zu allem bereit, das Glück, allein verreisen zu dürfen, war zu groß. Jedem wurde es erzählt, auch dem „Hageren", der eigentümlich lächelte, als er den Namen des Gutes hörte.

Am Morgen der Abreise hatte die Aufregung ihren höchsten Grad erreicht. Sie wirbelten durcheinander, eine wollte noch dies einpacken, eine jenes, dann wurde Abschied genommen von Bello und der Katze, man versprach, ihnen etwas recht Schönes mitzubringen.

Christiane schien nicht sehr gerührt über die Trennung, sie sagte schmunzelnd, als sie aus der Küche ging: „Gott sei Dank, nun hat man doch einige Wochen Ruhe."

Das mochte auch Väterchen denken, der bei seinen Büchern saß und meinte: „Na, lauft nur, ein wenig Ruhe vor euch wird mir ganz gut tun, die letzten Tage waren sehr aufregend."

„Aber Väterchen", sagte Emmi vorwurfsvoll, „wir sind dir doch eigentlich unentbehrlich; wir stopfen dir deine Pfeifen, bringen dir deinen Schlafrock und deine Hausschuhe und dienen dir, wo wir können."

„Ich freue mich auch, wenn ihr wiederkommt, meine lieben Töchter", war die Antwort des Vaters, „reist mit Gott."

Und so zogen die drei in die weite Welt. Sie sahen

niedlich aus, die frischen, rosigen Gesichter guckten unter den runden Strohhüten so vergnügt heraus, daß jeder sich freuen mußte, der sie ansah.

„Sie haben gewiß etwas Schönes vor“, sagte eine ihnen im Abteil gegenübersitzende Dame.

„Wir reisen auf ein Landgut und verbringen dort die Ferien.“

Alles wurde mit großem Interesse beobachtet, das Ein- und Aussteigen der Reisenden, das Leben und Treiben an den verschiedenen Bahnhöfen; die Aussicht aus dem Fenster auf Felder, Wiesen und Gärten, auf Städte und Dörfer, die an ihnen vorüberflogen. Von Zeit zu Zeit lächelten sie sich an, oder drückten sich verstohlen die Hände; sie mußten ihrer Freude auf irgendeine Weise Ausdruck geben.

Jetzt waren sie an der Endstation. Bei dem Ruf des Schaffners sprangen sie auf, suchten ihr Reisegepäck zusammen und standen lange bereit, als die Türen geöffnet wurden. Ahnungsvoll, was nun alles folgen werde, stiegen sie aus. Josepha hatte geschrieben, sie würde sie selbst abholen; wenn sie verhindert sei, würde ein Wagen gewiß da sein. Sie sahen sich nach Josepha um, sie war nirgends zu erblicken. Der nur kleine Bahnhof war leicht zu übersehen.

„Wir sind vergessen“, sagten sie ergeben zueinander.

Da kam ein eleganter Wagen angesaust. Ein Diener sprang herab, kam sofort auf die drei harrenden Mädchen zu und fragte höflich: „Nicht wahr, Sie sind die jungen Damen, die zur Baronesse von Langen wollen?"

Die drei machten einen tiefen Knicks vor der feinen Livree, eingedenk der großmütterlichen Ermahnung, ja recht höflich zu sein, und sagten: „Ja, wenn Sie es erlauben."

Der Diener nahm das Handgepäck, besorgte den Koffer und geleitete die jungen Mädchen an den Wagen.

Der Kutscher, der seinen Hut lüftete, bekam wieder einen tiefen Knicks, und nun stiegen sie ein, indem sie halblaut flüsterten: „Welch schöner Wagen, sieh nur, Miezi, das Wappen, und die stolzen Pferde!"

„Und das alles für uns allein."

„Wenn uns Großmutter jetzt sähe oder Röschen!"

Jetzt saßen sie, und nun flogen sie dahin auf der glatten Landstraße, welche Lust! Die Welt war doch zu schön!

Bald zeigte sich das große weiße Herrenhaus, dessen Turm stolz aus dem Grün hervorragte.

„Ist das Tiefensee?" fragte Nanni.

„Zu Befehl", lautete die Antwort.

Die drei sahen sich an und kicherten, und drückten sich wieder verstohlen die Hände. Nun waren sie im Dorf, links und rechts freundliche, nette Häuser mit schmucken Gärten. Kinder spielten auf der Dorfstraße oder vor den Haustüren. Sobald der herrschaftliche Wagen vorüberfuhr, grüßten die Kinder höflich, ebenso die Frauen des Dorfes, worauf auch unsere drei den Versuch machten, sich zu erheben und die Grüße zu erwidern. Allein, als sie ein paarmal unsanft auf die Kissen zurückgeworfen waren, flüsterte Emmi: „Ich glaube, wir können sitzen bleiben."

Nun bog der Wagen um die Ecke. Vor ihnen lag ein großes geöffnetes Tor. Sie fuhren in scharfem Trab durch dasselbe, um einen großen Rasenplatz herum, und hielten vor dem Schloß.

Auf der Treppe stand Josepha mit einer alten Dame. „Willkommen, ihr drei", rief sie lustig, „ich freue mich, daß ihr da seid, hätte euch gern selbst abgeholt, bekam aber Besuch, als eben der Wagen fahren wollte." Zur Tante flüsterte sie: „Tantchen, du wirst deine helle Freude an den Mädchen haben, vor denen muß alle Trauer schwinden."

Nun hielt der Wagen; leichtfüßig sprangen sie herunter und begrüßten die Damen ehrfurchtsvoll mit tiefem Knicks und Handkuß.

Als sie in die große Schloßhalle traten, entrang sich ihren Lippen ein tiefempfundenes Oh! Sie wagten kaum laut aufzutreten, sondern gingen, wie auf Verabredung, alle drei auf Zehen, bis Josepha rief: „Hört, ihr könnt hier ordentlich auftreten, es schläft niemand."

Allmählich tauten sie auf bei Josephas frischem, natürlichem Wesen.

„Genieren sollt ihr euch nicht, ihr sollt ganz sein wie zu Hause. Tante Agnes hat erlaubt, daß ihr sie ‚Tante' nennen dürft, und zu mir sagt ihr: ‚Josepha'.

Wir wollen gute Freunde sein. Jetzt kommt in euer Zimmer."

Sie gingen die breite, mit Teppichen belegte Treppe hinauf und wurden in das reizendste Stübchen geführt, das sie sich denken konnten. Ihr Gepäck stand schon oben.

„Im Nebenzimmer schlaft ihr, nun macht euch etwas zurecht, und dann kommt herunter."

Josepha ging, und die drei sahen sich an.

„Wie in einem Zauberschloß", sagte Miezi mit einem tiefen Seufzer.

„Ja, wie in einem Märchen", wiederholte Nanni.

„Zu schön!" fügte Emmi hinzu, „viel schöner als ich es mir vorgestellt habe."

Sie wagten kaum die schönen Waschkannen aufzuheben und Wasser einzugießen, es war alles, nach ihrer Meinung, viel zu schön für sie.

„Was werden wir nur noch alles erleben", meinten sie im Hinuntergehen.

Unten im Speisesaal war der Tisch gedeckt. Es gab frische Erdbeeren in Milch. Als der Diener zu Miezi kam und ihr die Erdbeeren anbot, stand sie auf und sagte: „Ich danke vielmals."

Lächelnd ging er weiter, zu Miezis Schrecken, denn so hatte sie es nicht gemeint. Doch Josepha, die ein Auge auf alles hatte, sagte: „Ruhig sitzen bleiben, Miezi. Friedrich, geben Sie dem kleinen Fräulein die Schüssel noch einmal. So, Miezi, nun nimm dir ordentlich."

Herrlich schlief sich's in dem hohen luftigen

Raum, unter den seidenen Decken. Die Mädchen waren müde von der Reise und wachten erst auf, als die Sonne hell ins Zimmer schien.

Beim Ankleiden meinten sie zueinander, sie müßten dem lieben Gott doch sehr dankbar sein für soviele Freude, worauf Nanni äußerte: „Ich habe ihm gestern abend und auch heute früh schon so viel gedankt."

Und Emmi fügte hinzu: „Wir wollen nur immer recht gut sein, Großmutter sagt, wenn der liebe Gott uns Gutes gibt, müssen wir dankbar und demütig sein."

Dabei strichen sie ihr langes blondes Haar heute besonders glatt, halfen sich gegenseitig beim Zöpfeflechten und Einbinden der seidenen Bänder.

Viel gab es zu sehen im Schloß und in dem schönen Park; sie wurden lange nicht fertig in einem Tage. Der Garten mit seinen schönen Rasenplätzen und Blumen interessierte sie sehr, am meisten aber der kleine See mit den Schwänen, die sie füttern durften, und mit der Gondel, in der Josepha sie einmal herumzufahren versprach.

„O Josepha", rief Miezi, „du hast es doch sehr gut. Schöner kann es kaum im Himmel sein."

Josepha lächelte, und ein wehmütiger Zug glitt über ihr Gesicht. Sie dachte an manches Schwere, das sie schon durchgemacht hatte, von dem diese Kinder keine Ahnung hatten. „Ihr müßt nicht denken, daß ich immer im Park sitze und schöne Geschichten lese, oder in der Gondel auf dem See herumfahre, ich habe auch Arbeit, mitunter recht viel Arbeit. Aber die Arbeit macht mir große Freude, ich hoffe, ihr helft mir dabei."

Die Mädchen horchten auf. Ob sie wohl Handarbeit machen sollten? Das wäre fatal; sie hatten gehofft, das Stricken und Nähen, das Stopfen und Häkeln jetzt gänzlich an den Nagel hängen zu dürfen, und nun wurde schon am ersten Ferientag von Arbeit gesprochen. Nun – einstweilen wollten sie sich dadurch nicht beunruhigen lassen.

Am Nachmittag schlug Josepha einen Spaziergang durchs Dorf vor. Das war wieder neu und interessant. Sie kannte alle Leute, jedes Kind nannte sie beim Namen, und wenn sie den Frauen begegnete, rief sie ihnen zu, morgen nachmittag um zwei Uhr die Kinder zu bringen.

„Wollen gnädiges Fräulein sich wirklich wieder die Mühe machen?"

„Gewiß, es macht mir Freude", war die Antwort.

Auch Kranke besuchte sie, brachte ihnen Erquikkungen und redete freundlich mit ihnen.

Am andern Morgen beim Kaffee eröffnete Josepha ihnen, daß es heute nachmittag zu tun gäbe. „Ich habe nämlich während der Erntezeit eine Kleinkinderschule –"

„Und deswegen", fiel Tante Agnes ein, „hat Josepha die Eltern nicht ins Bad begleiten wollen, weil sie meinte, die Schule nicht aufgeben zu können."

„Einmal übernommene Pflichten darf man nicht vernachlässigen, du würdest es auch nicht tun, liebste Tante. Seht", fuhr sie zu den Kindern gewendet fort, „es gibt so viele kleine Kinder im Dorf, die während der Erntezeit, wo auch die Mütter von zu Hause fort sein müssen, unbeaufsichtigt sind. Diese Kinder lasse ich von nachmittags zwei Uhr bis zum Abend zu mir bringen. Ich hüte sie mit Hilfe zweier alter Großmütter aus dem Dorf, spiele und singe mit ihnen, und das macht mir viel Freude."

„Das wird uns auch große Freude machen", sagten die Mädchen strahlend.

„Wir wollen nämlich alle drei", ergänzte Emmi, „Kleinkinderlehrerinnen werden. Vater sagt, das ist ein schöner Beruf."

„Das ist es auch", war Josephas Antwort. „Im nächsten Jahr will ich eine Kleinkinderschule im Dorf einrichten, die immer bleibt, mit einer Lehrerin an der Spitze, der ich helfe, so viel ich kann. Mein Vater hat mir schon ein kleines Häuschen dazu geschenkt, das ausgebaut und entsprechend eingerichtet werden soll."

„Dann können wir einmal Lehrerinnen hier werden", meinte Nanni.

„Eine vielleicht von euch", erwiderte Josepha lächelnd, „drei sind mir zuviel."

Die drei sahen sich verwundert an. Der Gedanke, sich einmal voneinander trennen zu müssen, war ihnen noch nie gekommen.

„Vielleicht werde ich auch noch etwas anderes", sagte Miezi gedankenvoll.

Am Nachmittag war ein bewegtes Leben in einem

Teil des Schloßgartens. Ein ziemlich geräumiger, großer runder Platz, von Gebüsch umgeben und von schönen Linden beschattet, diente zum Spielplatz der Kinder. Große Sandhaufen gab es da, wo kleine Knaben vergnügt mit Schaufeln hantierten, kleine Mädchen aber mit niedlichem hölzernem Kochgeschirr spielten. Zwei alte Frauen besorgten die kleinsten Kinder, die sie entweder warteten oder, wenn sie müde waren, auf Matratzen betteten, die sich in einem Gartenhaus befanden. Dies war etwas für unsere drei Mädchen. Man sah sie in voller Tätigkeit. Emmi hatte einen dicken einjährigen Buben auf dem Schoß und gab ihm die Flasche; Miezi mühte sich ab, ein kleines schreiendes Kind durch hellen Gesang zur Ruhe zu bringen; Nanni versuchte einen kleinen Blondkopf, der mit den Füßen strampelte, zum Gehen zu bewegen.

Josepha saß unter der Linde und hatte die größeren Kinder um sich: sie erzählte ihnen biblische Geschichten und erklärte sie. Als sie damit fertig war, sagte sie: „Nun wollen wir ein Lied singen."

Die Kleinen falteten die Händchen und stimmten an: „Weil ich Jesu Schäflein bin, freu' ich mich nur immerhin."

Das klang gar lieblich und schön. Dann wurde gespielt, woran sich alle Kinder beteiligten bis auf die Kleinsten; das war eine Lust und ein Vergnügen, aber müde wurde man davon.

Als die Frauen oder die ältesten Geschwister am Abend kamen und die Kinder abholten, fragte Josepha die drei Mädchen: „Nun, habt ihr's jetzt satt?“, worauf die Antwort erfolgte: „Noch lange nicht.“

Josepha freute sich, so treue Helferinnen gefunden zu haben, und erzählte ihnen, wie die Eltern so dankbar seien, daß sie die Kinder unter ihre Obhut nehme; nun brauchten sie sich nicht mehr zu sorgen, daß sie sich auf der Dorfstraße herumtrieben und dort Ungezogenheiten lernten oder zu Schaden kämen.

„Wie bist du zuerst darauf gekommen, dich der Kinder anzunehmen?“ fragte Emmi.

„Das will ich euch erzählen. Eine Mutter hatte drei kleine Kinder; ein fünfjähriges mußte ein dreijähriges und ein einjähriges hüten, während sie zu Felde ging. Da zog ein Gewitter herauf; die Frau, voll Angst, was die Kinder machen würden, eilt nach Hause und findet sie nirgends. Ein tüchtiger Regenschauer mit Blitz und Donner läßt sie immer ängstlicher nach den Kindern suchen. Endlich läßt der Regen nach, da sieht sie, wie unter einem großen leerstehenden Erntewagen ihre drei Kinder wohlbehütet sitzen. Sie zieht eins nach dem andern hervor; sie sind unversehrt und lächeln sie freundlich an, nicht ahnend, in welcher Gefahr sie geschwebt hatten. Diese Geschichte, die ich selbst miterlebt habe, lag mir immer im Sinn; ich bot der Frau an, mir, wenn sie nötige Arbeit habe, die Kinder zu bringen; da kamen bald andere, die um dieselbe Gefälligkeit baten. Nun ist es schon das zweite Jahr, daß ich die lieben Kleinen hüte während der

Erntezeit. Immer kann ich es ja nicht, deshalb will ich mir eine Kleinkinderlehrerin anstellen, und dann soll die Schule immer fortbestehen, Tag für Tag. Jetzt kann ich sie nur viermal in der Woche haben, da ich mir einige Nachmittage frei halten muß. Sonnabends und sonntags sind die Mütter zu Hause und können ihre Kinder selbst hüten. Ihr müßt nun nicht denken, daß ihr mir immer helfen müßt, wenn ihr keine Lust habt."

„Ja, wir helfen immer", riefen die Mädchen lebhaft; „wir tun es so gern."

Die Dorfleute aber sagten: „Unser Schloßfräulein ist ein Engel, es fehlen ihr nur die Flügel."

Viel konnten unsere Mädchen von Josepha lernen, von ihrer gleichmäßigen Freundlichkeit, ihrem fröhlichen Wesen, ihrer Selbstlosigkeit. Wie aufmerksam war sie gegen Tante Agnes, viel aufmerksamer, als sie es gegen Großmutter waren. Wie war sie darauf bedacht, den ihr anvertrauten Mädchen Freude zu machen. Die freien Nachmittage wurden benutzt zu Ausfahrten in der Umgebung, zu Waldpartien, zu Gondelfahrten. Oh, es war alles so köstlich und schön, und die Briefe, die die Mädchen nach Hause lieferten, atmeten eitel Lust und Freude. Aber das Schönste kam noch.

Der Besuch in Buchenau

An einem Sonnabend nachmittag schlug Josepha, die etwas anderes vorhatte, den Schwestern einen Spaziergang ins nahe Kirchdorf vor. „Das Schulhaus liegt so hübsch, macht dem Lehrer des Dorfes und seiner Frau einen kleinen Besuch und richtet einen Gruß von mir aus“, sagte sie.

Dieser Vorschlag wurde mit großer Bereitwilligkeit aufgenommen. Sie wanderten miteinander den hübschen, mit Obstbäumen bepflanzten Landweg, der von Tiefensee ins Kirchdorf führte, und kamen nach zwanzig Minuten etwa dort an. Sie gingen die Dorfstraße entlang bis zur Kirche hin, wo sich auch das Pfarrhaus befand. Dort waren sie schon gewesen mit Josepha; es wohnten so liebe alte Pfarrersleute darin, die sehr befreundet waren mit der Familie vom Schloß. Der Lehrer wohnte an der andern Seite der Kirche, in einem hübschen, mit Efeu umrankten Hause. An den kleinen blanken Fenstern stand blühender Goldlack, auch gab es brennend rote Pelargonien und schöne Nelken dort. In dem Vorgarten sah man saubere, mit Buchsbaum eingefaßte Beete, auf denen ein Blumenflor prangte, daß es eine Lust war. Die Mädchen blieben stehen und betrachteten die schönen Blumen.

Sie hatten nicht bemerkt, daß schon lange ein Mädchen ihres Alters vor der Tür gestanden hatte und sie die Dorfstraße hatte herunterkommen sehen. Als sie nun aufs Haus zusteuerten, stürzte das Kind in die Stube und rief aufgeregt: „Sie kommen!"

„Kommen sie wirklich?" fragte eine sauber gekleidete Frau in einem weißen Häubchen. Sie deckte schnell die Sonntagsdecke über den Sofatisch, glättete sich das Haar und rief in die andere Stube hinein: „Vater, sie kommen!"

„Kommen sie wirklich?" sagte der alte Lehrer, der an seinem Schreibpult saß und schrieb. „Mutter, gib mir meinen schwarzen Rock und hole von deinem schönen Honig; hole alles, was du hast."

Die Mutter trippelte davon, ging aber zunächst an die Haustür, wo die drei Mädchen unschlüssig standen und nicht wußten, ob sie nähertreten sollten oder nicht. „Wollen die drei Fräuleins uns nicht die Ehre erweisen?" sagte die Frau mit einem tiefen Knicks.

„Wenn Sie es erlauben", sagten die Mädchen, ebenfalls knicksend.

„Oh, wie gern", war die Antwort. „Kommen Sie doch herein; Annchen hat schon immer darauf gewartet, daß Sie kommen sollten."

Annchen stand verlegen am Fenster, wurde aber ganz rot vor Freude, als nun endlich der ersehnte Augenblick gekommen war, daß sie Emmi, Nanni und Miezi, von denen sie schon so viel gehört hatte aus den Briefen ihres Bruders, ganz in der Nähe, in ihrem eigenen Haus, sehen sollte.

„Setzen Sie sich aufs Sofa, bitte, meine kleinen

Fräuleins; ich bringe eine Tasse Kaffee und frischen Honig dazu."

Die Mädchen sahen sich an und wußten gar nicht, wem sie diesen freundlichen Empfang zu danken hatten. Nun kam der alte Lehrer in seinem schwarzen Sonntagsrock und begrüßte sie. „Wer ist nun Emmi?" sagte er lächelnd, „und wer Nanni und Miezi?"

Woher wußte er nur so genau ihre Namen?

„Sie sind so gut gegen meinen Georg", sagte der alte Mann, „wir können es Ihnen nie genug danken. Wir wissen recht gut, daß er durch Sie in Ihr Haus gekommen ist, wo er sich so sehr wohl fühlt."

„Ja, so sehr wohl", bestätigte Frau Koch; „welche Erleichterung ist es für uns, er kostet uns nicht halb so viel."

Jetzt war das Staunen über die Mädchen gekommen. „Unser – unser Herr Koch – ist wohl Ihr Sohn?"

„Natürlich", war die Antwort, „er hat uns geschrieben, daß Sie auf dem Schloß in Tiefensee wären; seitdem hat Annchen jeden Tag aufgepaßt, ob sie Sie wohl sehen würde, und ob Sie uns wohl besuchen würden."

„Ja, wir wußten es gar nicht, daß dies Buchenau sei", rief Emmi, „warum hat uns Herr Koch nicht gesagt, daß seine Eltern hier wohnten?"

„Er hat erst am letzten Tag von Ihrer Reise gehört", sagte Frau Koch entschuldigend, indem sie den Kaffeetisch deckte.

„Er wollte auch nicht aufdringlich sein."

„Ach nein, er ist so sehr bescheiden", sagte Miezi, die immer für ihn eintrat. „Wir haben ihn alle so gern, viel lieber als den wirklichen Herrn Koch, der Vikar bei Vater ist."

„Es freut mich, es freut mich", sagte seine Mutter; „er ist auch ein guter Junge, der Georg."

„Nur so furchtbar hager", fügte Miezi mitleidig hinzu.

„Aber ein wenig dicker wird er schon", schaltete Nanni ein; „das machen die guten Freitische, die Großmutter ihm verschafft hat."

„Ach, die liebe Großmutter, mein Sohn verehrt sie aufs höchste, wenn ich ihr nur einmal eine rechte Freude machen könnte."

„Warten Sie, Honig ißt sie sehr gern", riet Nanni.

„Gut, sie soll eine große Büchse mit Honig haben; aber nun essen Sie auch, meine lieben Fräuleinchen, essen Sie auch; ich freue mich ja so, wenn es Ihnen schmeckt." Die alten Leute wußten gar nicht, was sie ihnen alles zulieb tun sollten. „Auf dem Schloß ist freilich alles viel schöner und besser, bei uns ist es nur sehr einfach. Die Schulstelle ist nur klein, und das Studieren kostet viel Geld, aber der Georg war so sehr klug, da riet uns der Pfarrer selbst, ihn studieren zu lassen."

„Er ist auch sehr fleißig", bemerkte Miezi.

„Jetzt wird es uns ja sehr erleichtert, weil Georg bei Ihnen wohnt und die schönen Freitische hat. Ich habe mir immer gewünscht, ich könnte einmal zu

Ihnen kommen und der Großmutter und auch dem Herrn Vater danken, aber die Reise ist zu weit und zu teuer."

So plauderte die Alte, während die Mädchen sich das schöne Landbrot mit dem Honig wohlschmekken ließen. Der alte Herr brachte eine schöne Bilderbibel und Photographien, um den Besuch zu unterhalten, bis dieser erklärte, sie müßten zurück, Fräulein von Langen erwarte sie.

„Nur unsere weißen Täubchen müssen wir noch zeigen, nicht wahr, Vater?"

„O wie reizend, solche Täubchen haben wir uns immer gewünscht, wie wunderhübsch, wie entzükkend!"

„Sie bekommen welche! Wenn Sie abreisen, gebe ich sie Ihnen mit."

„Nein, Mutter, wir geben sie Georg mit, für die kleinen Fräuleins ist es zu lästig. Georg kommt ja, wenn das Semester zu Ende ist."

„Aber zum Herbst muß er wieder bei uns wohnen."

„Wenn er Ihnen nicht lästig wird", sagte Frau Koch.

„Nein, im Gegenteil", sagte Emmi höflich, „er ist uns sehr angenehm."

Sie nahmen Abschied mit dem Versprechen, bald wiederzukommen.

„O Josepha, was wir erlebt haben!" riefen alle wieder zu gleicher Zeit und erzählten nun mit Feuer und Eifer, daß sie Herrn Kochs Eltern kennengelernt hätten, und wie freundlich sie aufgenommen worden seien.

„Ich dachte es mir schon“, lachte Josepha.

„Wußtest du es?“

„Nun ja, ich wußte, daß Kantors einen Sohn haben, der studiert. Daß er bei euch wohnt, habe ich erst gestern erfahren, darum schickte ich euch heute hin.“

Am nächsten Morgen ging Josepha, während die Mädchen bei Tante Agnes blieben, in die Pfarre. Die alten Leutchen saßen miteinander in der Weinlaube beim Abendbrot.

„Lassen Sie sich nicht stören; ich wollte nur gratulieren“, sagte Josepha.

„Danke, danke, mein liebes gnädiges Fräulein“, sagte der Pfarrer.

„Nicht so, Herr Pfarrer, für Sie bleibe ich immer Josepha. Sie haben mich ja konfirmiert. Ist Albrecht – wollte sagen Herr Professor – schon auf der Reise?“

„Ja, gestern ist unser Sohn abgereist nach Italien in Begleitung zweier Freunde. Wir gönnen ihm diese Erholung nach der anstrengenden Arbeit. Aber es ist ja alles wohlgelungen und die Ernennung zum Professor ist vor acht Tagen erfolgt.“

„Kommt er noch zu Ihnen in diesem Jahr?“

„Vor Weihnachten wohl nicht, aber dann gewiß.“

„Dann gewiß“, wiederholte Josepha, als sie langsam nach Hause ging. Warum kam er nie mehr im Sommer, wenn sie auf dem Gut waren? Sie hatten sich immer so gut verstanden, sie hatte hoch aufgesehen zu dem klugen, geistreichen Mann, der noch so jung war und schon so bedeutend. Wie schade, daß er nicht kam, sie hätte ihm so gerne selbst gratuliert zu seiner neuen Würde.

Die Mädchen saßen mit Tante Agnes im Mondschein auf der Terrasse und warteten mit Sehnsucht auf Josepha. Sie eilten ihr entgegen, umschlangen sie und baten stürmisch um eine Gondelfahrt auf dem Wasser im Mondschein. Josepha hatte es immer versprochen und war freundlich bereit, ihr Versprechen zu erfüllen.

Sie meinten beim Schlafengehen, ein Tag sei immer schöner als der andere; sie wünschten, die Ferien möchten gar kein Ende nehmen.

Fahrtunterbrechung

Aber sie nahmen ein Ende, wie alles in der Welt. Als Emmi, Nanni und Miezi Abschied genommen hatten und wieder in der Bahn saßen, da erwachte auch die Freude an der Heimat, auf Großmutter, Vater und Geschwister. Lang war die Fahrt, doch sie waren am frühen Morgen abgereist und konnten nachmittags daheim sein.

Bei der Station Beckedorf rief eine bekannte Stimme, nachdem der Schaffner die Tür geöffnet hatte: „Halt, hier wird ausgestiegen!"

Philipp stand vor den erstaunten Mädchen und verkündigte ihnen, sie wären alle, außer Vater und Röschen, beim Herrn Pfarrer, die Mädchen sollten auch hinkommen, mit dem Abendzug würde nach Hause gefahren. Eine neue freudige Überraschung; nur Philipp war wenig freudig überrascht durch die Menge von Handgepäck, das die Schwestern mit sich führten. Da gab es Schachteln und Hüte, Honigbüchsen, Tüten und Schirme.

„Beinahe hätten wir noch zwei lebendige weiße Tauben mitgebracht, aber die soll Georg – nein, Herr Koch – mitbringen."

„Das hätte noch gefehlt", brummte Philipp, der sich von den Schwestern die Arme vollpacken ließ. „Hört", sagte er, „wir lassen alles beim Pförtner und gehen anständig durch die Stadt."

„Aber der Honig", sagte Miezi ängstlich.

„Denkst du, daß er die Büchse aufmacht und daran leckt?“ Mit diesen Worten verschwand er mit sämtlichem Gepäck und kam frei und unbeladen wieder. „So, nun kommt, ihr Schwestern, und erzählt.“

Dieser letzten Aufforderung kamen sie in reichem Maße nach, Philipp mußte nur immer wieder bitten, daß sie nicht alle drei auf einmal sprechen möchten.

Herr Pfarrer war mit Großmutter und den drei Kleinen im Garten. Das gab ein frohes Wiedersehen, Großmütterchen sagte immer wieder, wie sie sich freue, ihre drei lustigen Mädchen wiederzuhaben. Diese hatten sich gleich der kleinen Schwestern bemächtigt, jede nahm eine derselben auf den Schoß und erzählte ihr, was sie ihr mitgebracht habe, und wie sie morgen beim Auspacken des großen Koffers alle drei helfen sollten. Das interessierte die Kleinen so, daß sie wünschten, sofort nach Hause zu fahren; das Warten bis zum andern Morgen schien ihnen eine Ewigkeit.

„Macht mir die Kleinen nicht abspenstig“, sagte der Pfarrer. „Wir gehen jetzt hinein und sehen uns schöne Bilder an, während Großmutter zu Frau von Wrede geht.“

„Sollen wir dich begleiten, Großmutter?“

„Nein, ich gehe allein, ich bringe Martin und Mariechen mit.“

Frau Elsner ging allein, diesmal den wohlbekannten Weg durch die Stadt. Vieles hatte sich verändert, viele neue Häuser waren an die Stelle der alten getreten, aber manches Alte war noch vorhanden. Ob sie wohl noch einige von den Bewohnern des Ortes kennen würde? Langsam wanderte sie die Hauptstraße entlang. Dort war noch das alte Eckhaus mit dem Giebel nach der Straße, wo der Kaufmann Teichert wohnte. Die Firma war noch dieselbe, aber ein neues Schild war da, in vergoldeten Buchstaben prangte das „J. F. Teichert und Sohn". Es war ein Tuch- und Kurzwarengeschäft; einige Kleinigkeiten mußte Großmutter hier kaufen, schon um der Erinnerung willen. Wie oft war sie vom Mütterchen in diesen Laden geschickt worden, um Zwirn, Wolle, Steck- und Nähnadeln zu kaufen. Gewöhnlich bekam sie vom freundlichen alten Herrn etwas zu: bunte Wolle oder Kattunreste, woraus die schönsten Puppenkleider gefertigt wurden. Der alte Teichert war natürlich längst tot, sein Sohn war ungefähr in ihrem Alter gewesen, der konnte also noch leben, von der jüngeren Generation wußte sie nichts.

Als sie den Laden betrat, stand eine allerliebste junge Frau hinter dem Ladentisch; an der andern Seite, wo die Kleiderstoffe verkauft wurden, stand ein Lehrling; in dem angrenzenden Kontor, dessen Tür offen war, saß der Herr des Geschäftes und schrieb.

Frau Elsner verlangte etwas Strickwolle. Die junge Frau holte das Gewünschte, knüpfte aber, von Neugierde getrieben, sogleich ein Gespräch mit der alten Dame an, die, wie sie genau wußte, nicht im Städtchen wohnte, sondern eine Fremde war.

„Sie sind nicht von hier", sagte sie, „man hört es gleich an der Sprache."

„Das ist möglich", sagte Frau Elsner, „ich habe lange im Ausland gelebt. Sagen Sie doch, wer wohnt dort in dem großen grauen Hause schräg gegenüber? Es macht mit seinen verschlossenen Läden einen toten Eindruck."

„Das Haus gehört dem reichsten, aber auch dem geizigsten Manne der Stadt, dem Herrn Goldewein." Sie erzählte nun der Großmutter allerlei, was wir bereits wissen, und fügte hinzu: „Der alte Großvater meines Mannes, der vor etlichen Jahren gestorben ist, wollte wissen, daß der alte Geizhals eine Schwester gehabt habe, die er mit ihrem Verlobten aus dem Hause getrieben, ohne ihr einen Pfennig zur Aussteuer zu geben – aber, ob es wahr ist? Die Leute reden viel, und übertrieben wird auch. Wahr ist aber, daß er seine Tochter, die Frau Hauptmann, schlecht behandelt, ihr und ihren Kindern nichts gönnt. Ja", fuhr sie fort, „er gönnt sich ja selbst nichts, nicht einmal die frische Luft. Man sieht ihn fast nie auf der Straße, er soll ja aber mitunter in seinem großen Garten herumspazieren –"

„Ich denke, er hat das Haus verkauft."

„Behüte, das gehört ihm, er wohnt nur nicht darin, damit die Leute ihn nicht für reich halten sollen und ihn anbetteln."

„Der arme Mann", sagte die Großmutter.

„Ja, wirklich arm, das sage ich auch, was nützt ihm und andern das Geld, wenn er es so festhält."

Inzwischen war die Wolle eingewickelt und bezahlt. Frau Elsner wollte eben den Laden verlassen, als eine Kuckucksuhr aus dem Kontor die vierte Stunde rief. Da rief Großmutter überwältigt aus: „Was, die alte, gute Uhr lebt auch noch!"

Die Frau sah sie verwundert an. „Ja, die Uhr ist sehr alt, noch von unsern Großeltern her; aber woher kennen Sie sie?"

„Ich war früher schon einmal in diesem Laden", war die Antwort. „Zufällig ist jetzt der neue Pfarrer ein Bekannter von mir, darum komme ich öfter hierher."

Das war ein Anhalt. Frau Teichert kannte die alte Frau Meier, die beim Herrn Pfarrer die Aufwartung hatte, von dieser konnte sie leicht erfahren, wer die alte freundliche Dame sei.

Frau Elsner ging gedankenvoll weiter. Jetzt stand sie dem alten Hause gegenüber. Welche Gedanken erweckte es in ihr! Wie oft hatte sie auf den Stufen vor der Haustür gesessen und ihrem Gegenüber im kleinen Häuschen, „Schuhmachers Kathrine", gewinkt, daß sie kommen möchte und mit ihr spielen im großen, schönen Garten. Sie sah sich nach dem Häuschen um.

Da saß auf der Bank ein Mütterchen mit grauem Haar, das strickte. Unwillkürlich nickte sie ihr zu, so daß diese sagte: „Sie sind wohl müde, Frau, wollen Sie sich ein wenig mit hersetzen?"

Sie rückte ein Stück weiter auf der Bank, als ob sie Platz machen wollte, aber Frau Elsner sagte: „Danke schön, Mütterchen, ich muß weitergehen."

Das Mütterchen stutzte, es war ihr, als ob sich beim Klang der Stimme irgend etwas in ihrem Innern rührte, sie wußte aber nicht was.

Großmutter aber wußte jetzt ganz genau, daß sie Katharine vor sich hatte; sie hätte am liebsten ihren Namen gerufen, doch es war besser, sie blieb unerkannt und verschollen.

Sie sah wieder nach dem alten Hause hinüber, da bemerkte sie, daß unten im Parterre ein Laden halb geöffnet war und daß jemand am Fenster stand, der sie scharf zu beobachten schien. Sobald sie aber die Person näher ins Auge faßte, wurde der Laden wieder geschlossen.

„Das war er!" seufzte sie. Sollte sie zu ihm gehen und sich zu erkennen geben? Sie wollte es auf einen Versuch ankommen lassen, erst aber sehen, wie es Frau von Wrede ging. Sie fand diese mit den Kindern im Hof unter einem Walnußbaum sitzend. Das Mariechen strickte, während Martin der Mutter und ihr vorlas. Ein Bild des Friedens, während das düstere, geschlossene Haus und der alte, finstere Mann hinter dem halb geöffneten Laden ihr wie ein Bild des Unfriedens, der Ruhelosigkeit erschien.

„Hier gefällt mir's besser als vorn, meine liebe Frau von Wrede, lassen Sie mich auch ein Weilchen unter dem guten alten Walnußbaum sitzen. Wie oft!

Nachher wollte ich Sie und die Kinder mit mir in die Pfarre nehmen."

„Sind Sie dort heute zum Besuch?" fragte Frau von Wrede sanft.

„Ich bin nicht allein, alle meine Kinder, bis auf Röschen, die beim Vater bleiben mußte, sind dort; es herrscht Leben und Frohsinn bei unserm lieben Bruger, nur Sie und die Kinder fehlen; ich komme, Sie zu holen."

Frau von Wrede schüttelte den Kopf. „Mein Vater würde sehr ungehalten sein, wenn ich fortginge; ich muß hier Aufsicht führen."

„Sie können ja zuschließen, dann kann niemand herein."

Frau von Wrede schüttelte den Kopf. „Lassen Sie mich hier", bat sie, „nehmen Sie die Kinder mit."

„Wir haben es uns heute einmal in den Kopf gesetzt, daß Sie mit uns ein Stündchen im Pfarrgarten sitzen sollen. Ich will hineingehen und Ihrem Vater sagen, daß er Ihnen Urlaub gibt." Mit diesen Worten schickte sie sich an, ins Haus zu gehen.

Angstvoll folgte Frau von Wrede ihr. „Bitte, tun Sie es nicht, liebe Frau – wie ist doch Ihr werter Name?"

„Elsner."

„Bleiben Sie hier, Frau Elsner, er ist heute in sehr übler Laune. Das ist er immer, wenn er ins große Haus hinübergeht."

„Ist denn das kleine mit dem großen verbunden?" fragte Frau Elsner verwundert; sie wollte hinzusetzen: das war früher nicht, besann sich aber rechtzeitig.

„Mein Vater hat die Verbindung herstellen lassen durch eine Tapetentür, die er aber nur für sich benutzt. Ich weiß es erst seit kurzer Zeit, da ich zufällig dazu kam, als er dabei war, einen kleinen Schrank, der gewöhnlich davorsteht, beiseitezuschieben."

Die Großmutter schüttelte den Kopf und schwieg. Nach einer Weile sagte sie: „Ich sehe, daß Sie mich nicht gern zu Ihrem Vater lassen, obwohl ich mich nicht vor seinem Zorn fürchte, gehen Sie selbst und sagen Sie ihm: Frau Therese Elsner sei hier und lasse bitten, daß er Sie und die Kinder diesen Nachmittag beurlaube zu einem Besuch in der Pfarre."

Da Frau von Wrede sah, daß Frau Elsner ihre Begleitung sehr zu wünschen schien, ging sie zögernden Schrittes, in der festen Zuversicht, abschlägige Antwort und eine Portion Schelte zu bekommen.

Aber siehe, der Herr Goldewein, der bereits wieder in seinem gewöhnlichen Wohnzimmer saß, rief, als die Tochter die Bestellung ausrichtete: „Ja, ja, geht nur, schließt aber sicher zu und kommt nicht zu spät wieder."

„Wunderbar", äußerte Frau von Wrede, „daß mein Vater so schnell und willig seine Erlaubnis gab, ich hätte es heute nicht erwartet."

Die beiden gingen nun miteinander. Die alte

Kathrine saß noch vor der Tür und sah ihnen nach.

„Wer kann nur die alte Dame sein“, murmelte sie. „Es ist mir, als müßte ich einmal jemand gekannt haben, der ihr ähnlich sah. Nein, nein, ich bring's doch nicht heraus, es ist nichts damit.“

Martin und Mariechen schritten froh hinter den Damen her.

„Siehst du, Mariechen, nun kommst du auch einmal in den schönen Pfarrgarten; du hast es dir immer gewünscht“, sagte der Knabe zum Schwesterchen.

Der junge Pfarrer und seine Aufwärterin liefen hin und her; sie konnten sich gar nicht genug tun, um es dem Besuch angenehm zu machen. Emmi, Nanni und Miezi waren heute recht ruhig und gesetzt; es mochte wohl etwas Reisemüdigkeit sein. Und doch war das Interesse groß für Herrn Pfarrers Haus und Garten. Bruger erklärte, diesen Besuch rechne er nur für einen halben; sie müßten bald mit der Großmama wiederkommen.

Als der Tag zur Neige ging und die alte Dame mit allen ihren Küchlein glücklich im Dampfwagen saß, war sie froh; es hatte noch manche Unruhe gegeben, bevor das umfangreiche Handgepäck der drei Reisenden sicher untergebracht war.

Herr Goldewein hatte aufgeatmet, als er die Tür hinter sich schließen hörte. Er war froh, daß das Gesicht, welches ihn seit einiger Zeit verfolgte, glücklich wieder seinen Augen entschwunden war. Es wurde ihm immer mehr zur Gewißheit, daß seine Schwester noch lebte und daß er sie wirklich gesehen hatte.

„Frau Therese Elsner“ – so hatte seine Tochter gesagt.

„Therese“ hieß seine Schwester, den Namen des Mannes, der sie damals hatte heiraten wollen, hatte er vergessen. Er öffnete seinen Sekretär und wühlte in einem verborgenen Fach zwischen alten, vergilbten Papieren. Jetzt hatte er etwas, das ihm Aufschluß geben konnte, ihre Verlobungsanzeige. Therese Meder – ihres Vaters Name und Philipp Elsner – Verlobte. Da hatte er es schwarz auf weiß. Also Frau Therese Elsner – es konnte kein Zweifel sein. Sie war alt und grau geworden, aber immer noch eine schlanke, stattliche Erscheinung. Sie mußte ihrem Ansehen nach in ganz guten Verhältnissen leben, er hätte doch wissen mögen, wo und wie? Ob sie sich wohl seiner Tochter zu erkennen gab? Dieser hatte er ja nie von einer Schwester gesagt, ebensowenig wie seiner Frau, mit der er sich bald nach seiner Schwester Fortgang verlobt hatte.

Unruhig ging er in seinem Zimmer auf und ab, ärgerlich stampfte er mit dem Fuß auf.

„Dumme Geschichte, das fehlte noch. Sie darf nicht wieder ins Haus kommen. Schickt mir am Ende noch Advokaten und Gerichtspersonen auf den Hals. Das Geld gebe ich nicht heraus.“

Dabei griff er in seine Tasche und fühlte, ob der Schlüssel zum Geldschrank auch noch wohlverwahrt darin steckte.

Am Abend fragte er seine Tochter, wer die alte Dame sei, die hier seit einiger Zeit ins Haus komme, ob sie hier wohne und was sie hier wolle. Frau von Wrede berichtete, daß ihr Schwiegersohn Oberpfarrer in der Residenz sei, und sie, da die einzige Tochter gestorben, ihre Enkelkinder erziehe. Weiter wisse sie auch nichts von ihr.

Ob sie ihr denn nicht erzählt habe, wo sie her sei, wer ihre Eltern gewesen und so weiter.

„Ihre Eltern?" wiederholte Frau von Wrede befremdet. „Danach habe ich sie allerdings noch nicht gefragt; ich weiß nur, daß sie lange in Holland gelebt hat und ihr Mann dort gestorben ist. Sie ist überdies erst heute zum zweitenmal hier gewesen."

„Und ich wünsche, zum letztenmal", rief Herr Goldewein, wesentlich beruhigt. „Ich habe dir ein für allemal gesagt, daß ich den vielen Besuch nicht dulde. Du wirst dich hoffentlich meinen Wünschen fügen, da du weißt, daß ich ganz für dich und deine Kinder sorgen muß."

Frau von Wrede seufzte. Viel kostete es allerdings den Vater nicht, daß er sie da hatte. Hätte er eine fremde Wirtschafterin, welcher er Gehalt zahlen müßte, würde ihn der Haushalt teurer zu stehen kommen. Sie seufzte und schwieg; es war das Beste, was sie tun konnte. Als der Vater sich zurückgezogen hatte, schrieb sie an Meta. Sie erzählte von dem sonnigen Nachmittag im Pfarrgarten, von der liebenswürdigen Frau Elsner und deren Enkeln, von Martins lateinischen Stunden beim Herrn Pfarrer, und unter dem Schreiben vergaß sie das Schwere ihrer Lage und empfand, wieviel Grund sie immer noch hatte, dankbar zu sein für alles Gute, das der Herr ihr gegeben.

Im Herbst

Nun war es Herbst geworden. Großmutter und die Kinder waren am Grab der Mutter und schmückten es mit Blumen. Die Kleinen sprangen vergnügt zwischen den Gräbern herum, für sie hatte der Tod nichts Trauriges; Mütterchen war droben beim Heiland, wo sie es sehr gut hatte. Sie empfanden die Lücke nicht mehr, weil sie eine treue Großmutter hatten, die für sie sorgte, und eine große Schwester, die sie liebhatte. Die drei größeren Mädchen standen ernst neben der Großmutter am Grabe; sie fühlten den Verlust schon mehr, obwohl auch sie es eher verschmerzt hatten als Röschen, die mit einem Arm die Großmutter umschlungen hatte und mit der andern die Augen bedeckte, die voll Tränen standen.

„Ja, mein liebes Kind, wir beide haben außer dem Vater am meisten verloren “, sagte Frau Elsner, „und doch müssen wir Gott danken, daß er uns beide frisch und kräftig erhalten hat, daß wir die Pflichten, die er seit der Mutter Tod auf uns gelegt hat, erfüllen konnten. Nun wollen wir fröhlich weiter pilgern an der Hand dessen, der gesagt hat: ‚Siehe, ich bin bei euch alle Tage bis an der Welt Ende.‘“ Dann wandte sie sich an Emmi, Nanni und Miezi, die das Grab vom Unkraut befreiten und die selbstgewundenen Kränze darauf legten. „Und ihr drei werdet auch immer mehr an eure Pflichten denken und es eurer Großmutter erleichtern, wo ihr könnt. Es wird eine Zeit kommen, wo die Schwächen und Gebrechen des Alters eintreten, wo ihr vielleicht nichts mehr von Großmutter erwarten dürft, sondern sie eure Hilfe wird in Anspruch nehmen müssen, wie dann?"

Alle drei stürzten auf Frau Elsner zu und wollten sie schier erdrücken mit ihren Liebkosungen.

„Oh, wenn du doch heute noch krank würdest, Großmütterchen", rief Miezi, „wie wollte ich dich pflegen! Die schönsten, weichsten Kissen legte ich dir unter den Kopf und wollte immer bei dir sitzen und dir schöne Geschichten vorlesen."

„Gott verhüte, daß dieser Fall bald eintritt, aber ich freue mich, daß ich so gute Pflegerinnen in Aussicht habe."

„Wir wollen dich auch pflegen, Großmütterchen", riefen die Kleinen.

Sie schmiegten sich an Frau Elsner, so daß diese sagte: „Nun lauft nur, ihr reißt mich ja um."

Im Herzen aber fühlte sie reiche und tiefe Befriedigung; sie wußte, sie hatte noch einen Beruf auf Erden, und es waren viele kleine Herzen da, die sie liebhatten.

Am Nachmittage, als der Vater mit Philipp nach dem Gottesacker gegangen war, saß Frau Elsner mit Röschen in der Veranda, während die Kinder im Garten spielten. Sie sprachen von diesem und jenem, wie sie sich freuten, daß Thea ihre Gesundheit wiedererlangt habe, daß ihr Beruf ihr Freude mache und die alte Frau Dr. Ernst sich so zufrieden über ihre Leistungen ausgesprochen habe. Auch die andern Töchter der Frau von Immenhoff fühlten sich glücklich in ihrem Beruf, die beiden Jüngsten lernten noch und bereiteten sich vor. Meta war augenblicklich in Beckedorf, um ihre Herbstferien dort zu verleben, Röschen bedauerte, sie gestern auf der Durchreise nicht gesehen zu haben.

„Ich möchte mit dir, ehe der Winter kommt, noch einmal nach Beckedorf; Frau von Wrede hat mir freilich gesagt, daß mein Besuch dort nicht erwünscht ist, aber es zieht mich immer in die alte Heimat. Du bist die einzige, mit der ich darüber sprechen kann. Willst du mit und deine Meta besuchen?"

„Wie gerne, liebe Großmutter!"

Die Familie erhob einen Sturm, als es eines Tages hieß: Großmutter wolle mit Röschen nach Beckedorf. Sie meinten nicht anders, als daß sie alle mitgehen müßten.

„Emmi, Nanni und Miezi haben viel Vergnügen in den Sommerferien gehabt, sie bleiben hübsch zu Hause und werden gut haushalten. Aber", fuhr die Großmutter fort, und erhob drohend den Finger, „es werden keine Extraarbeiten vorgenommen. Ihr beaufsichtigt die kleinen Geschwister und vergeßt nicht den Kaffee für den Vater."

Das Wetter war nicht besonders schön, aber Großmutter meinte, sie wollten nur fahren, es regne ja nicht, und den Wind könne sie vertragen.

„Du tust es nur mir zuliebe, Großmütterchen, damit ich Meta sehen soll."

„Ja, mein liebes Kind, nächste Woche ist sie nicht mehr da, und du weißt, daß ich selbst nur zu gerne nach Beckedorf gehe."

Röschen hatte aber doch Sorge, da das Stück vom Bahnhof zu Wredes ziemlich weit war. Frau Elsner meinte, sie würden geschützter gehen, wenn sie den Weg unten am Bach wählen würden. Aber auch hier hauste der Wind arg und trieb die Blätter von den Bäumen.

„Es wird Herbst", sagte Großmutter, „wir hätten gut getan, wir hätten Philipp als Stütze mitgenommen; sein Arm ist kräftig, er führt sicher!"

„Versuche es doch mit mir, liebe Großmutter, ich bin wirklich kräftiger als du denkst; siehst du so – es geht ganz gut. Hier unten ist es geschützter, man hört es nur rauschen in den Bäumen. Was wird Meta sagen, wenn wir heute kommen, und wie werden wir es finden?"

„Im Garten werden wir natürlich niemand finden bei dem rauhen Wetter, wir wollen nur gleich mutig ins Haus gehen."

Großmutter stand oft still, um Atem zu schöpfen; es ging eben nicht mehr so leicht wie vor vierzig oder fünfzig Jahren. Da flog sie dahin wie ein Pfeil, die Gräben wurden übersprungen.

Die alten Bäume hinter der grauen Mauer nickten ihr so bekannt zu, als wollten sie sagen: „Komm nur wieder, es ist Zeit."

Sie sah nach dem verschlossenen Pförtchen in der Mauer, es war ihr, als müßte es sich öffnen und sie hindurchschlüpfen.

In dem kleinen Garten nebenan blühten Georginen und Astern und andere Herbstblumen. Der Wind jagte auch hier die gelben Blätter in den Wegen zusammen, und die Zweige in den alten Kastanienbäumen knackten und schwankten hin und her. Sonst war auf dem Hofe alles still, kein menschliches Wesen ließ sich hören. Sie gingen in das Haus.

Beim Geräusch ihrer Tritte wurde die Tür geöffnet; Frau von Wrede stieß einen Ruf der Überraschung aus. „Liebe Frau Elsner, in diesem stürmischen Wetter hätte ich Sie nicht erwartet!"

„Sie haben mich überhaupt nicht erwartet, da Sie mir gesagt haben, daß mein Besuch hier nicht erwünscht ist. Aber Röschen hatte große Sehnsucht nach Meta, allein wollte ich sie nicht gehen lassen, so habe ich sie begleitet. Wir wollen uns nur zwei Stunden aufhalten, nicht wahr, es ist erlaubt?"

„Gewiß! Ich freue mich unbeschreiblich, wenn ich mit Ihnen zusammen sein kann und mein Vater – wird es vielleicht heute gar nicht merken. Er klagte über Unwohlsein und Schwindel und wollte sich hinlegen."

Frau Elsner mußte ihre Sachen ablegen und sich auf das Sofa setzen, während Röschen nach oben geschickt wurde, wo Meta in ihrem Stübchen saß und schrieb. Mariechen war bei ihr und spielte mit ihrer Puppe, während Martin eine Besorgung in der Stadt machte.

Frau von Wrede erzählte der Großmutter halblaut, daß sie es sehr schwer habe; der Vater sei in letzter Zeit so verdrießlich und übellaunig gewesen; ob es ihm nicht passe, daß Meta zum Besuch sei, sie wisse es nicht, aber etwas müsse sie doch auch von ihrer ältesten Tochter haben.

„Vielleicht liegt ein körperliches Leiden zugrunde“, sagte Frau Elsner besorgt. „Sie meinten vorhin, daß er schlecht aussähe und daß auch sein Appetit zu wünschen übrig lasse.“

„Ja und nicht das allein; er ist auch ruhelos. Ich höre ihn oft in der Nacht umherwandern und Namen nennen.“

„Welche Namen könnten das sein?“

„Man versteht es nicht genau, obwohl die Wand, die uns trennt, sehr dünn ist. Einmal glaubte ich deutlich den Namen ‚Therese‘ zu hören, doch kann ich mich auch geirrt haben.“

Frau Elsner wurde unruhig. Sollte der Bruder sie erkannt haben? Sollte sich wohl in seinem Herzen etwas regen von Reue und Gewissensbissen?

„Eigentlich hat meinem Vater nie etwas gefehlt, so lange ich denken kann“, fuhr Frau von Wrede fort. „Anders war es mit der Mutter, die viel kränkelte. Aber sie war so sanft, so gut, so wohltätig gegen die Armen“, und nun erging sie sich in Erinnerungen an die Heimgegangene, zumal sie merkte, mit welchem Interesse Frau Elsner ihr zuhörte.

Plötzlich hörten sie einen dumpfen Fall, so daß sie erschreckt auffuhren. Dann war alles still.

„Dort ist etwas passiert", sagte Frau von Wrede und eilte in das Zimmer ihres Vaters.

Frau Elsner zögerte noch, aber da Frau von Wrede nicht wiederkam, ging sie ihr nach. Die vordere Stube war leer, aber aus der daranstoßenden kam ein gurgelnder Laut und nun erschien Frau von Wrede todesbleich auf der Schwelle und winkte. Reden konnte sie nicht; sie war wie gelähmt vom Schreck.

Der alte Herr lag auf der Erde vor einem geöffneten Schrank: er war vom Schlage getroffen, aber nicht tödlich. Die beiden Frauen hoben ihn auf und legten ihn auf das nahe Bett. Dann lief Frau von Wrede nach oben und bat die erschreckten Mädchen, schnell den Arzt zu holen. Frau Elsner stand allein neben dem todkranken Bruder, er schien sie nicht zu kennen.

Als der Arzt kam, verließ sie das Zimmer und suchte die weinende Meta zu beruhigen.

„Es steht alles in Gottes Hand", sagte sie, „er macht es, wie es ihm wohlgefällt."

Dann wandte sie sich an Röschen, sagte ihr, sie möge allein zurückfahren und daheim alles gut versorgen, ihr Platz sei jetzt hier, sie könne und dürfe Frau von Wrede diese Nacht nicht alleinlassen. Röschen begriff es vollständig, Meta dagegen wollte Umstände machen und bat Frau Elsner, sich ihres Großvaters wegen nicht zu bemühen; es sei gewiß jemand in der Nähe, der gerufen werden könne, um die Nacht mit der Mutter zu wachen.

Die Großmutter beharrte jedoch bei ihrem Entschluß; sie wäre jetzt um keinen Preis vom Lager ihres Bruders gewichen. Liebe zu geben und Liebe zu üben, das war ihre Lebensaufgabe gewesen; nun konnte sie vielleicht auch einem Sterbenden versöhnende Liebe entgegenbringen. „Röschen, nimm das kleine Mariechen mit. Wo so viele Kinder sind, kommt es auf eins mehr oder weniger nicht an. Hier ist das arme Kind verlassen und hat traurige Eindrücke."

Das Kind sah Frau Elsner dankbar an, auch Meta war damit einverstanden und ging, ihre kleine Schwester mit dem Nötigen zu versehen.

„Den Martin können wir als kleinen Boten hierbehalten, wird er nicht gebraucht, kann er zu Pastor Bruger gehen." Die Großmutter sagte alles mit ruhiger Überlegung; als sie den Namen Bruger aussprach, kam ihr noch ein Gedanke. „Ihr Mädchen kommt, wenn ihr an den Bahnhof geht, am Pfarrhause vorüber, bittet den Herrn Pfarrer, heute abend hier einzusehen, wir bedürfen seines Rats und des Trostes."

Die Mädchen gingen, Frau Elsner war allein. Sie bedurfte einige Minuten der Ruhe und Sammlung. Sie bat Gott, ihr die rechten Worte in den Mund zu legen, wenn das Bewußtsein wiederkehren sollte, wenn es eine Erkennung zwischen ihr und dem Bruder geben würde.

Der Arzt sah sehr bedenklich aus, als er aus dem Krankenzimmer kam. Er verschrieb verschiedene Rezepte, die Martin in die Apotheke tragen mußte.

Die Mädchen waren inzwischen gegangen, um ihren Auftrag auszurichten. Der Pfarrer kam gerade aus seiner Haustür, um einen Kranken zu besuchen. Er war sehr betroffen über das, was Röschen ihm sagte, und versprach zu kommen. Die beiden gingen nun langsam dem Bahnhof zu, beide still mit ihren Gedanken beschäftigt; das Mariechen aber sah vergnügt und selig aus, eine Reise war für sie etwas so Schönes, Unfaßbares, daß sie diesen Tag für den glücklichsten ihres Lebens hielt.

Der Oberpfarrer, der emsig arbeitete, wurde sehr stutzig, als Röschen ihm das Nichterscheinen der Großmutter meldete. Er nahm die Brille ab und sagte gedehnt: „Unsere Großmutter nicht da, das geht ja gar nicht!"

„Doch, Vater, es muß gehen und wird schon gehen."

Und nun erzählte sie dem erstaunten Vater, daß Großmutter ihren Bruder wiedergefunden habe, und daß dieser der Vater von Frau von Wrede in Beckedorf sei. Dann berichtete sie weiter, was wir bereits wissen. Der Oberpfarrer wußte natürlich durch seine Frau von den Schicksalen seiner Schwiegermutter, hatte aber, wie sie selbst früher, geglaubt, daß der Bruder tot sei, daß wenigstens ein Wiedersehen der beiden ausgeschlossen sei. Nun wurde ihm klar, warum die Großmutter so gern nach Beckedorf fuhr; er hatte es alles auf die Freundschaft mit Bruger geschoben.

„So, so“, sagte er, „das sind ja seltsame Geschichten, und du, mein Töchterchen, hast davon gewußt?“

„Großmutter hat mir früher einmal aus ihrer Vergangenheit erzählt, und als wir das erste Mal in Beckedorf waren und der alte Herr sich zeigte und Großmutter nachher so aufgeregt war, habe ich mir alles gedacht.“

Mariechen wurde mit Jubel von der Kinderschar begrüßt. Sie fand es wunderschön bei Oberpfarrers und meinte, in einem so großen, hübschen Zimmer habe sie noch nie geschlafen.

Röschen aber dachte viel an Beckedorf, an das kleine Häuschen am Bach und an das Pfarrhaus mit dem einsamen Mann.

Bruder und Schwester

„Meine liebe Frau Elsner, Sie noch immer hier“, sagte Frau von Wrede traurig, als sie aus dem Krankenzimmer trat und die Großmutter am Fenster stehend fand.

„Ich bleibe hier und helfe bei der Pflege.“

Frau von Wrede sah überrascht und ängstlich aus. „Ich glaube, da das Bewußtsein wiedergekehrt ist, wird niemand außer mir das Krankenzimmer betreten dürfen.“

„Liebe Frau von Wrede, ich stehe Ihrem Vater fast ebenso nahe wie Sie – ich bin seine Schwester! Lassen Sie mich bei ihm; es ist mir vielleicht vergönnt, dem armen Mann Beruhigung und Frieden zu bringen.“

Frau von Wrede stand da und konnte kein Wort hervorbringen, so überrascht und erschrocken war sie über das, was Frau Elsner sagte.

Diese legte ihre Hände auf die Schultern der schwergeprüften Frau. „Es ist so, wie ich sagte, meine liebe Nichte, denn das sind Sie, und als solche habe ich Sie schon lange angesehen. Ihr Vater hat an mir nicht recht gehandelt, weiter will ich jetzt nichts über die Angelegenheit sagen; es soll vergeben und vergessen sein; ich bin nicht gekommen, ihn zu ängstigen, sondern ihm Liebes und Gutes zu erweisen. Lassen Sie mich zu ihm.“

Frau von Wrede konnte nach dem, was sie eben

gehört hatte, der Großmutter den Eintritt nicht verwehren, doch war sie natürlich voll Besorgnis, wie die Begegnung ablaufen werde.

Frau Elsner betrat leise das Gemach, in dem der Kranke lag.

Ein dumpfes Stöhnen ließ sich vernehmen. Beim Geräusch, das die Tritte verursachten, wendete er langsam das Haupt. Eine Seite war gelähmt, aber die Sprache fand sich nach und nach wieder.

„Therese“, murmelte er.

„Du hast mich erkannt, lieber Bruder.“ Sie stand jetzt vor ihm und ergriff seine Hand. „Ich bin nur hier, um dir zu sagen, daß alles, was zwischen uns gestanden hat, vergessen ist, daß ich, die ich früher die Hüterin deiner Kindheit war, nun hier bin, um dich in deiner Krankheit pflegen zu helfen.“

Er antwortete nur durch ein abermaliges Stöhnen, machte aber keine abwehrende Bewegung, ließ es sich auch gefallen, die von der Schwester ihm gereichte Medizin einzunehmen. Sie mochte wohl etwas Betäubendes haben, denn er verfiel bald darauf in einen festen Schlaf.

Es war unterdes Abend geworden, und die beiden Frauen saßen beim Schein der Lampe in Frau von Wredes Wohnzimmer. Die Türen zu Herrn Goldeweins Zimmer waren alle geöffnet, so daß sie hören konnten, wenn der Kranke etwas bedurfte.

Frau Elsner erzählte ihrer Nichte von ihrem Leben in Holland, von ihrem Gatten und seinem frühen Ende, von der einzigen Tochter, durch deren Heirat mit einem Deutschen sie wunderbarerweise wieder nach Deutschland gekommen sei. Und wie sie nun hier einen weitumfassenden Beruf gefunden habe im Hause ihres Schwiegersohnes. Frau von Wrede erzählte von ihren Schicksalen, und so kam es, daß die beiden sich innerlich immer nähertraten und die förmliche Anrede bald dem vertraulichen „Du“ wich.

Ihre Mitteilungen wurden unterbrochen durch Herrn Pfarrer Bruger, der versprochen hatte zu kommen.

„Hier finden Sie es traurig, Herr Pfarrer“, sagte Frau von Wrede, „mein armer Vater.“

„Ich weiß, ich weiß“, war Brugers ernste Antwort, „eben deshalb komme ich.“

Er begrüßte Frau Elsner, seine alte Freundin, herzlich und fragte, ob Herr Goldewein bei Bewußtsein sei, ob man wünsche, daß er ihn einmal besuche. Frau von Wrede wollte es wohl gern, aber vorderhand war nicht daran zu denken; der Kranke mußte darauf geführt werden und selbst das Verlangen aussprechen. Frau Elsner reichte Bruger die Hand: „Heute abend bedürfen wir des Trostes und des geistlichen Zuspruchs, lieber Bruger, ich habe Ihnen viel zu sagen.“

Frau von Wrede mußte nach dem Kranken sehen; als sie das Zimmer verlassen hatte, sprach Bruger sein Befremden darüber aus, daß die Großmutter hiergeblieben sei, worauf ihm diese offenbarte, in welchem Verhältnis sie zu dem Kranken stehe.

Bruger war natürlich ebenso erstaunt wie es Frau von Wrede gewesen. Er sagte nur: „Zwei Geschwister – und so verschieden!"

Frau Elsner hielt es für angemessen, dem Geistlichen des Ortes alles zu sagen, was sich zwischen ihr und dem Bruder zugetragen hatte. „Für mich", schloß sie ihre Erzählung, „hat das mir zugefügte Unrecht nur Segen gebracht, ich bin durch alles Schwere, das mir daraus erwuchs, immer mehr zu Gott geführt worden, habe in Ihm volle Genüge gefunden und mich nicht nach den Schätzen dieser Welt gesehnt. Für die Meinen hätte ich gern etwas mehr gehabt, und jetzt, da die heranwachsenden Kinder viel kosten und es meinem Schwiegersohn oft schwer wird, für alles aufzukommen, da möchte Großmutter gern mitunter in den vollen Säckel greifen, aber es ist besser so. Für die Kinder ist es auch gut, wenn sie einfach und bescheiden erzogen werden. Meine Hauptsorge und mein Gebet zu Gott ist jetzt, daß mein armer Bruder sich noch in der letzten Stunde zu dem wenden möge, der Erbarmung und Gnade für den Sünder hat, der sich zu Ihm bekehrt."

Pastor Bruger zuckte die Achsel. „Wer sich in seinem ganzen Leben mutwillig von Gott abwendet, für den ist oft kein Raum zur Buße gelassen. Aber wir wollen und dürfen nicht richten, sondern alles Gericht dem überlassen, der barmherzig und gnädig ist."

Sie sprachen lange ernst zusammen; zum Schluß

fragte Frau Elsner den jungen Mann, wie es ihm gehe, ob er Freude an seinem Beruf habe und ob er gern seines Amtes walte. Der Pfarrer bejahte alle diese Fragen, auch sein leibliches Wohlbefinden rühmte er, nur das Haus sei so groß und öde, er fühle die Einsamkeit so sehr.

Die Großmutter ergriff seine Hand und sah ihm in die Augen. „Mein lieber Freund", sagte sie mit mütterlichem Ton, „mögen Sie sich denn nicht zum Heiraten entschließen; sollte sich hier in Beckedorf nicht eine Jungfrau finden, die tüchtig und geschickt wäre, Ihnen als Pfarrfrau zur Seite zu stehen?"

„Wenn ich die, welche meinem Herzen teuer ist, nicht zu erringen vermag, will ich die Einsamkeit weiter ertragen", sagte er traurig.

„Also immer noch! Mein lieber Bruger, Ihre Liebe ist echt." Sie ergriff wieder seine Hand. „Wenn mich meine Beoachtungen nicht trügen", fuhr sie fort, „so dürfen Sie nicht alle Hoffnung aufgeben, harren Sie noch ein wenig. Ich glaube, es ist in dem Herzen meiner Enkelin etwas erwacht, das Sie zu Hoffnungen berechtigt."

„Glauben Sie, meine teure Frau Elsner?" Mit diesen Worten zog er ihre Hand an seinen Mund. „Wenn dem so ist, so will ich gern warten."

„Tun Sie das, lieber Bruger, Gott der Herr wird Ihnen Zeit und Stunde offenbaren und dann – fragen Sie noch einmal an in Gottes Namen."

In den Augen des Pfarrers leuchtete es auf. „Ich danke Ihnen, Großmütterchen", sagte er leise, denn eben trat Frau von Wrede ein und winkte Frau Elsner, in das Krankenzimmer zu kommen. Bruger verabschiedete sich mit dem Versprechen, morgen wieder einzusehen.

Es war nicht mehr nötig. Die Nacht war so schwer, daß die beiden Frauen nicht mehr allein fertig werden konnten.

„Wenn wir nur noch eine Hilfe hätten“, seufzte Frau von Wrede.

Plötzlich kam der Großmutter ein Gedanke. „Kannst du einen Augenblick allein bleiben bei deinem Vater? Ich hole jemand zum Beistand.“

„Du bist hier fremd, ich lasse dich nicht in der Dunkelheit hinaus, auch hat mein Vater sich hier keine Freunde erworben; ich glaube schwerlich, daß sich jemand dazu verstehen wird, dir zu folgen“, flüsterte Frau von Wrede.

„Ich bin nicht so fremd, wie du denkst; ich kenne sogar eine Frau in der Nähe, die mir meine Bitte nicht abschlagen wird.“

Mit diesen Worten verschwand Frau Elsner. Sie eilte über den Hof, gelangte durch die kleine Pforte auf die Straße, und wenn es auch finster war, so erkannte sie doch die dunklen Umrisse des kleinen Häuschens von drüben. Es kam sogar, obgleich es in der zwölften Stunde war, noch der Schein eines Lämpchens aus den kleinen Fenstern; dicht aneinander gestellte Blumentöpfe verwehrten den Einblick durch dieselben. Frau Elsner klopfte an die verschlossene Haustür, es hörte niemand. Sie wollte ungern die Alte erschrecken, aber da die Angst ihres Herzens groß und keine Zeit zu verlieren war, so pochte sie herzhaft gegen die Fensterscheiben. Sie hörte das Rücken eines Stuhles, sah, wie die Blumen vor dem ersten Fenster vorsichtig auseinander gebogen wurden und ein Frauenantlitz sichtbar wurde.

„Machen Sie auf“, bat die Großmutter, „ich möchte mit Ihnen sprechen.“

Als die Alte sah, daß sie es mit einem weiblichen Wesen zu tun hatte, schwand die Furcht aus ihren Mienen, langsamen Schrittes ging sie zu öffnen.

„Gute Frau“, bat nun Frau Elsner, „Frau Hauptmann von Wrede möchte gern einen Beistand. Ihr Vater, der Herr Goldewein, liegt schwer krank, unsere Kräfte reichen nicht aus, ihn zu handhaben.“

„Wenn Herr Goldewein krank liegt, so habe ich nichts bei ihm zu schaffen. Seitdem er mir die Tür gewiesen, als ich ihm vor vielen, vielen Jahren einmal die Wahrheit sagte wegen der Schwester, überschreite ich seine Schwelle nicht mehr. Seine Tochter, die fast nie zum Vorschein kommt, kenne ich wenig.“ Damit ging sie in ihr Stübchen, hoffend, daß der unliebsame Gast, der ihr fremd war, sich um so eher entfernen werde und sie das Haus wieder schließen könne.

Doch Großmutter ließ sich nicht abweisen. Sie folgte ihr ins Zimmer und stand einen Augenblick regungslos in der Tür, weil sie auch hier von Erinnerungen aus der Kindheit umgeben war. Da stand das steifbeinige, mit schwarzem Leder überzogene Sofa, ihm gegenüber der braun angestrichene Schrank mit den Glastüren, hinter denen buntbemalte Tassen, Töpfe und Teller, zierlich aufgestellt, zu sehen waren. Zwischen den beiden Fenstern befand sich ein derber Tisch aus Tannenholz, auf dem eine kleine Lampe brannte. Eine aufgeschlagene Bibel, mit einer Hornbrille daneben, bewies, daß das Mütterchen eben ihren Abendsegen gelesen hatte. Beim Schein der Lampe bemerkte Frau Elsner alle die ihr wohlbekannten Gegenstände, und je mehr sie der Alten ins Gesicht sah, desto mehr erkannte sie die Spielgefährtin ihrer Kindheit wieder.

Mißtrauisch sah die Alte zu ihr, die ein großes Tuch um den Kopf geschlungen hatte, auf, und sagte in mürrischem Ton: „Daß ich auch gerade heute solange aufbleiben mußte! Sie haben das Licht gesehen und dachten, Sie wollten den ersten besten zu Hilfe rufen. Nein, gehen Sie nur, Frau, in das Haus tragen mich meine Füße nicht mehr, vollends nicht zur Nachtzeit."

Da nahm Frau Elsner das Tuch ab, ergriff der Alten Hand, sah ihr fest in die Augen und sagte in ihrem weichsten Ton: „Kathrinlein, wenn ich dich bitte, gelt, dann kommst du mit?"

„Kathrinlein" hatte sie scherzweise nur eine genannt, das war ihre Jugendfreundin, das Thereschen von drüben gewesen – halt! Sie sah sie prüfend an. Diese Augen! Waren es nicht alte Bekannte? Ihre eigenen Augen wurden immer größer, es war, als wollte sie Zug um Zug prüfen, ob es möglich sein könnte! „Thereschen?“ sagte sie fragend, noch immer halb zweifelnd. „Thereschen, die den Elsner geheiratet hat und mit ihm in die weite Welt gehen mußte, weil – barmherziger Gott, ist es möglich oder kommt ihr Geist in dieser Nacht, um sich an dem Alten zu rächen?“

„‚Die Rache ist mein, ich will vergelten, spricht der Herr‘. Es ist nicht mein Geist, Katharina, ich lebe noch und bin es selber“, sagte Frau Elsner ernst. „Gottes Wege sind wunderbar. Ich meinte in der Fremde zu sterben, nun bin ich durch meine Tochter, die einen deutschen Pastor heiratete, wieder ins Land gekommen, und zwar in die Nähe von Beckedorf. Wie ich mit der Familie meines Bruders zusammengekommen bin, erzähle ich dir ein anderes Mal, wenn wir Zeit zum Plaudern haben werden. Heut wiederhole ich nur die Bitte: Begleite mich und hilf uns, den alten Herrn in seiner schweren Krankheit zu pflegen, willst du?“

„Wie können Sie da noch fragen. Ich müßte ja geprügelt werden, wenn ich mein Thereschen im Stich ließe. Für Sie gehe ich durch Feuer und Wasser, das ist doch gewiß!“

„Gute Katharine, ich wußte es ja. Dann mache dich schnell fertig.“

Die Alte trippelte in die Kammer, holte sich eine neugewaschene Schürze und ein Tuch, schüttelte dabei fortwährend den Kopf und sagte vor sich hin:

„Wie ist es möglich! Wie ist es möglich! Ich sag' es immer, es geschehen noch Wunder. Ach, mein Thereschen, ich komme ja schon; es geht nicht mehr so schnell die Stufen hinunter wie damals! Wissen Sie noch?"

„Katharine, bist du denn immer dein Leben lang in Beckedorf geblieben?" fragte die Großmutter, als sie miteinander nach drüben gingen.

„Behüte, Frau Elsner. Ich habe gedient, lange gedient, immer bei einer Herrschaft, weit von hier. Als meine Eltern starben und mir das Häuschen hinterließen, bin ich heimgekehrt und habe mir im Städtchen etwas verdient mit Waschen und Plätten, Kochen und Krankenpflege, nun nehmen die Kräfte allmählich ab, und ich danke Gott, daß er mir soviel gegeben hat, daß ich auf meine alten Tage nicht Not zu leiden brauche."

Sie waren drüben und begaben sich leise ins Krankenzimmer. Es war gut, daß sie kamen; der Kranke war sehr unruhig, man konnte ihn kaum im Bett halten. Frau von Wrede war dankbar, daß die Großmuter eine so gute Stütze herbeigeholt hatte, denn wenn Katharine auch alt war, hatte sie doch über mehr Kräfte zu verfügen als die Damen. Herr Goldewein erwachte nicht wieder zum Bewußtsein. Um sechs Uhr morgens war alles vorüber.

Frau Elsner war tief erschüttert. Das war das Ende des Bruders, an den sie immer mit Wehmut gedacht, von dem sie seit einigen Jahren wußte, daß er noch lebte, aber leider mit denselben Gesinnungen, die er ihr gegenüber geltend gemacht hatte. Nun war er dahin, ohne Liebe gesäet und geerntet zu haben. Was hatte es ihm genützt, daß sein Lebenszweck gewesen war, Geld zu hüten und die Seinigen zu quälen. Es war, als ob mit seinem Tode eine große Last sich löste von dem Herzen der gepeinigten Tochter. Sie hatte fast keine Tränen für den Vater; ebenso erging es Meta und Martin.

Frau Elsner hatte den Wunsch, jetzt abzureisen, versprach aber, heute noch wiederzukommen und bei Frau von Wrede zu bleiben, bis die Bestattung vorüber sei.

Der gestrige Sturm hatte nachgelassen, es war ein schöner, sonniger Herbsttag. Als Großmutter nach Hause kam, war alles wie ausgestorben, aber dort vom Hofe her tönte fröhliches Lachen. Sie kam aus dem düstern Hause des Todes; hier herrschte frisches Leben. Die Kinder, groß und klein, waren um ein paar weiße Täubchen versammelt, die Herr Koch, der Hausfreund, aus Buchenau von den Eltern mitgebracht hatte. Die größeren Mädchen hatten ein Körbchen mit Futter und streuten es den kleinen, scheuen Tierchen hin, um sie kirre zu machen. Die Kleinen klatschten in die Hände und freuten sich, sogar der Vater stand und schaute zu, während Philipp im Stall beschäftigt war, um ein Unterkommen für sie herzurichten. Niemand merkte das Kommen der Großmutter; sie setzte sich unter den Akazienbaum, um auszuruhen, denn sie war müde.

Welch ein freundliches Familienbild; wie war hier alles dazu angetan, die düstern Schrecken des Todes zu verwischen, der warme Sonnenschein, die fröhlichen Kinder, selbst der Schwiegersohn, der gewöhnlich in Bücher Vergrabene, wie herzlich konnte er lachen über die Freude der Kinder, wie behaglich saß er dann in dem bequemen Gartenstuhl, seine lange Pfeife rauchend.

„Großmütti!“ rief auf einmal eins der Kinder.

Im Nu verließ alles die Täubchen, die aufgescheucht davonflogen, und Frau Elsner war umringt von der ganzen Kinderschar, die auf ihren Schoß kletterte, sie liebkoste und rief: „Nun darfst du nicht wieder fort, Großmutter.“

„Es ist gar nicht hübsch, wenn du nicht da bist.“

„Bitte, mir auch einen Kuß, Großmütterchen.“

Sie hatte Liebe gesäet und erntete Liebe, wie glücklich war sie.

Auch das kleine Mariechen war dem Beispiel der Pfarrerskinder gefolgt und hatte sich herangedrängt an die Großmutter.

„Mein liebes Kind“, sagte diese und zog sie näher an sich heran; „ich habe dir etwas Trauriges zu sagen, dein Großvater ist gestorben.“

Statt betrübt zu sein, rief die Kleine: „Oh, dann braucht Mutti nicht mehr so viel zu weinen, nun kann er nicht mehr schelten.“ Nach einem Weilchen äußerte sie: „Kann denn Mutti nicht auch herkommen, hier ist es so schön.“

„Du kannst noch ein wenig hier bleiben, aber

Großmutter geht auf ein paar Tage nach Beckedorf zurück, dann kommt sie mit Mutti, die dich holt."

Der Oberpfarrer hatte, nachdem die Kinder sich zerstreut hatten, viel zu fragen. Es war ihm neu, daß Frau Elsner, die einzig und allein für seine Familie gelebt hatte, noch andere verwandtschaftliche Beziehungen hatte. Er beklagte mit seiner Schwiegermutter das schnelle Ende ihres Bruders, dessen Bewußtsein nicht wieder so klar geworden war, daß ein Geistlicher ihn hätte auf das Ende vorbereiten können. Nur soviel hatten die beiden Frauen wahrgenommen, daß er gern etwas hatte sagen wollen, aber nicht dazu imstande war, da die Zunge aufs neue gelähmt war. Nur die eine Hand hatte er erhoben und mit derselben nach dem Eckschrank gezeigt, ein paarmal; dann hatte er eine stumme Gebärde nach Frau Elsner gemacht, so daß beide Frauen überzeugt waren, es müsse in dem Schrank etwas sein, das Bezug auf die Großmutter habe. Doch mochten sie vorderhand nicht an eine Räumung des Schrankes denken; es würde ja alles zu seiner Zeit offenbar werden.

Im alten Haus

Wieder lag Schnee auf Feld und Flur, aber es war ein stiller, schöner Tag, besser als damals, wo Großmutter auf Reisen ging, um für ihre Enkel Weihnachtsgeschenke einzukaufen. Ein leichter Schlitten hielt vor dem Häuschen, in dem Frau von Wrede mit ihren Kindern wohnte. Ein großer Pelz und schöne warme Decken lagen bereit für die Einsteigenden.

„Liebe Tante, bitte, geh du zuerst, du sollst dich in Vaters Pelz hüllen, damit du keine Erkältung davonträgst“, sagte Frau von Wrede, deren ganzes Sein und Wesen elastischer und lebensfroher geworden war. Sie setzte sich neben Frau Elsner, das Mariechen wurde in die Mitte hineingeschoben und Martin saß vorn beim Kutscher. Der knallte mit der Peitsche, die Pferde trabten munter davon durch die Stadt auf die mit Schnee bedeckte Chaussee hinaus, welche von Beckedorf in die Residenz führte.

„Gott sei Dank, daß wir so weit sind“, sagte Großmutter. „Der Schlitten bringt uns gleich von hier vor das Haus meines Schwiegersohnes, während der Weg an den Bahnhof mir heute schwer geworden wäre. Die Fahrt wird sehr angenehm sein. Nun sind wir doch mit dem Gericht fertig und wir beide, liebe Wilhelmine, werden uns wohl einigen.“

„Das denke ich gewiß, liebe Tante. Wieviel Dank sind wir dem jungen Rechtsanwalt schuldig, der unsere Sache so treu geführt hat."

„Er ist ein Freund Brugers und interessierte sich für die Angelegenheit; er ist auch ein christlich gesinnter Mann und deshalb dem Pfarrer besonders lieb."

„Wenn ich nicht irre, liebe Tante, war es heute vor zehn Jahren, wo du mich im Schnee vor dem zerbrochenen Wagen fandest und dich meiner und der Kinder so liebreich annahmst. Wer hätte damals gedacht, daß zwischen uns so nahe Beziehungen beständen, daß wir beide, die wir immer kärglich und bescheiden gelebt haben, uns einmal in ein so großes Erbe teilen würden!"

„Gottes Wege sind wunderbar", sagte Großmutter, die seit dem Tode ihres Bruders unruhig bewegte Wochen gehabt hatte.

Es waren wirklich in dem Schrank Papiere gefunden worden, die auf Frau Elsner Bezug hatten. Das eine, in einem verborgenen Fach versteckt, wies sich als das Testament des verstorbenen Vaters aus. Es diente zum Zeugnis, daß das Erbe der Schwester vorenthalten worden war. Außerdem fand sich ein mit Bleistift geschriebener Zettel vor, augenscheinlich erst in der letzten Zeit dem Testament beigefügt, wie bei näherer Betrachtung Datum und Jahreszahl auswies. Er enthielt folgende Worte: „Wenn die Frau, die sich hier seit einiger Zeit bei meiner Tochter sehen läßt, Therese Elsner, geb. Meder ist, so soll sie als meine Schwester alles, was ich hinterlasse, mit meiner Tochter erben."

Es gab verschiedene Termine auf dem Amt, zu denen Frau Elsner erscheinen mußte; sie hatte alle nötigen Papiere zu beschaffen, endlich waren die gerichtlichen Sachen beendet; sie war mit Frau von Wrede rechtmäßige Erbin des großen Vermögens, das unter dem Zusammenscharren des geizigen Bruders noch um ein Beträchtliches gestiegen war. Und doch hätte Frau Elsner lieber das Geld, das sie ihr ganzes Leben hindurch hatte entbehren müssen, nicht gehabt, wenn sie hätte sehen dürfen, daß ihr Bruder wirklich Reue über sein Unrecht empfunden hätte, wenn sie hätte merken dürfen, daß er sich zuletzt noch zu Gott gewandt und bei Ihm Vergebung gesucht hätte. Aber der Tod war schneller über ihn gekommen, als er und die Seinigen gedacht hatten. Er fuhr dahin, und sein Geld und Gut blieb zurück, sein Mammon, um deswillen er sich und seine Familie um jede Freude gebracht, um deswillen er sich selbst das Erbe Gottes verscherzt hatte.

Heute war der letzte Termin gewesen, kurz vor Weihnachten. Alle waren besorgt, daß die liebe Großmutter im Winter hinaus mußte, aber was konnte es helfen!

„Bringe nur ja Tante Wilhelmine, Martin und Mariechen mit", riefen die Enkeltöchter ihr nach, des Oberpfarrers Wunsch war es, daß sie alle kommen möchten, auch Meta, um im Pfarrhause Weihnachten zu feiern.

Und nun waren sie da und wurden mit warmer Liebe empfangen. Wiewohl tat es Frau von Wrede, einmal als Gast in einem Hause zu sein; wo man nicht geizte und kargte, wo sich jeder wohl fühlte, nicht eingeengt und bedrückt, wie sie es seit vielen Jahren gewesen war. Wie ganz anders war es jetzt als damals, als sie das erste Mal in diese Familie hineingeschneit kam. Jetzt wußte sie, daß sie zusammengehörten, daß sie fortan Freude und Leid miteinander tragen würden. Wenn doch Dorothea, ihre liebe Cousine, noch gelebt hätte, wie innig hätte sie sich an dieselbe anschließen mögen! Doch es gab viel zu danken. Schon das Gefühl, ihre Kinder glücklich zu sehen, machte sie froh und dankbar, und als nun erst Meta da war, und sie sich alle unter dem Christbaum zusammenfanden, da erschallten die Weihnachtslieder aus dankerfüllten Herzen. Großmutter aber hatte diesmal besonders gut eingekauft und alle ihre Lieben reich beschert.

Es war beschlossen, daß Frau von Wrede den Winter über im Häuschen bleiben sollte. Im Frühling wollte Großmutter wieder herüberkommen, dann sollte die Besichtigung des großen Hauses unter allgemeiner Beteiligung erfolgen. Nun mußte erst Großmütterchen sich von allen gehabten Strapazen erholen und, was sie innerlich durchgemacht hatte, verarbeiten. Meta kehrte zunächst zu ihrer Stelle zurück, an Ostern wünschte die Mutter sie nach Hause zu nehmen.

Und als der Frühling ins Land zog, da ließen die

Kinder keine Ruhe. Immer wieder fragten sie: „Großmutter, wann geht es nach Beckedorf, wann sehen wir uns das große alte Haus an?"

Endlich, zwischen Ostern und Pfingsten war's, an einem herrlichen Frühlingstag, da wurde aufgebrochen. Heute wollte keins zu Hause bleiben, sogar der Oberpfarrer versprach nachzukommen; es interessierte ihn auch, das Erbe der Großmutter in Augenschein zu nehmen.

„Was geht nur in dem alten düstern Hause heute vor?" hörte man die Leute auf der Straße fragen. „Sonst waren die Läden sorgfältig geschlossen, heute sind alle Fenster geöffnet und fröhliche Stimmen dringen heraus."

Frau Teichert wußte alles: Sie konnte jedem, der kam, die interessante Geschichte erzählen und tat es so gern; die Kunden gingen ein und aus und ließen sich berichten. Die alte Kathrine saß vor ihrer Tür und schüttelte immer wieder den Kopf. Sie war noch ganz benommen von dem Besuch der Frau Elsner, die mit ihr von der Vergangenheit geplaudert hatte. „Der alte Gott lebt noch", sagte sie leise vor sich hin, und dann füllten sich die alten Augen mit Tränen, wenn sie sah und hörte, was drüben vorging.

Im alten Hause aber jubelten die Kinder und staunten über die großen, gediegen ausgestatteten Räume, während Großmutter, überwältigt von den Erinnerungen, die auf sie einstürmten, oben in einem Zimmer saß mit Frau von Wrede und dieser erzählte, wie dies ihrer Mutter Lieblingsstube gewesen sei, wie sie hier zu ihren Füßen gesessen und stricken gelernt habe und allerlei schöne Lieder, die die Mutter ihr vorgesagt. Es herrschte natürlich überall dumpfe Luft, obwohl Frau von Wrede dafür gesorgt hatte, daß von Zeit zu Zeit gelüftet worden war. Aber da das Haus in sich trocken war, so waren die Möbel und sonstigen Gerätschaften ziemlich gut erhalten; es sah allerdings nun unwohnlich aus, aber da Kisten und Kasten voll Leinenzeug und schöner Decken und Kissen waren, und die Schränke kostbares Porzellan enthielten, so konnte mit kundiger Hand hier bald alles wohnlich und heimisch eingerichtet werden.

Emmi, Nanni und Miezi durchstöberten natürlich jeden Winkel. Bald kamen sie mit diesem, bald mit jenem angelaufen, um es Großmutter zu zeigen und zu hören, was der Gegenstand für eine Geschichte habe.

„Erzählen kann ich euch von allem, was es hier im Hause gibt, etwas, mit Ausnahme der Sachen, welche die Frau meines Bruders mitgebracht hat, die zum größten Teil jedoch ins kleine Haus geschafft worden sind. Erlaßt mir heute das viele Sprechen, Kinder, allmählich sollt ihr alles erfahren."

Sie waren schon wieder verschwunden, bevor Großmutter ihre Rede vollendet hatte. Nun waren sie in ein Eckzimmer gelangt, in dem ein großer Schrank stand. Der Schlüssel steckte, Großmutter hatte ihn mit Fleiß geöffnet, um den Kindern ein

Vergnügen zu machen. O Wunder, was gab es hier! Schöne alte Bücher und Geschichtenbücher, Spielsachen aller Art, eine Menge Puppen, große und kleine, freilich in altmodischer Kleidung, aber um so interessanter. Sie verkündeten Großmutter unter lautem Jubel die wundervolle Entdeckung dieser Herrlichkeiten und fragten um die Erlaubnis, sie näher in Augenschein nehmen zu dürfen.

„Ich erlaube euch, darin herumzukramen, nehmt aber die Kleinen mit."

Das war für die Mädchen ein interessanter Fund, sie waren versorgt, niemand brauchte sich um ihr Vergnügen zu beunruhigen.

Wo war aber Röschen?

Für sie gab es im Erdgeschoß noch allerlei zu untersuchen, so daß sie der Gesellschaft nicht nach oben gefolgt war. Besonders war es ein kleines Zimmer, das sie fesselte. Großmutter hatte gesagt, es sei ihr Mädchenstübchen gewesen. Hier hatte sie ihre schönsten Jugendträume geträumt, hier hatte sie in früher Morgenstunde gesessen und sich von den Vögeln ihr Morgenlied singen lassen; hier hatte sie abends gerastet, wenn der Mond durch die hohen Bogenfenster schien. Sie sah in den Garten hinaus. Er mußte sehr hübsch gewesen sein; man sah es an den verschiedenen Baumgruppen, an den Edeltannen und Rotbuchen, wie an den mancherlei Ziersträuchern. Verwildert war alles und von Unkraut überwuchert, aber das würde nun bald anders werden. Röschen wäre gern einmal in dem großen Garten allein umhergewandert, wäre auf Entdeckungsreisen ausgegangen, aber sie mußte den übrigen folgen, oben gab es auch viel zu sehen, was sie interessierte. Sie wollte das Zimmer verlassen, es war verschlossen! Großmutter hatte, in der Meinung, sie seien alle heraus, den Schlüssel von außen umgedreht. Nun gut, es gab ja hier eine Glastür, die in den Garten führte, da wollte sie nur gleich ihr Gelüste, den Garten zu untersuchen, befriedigen. Wie dumm, auch die Glastür war verschlossen, was nun! Sie öffnete die beiden Fügel des hohen Bogenfensters; warmer Sonnenschein flutete herein, wie wonnig war es da draußen in der grünen Wildnis! Sollte sie gefangen sitzen? Das Fenster war fast wie eine Tür und nach dem Garten zu sehr niedrig gelegen. Wenn sie sich aufs Fensterbrett setzte und drehte sich herum, dann war sie draußen, es war zu verlockend. Der Gedanke ward zur Tat; eh' sie sich's versah, stand sie draußen in dem hohen grünen Gras.

Nun ging sie weiter, um sich das Haus gründlich von der Rückseite anzusehen. Kaum hatte sie einige Schritte gemacht, da sagte eine Stimme: „Hier finde ich endlich jemand, wie kommt man in dies verzauberte Schloß herein, Fräulein Röschen?"

Pfarrer Bruger stand lächelnd vor ihr, mit dem Hut in der Hand.

Sie errötete, er aber sagte: „Ich wollte durch die Haustür; sie war verschlossen, die Hintertür ebenso. Großmutter hat mir sagen lassen, mich hier heute nachmittag auch einzufinden, vielleicht finde ich durch diese Glastür Eingang."

„Die Glastür ist auch verschlossen", sagte sie ohne Überlegung.

„Wie sind Sie denn aber in den Garten gekommen, Fräulein Röschen?" Er sah die Fensterflügel weit geöffnet und lachte. „So hätt' ich's auch gemacht, Fräulein Röschen, es ist gut, wenn sich der Mensch in schwierigen Lagen zu helfen weiß."

„Es war nur die Not, die mich zwang", sagte sie, wieder tief errötend. „Ich wollte gern die Erste sein, die den alten Garten untersuchte, da nun die dumme Tür verschlossen war, mußte ich mir auf andere Weise helfen."

Es war ihr peinlich, drum brach er ab und sagte: „Wir wollen doch zusammen die Entdeckungsreise antreten, was meinen Sie?"

Sie war einverstanden. Sie stapften durch das hohe Gras und waren bald hinter den Bäumen verschwunden. Man hörte und sah nichts von ihnen.

Im Hause wurde wieder Leben; man vernahm Philipps Stimme; die drei Mädchen trabten durch die Stuben, die Kleinen trippelten hinterher, und endlich war alles wieder im Erdgeschoß versammelt.

„Nun geht's in den Garten", sagte Großmutter, „hier habe ich den Schlüssel zur Glastür, ich wollte gern die erste sein, die euch hineinführt. Wo ist aber unser Röschen?"

„Die haben wir lange nicht gesehen", hieß es von allen Seiten.

Und als sie ins Gartenzimmer kamen, rief Großmutter, auf das offene Fenster zeigend: „Hier ist der Vogel entwischt; sie hat's nicht erwarten können."

„Ich suche sie", rief Philipp, und mit einem Sprung war er auch zum Fenster hinaus.

„Ich hab's früher auch mitunter gemacht", sagte Großmutter und öffnete die Glastür.

Nun traten sie alle ins Freie. Emmi, Nanni und Miezi tummelten sich auf dem Rasen mit den Kleinen, während Großmutter jammerte, wie alles verwildert sei, und mit Frau von Wrede beratschlagte, wie sie mit kräftiger Hilfe den Garten in kürzester Frist wieder zu dem machen könnte, was er vorher gewesen war.

Da kam Philipp atemlos gestürzt. „Großmutter, Großmutter, ich hab' sie alle beide."

„Wo ist denn Röschen?"

„Stille", flüsterte er geheimnisvoll, „sie werden gleich hier sein!"

„Du sprichst immer in der Mehrzahl, ist denn jemand bei Röschen?"

„Natürlich", flüsterte er wieder. „Da kommen sie."

Ja, da kamen sie, Röschen am Arm des Herrn Pfarrers. Sie näherten sich der Gruppe. Es schien, als wollte Röschen ihren Arm aus dem seinigen lösen, aber er zog ihn fest an sich und sagte: „Nun bist du gefangen, jetzt laß ich dich nicht wieder von mir."

„Großmütterchen", rief er schon von weitem,

„nun habe ich das Recht, so sagen zu dürfen, heute ist ein doppelter Festtag. Röschen hat mir eben gesagt, daß sie mein sein will, sie will zu mir in die Pfarre ziehen und meine liebe Frau werden, nun hat meine Einsamkeit ein Ende."

Emmi, Nanni und Miezi standen und sperrten Mund und Augen auf, die Kleinen haschten sich auf dem Rasen, ihnen war es gleich, ob man sich verlobte oder nicht. Großmutter aber und Frau von Wrede freuten sich von Herzen und erstere erhob segnend ihre Hände über sie.

„Geht es denn, Großmütterchen?" rief Röschen und fiel der alten Dame um den Hals.

„Es geht, mein liebes Kind, ziehe hin in Frieden."

„Was wird nun der Vater sagen, wenn er kommt?"

„Der freut sich", sagte Bruger, „er hat mir schon lange seinen väterlichen Segen gegeben."

Ja, der Vater freute sich auch, als er kam. Er nahm sein ältestes Töchterchen in seine Arme und sagte: „Gottes Segen mit dir, mein Kind, danke Gott, daß er dir so festen Halt fürs Leben gegeben hat."

Philipp aber warf seine Mütze in die Luft und rief: „Hurra, nun ist Bruger unser Schwager."

Und Emmi, Nanni und Miezi stimmten ein und riefen in voller Jugendlust: „Hurra, hurra, hurra!"

Bruger lud die ganze Gesellschaft ein, noch ein Stündchen zu ihm ins Pfarrhaus zu kommen, sie wollten miteinander ein Lob- und Danklied singen zu seinem Harmonium.

Es war nun zwar sehr interessant, das alte Haus

und den Garten zu besichtigen, das interessanteste aber war und blieb doch Röschens und Brugers Verlobung in demselben Garten, unter denselben Bäumen, wo einst die Großeltern sich Treue gelobt hatten.

Schluß

Fünf Jahre sind seit dem zuletzt Erzählten verflossen. Damals hatte man beratschlagt, welchen Zwecken das alte Haus einst dienen sollte. Die jungen Mädchen rieten dies und jenes, eine schlug vor, ein Kranken- und Pflegehaus zu stiften, eine andere wollte eine Kinderbewahranstalt, die dritte ein Mädchenpensionat nach Fräulein Hochbergs Muster, und nun war alles ganz anders gekommen. In die unteren Räume war ein glückliches junges Paar eingezogen, das voraussichtlich dort für lange seinen Wohnsitz haben wird.

Ein junger Rechtsanwalt, derselbe, der den Damen bei der Erbschaftsregulierung so treu beigestanden hatte, der Freund Brugers, hatte schon längst ein Auge auf Meta geworfen. Als sie dann ganz nach Hause kam, und er Gelegenheit fand, ihr näherzutreten, erwies es sich, daß auch sie ihm nicht abgeneigt war. Es währte nicht lange, so gab es wieder ein glückliches Brautpaar in der Familie, und nun war es selbstverständlich, daß die jungen Leute die Erdgeschoßräume des alten, nun erneuerten Hauses bezogen, während Frau von Wrede die oberen Zimmer bewohnte. Großmütterchen aber hatte sich ihr früheres Mädchenzimmer mit dem daranstoßenden Schlafgemach ausbedungen. Das kleine Häuschen war ebenfalls neu hergerichtet und sollte den Enkeltöchtern der Frau Elsner zum zeitweiligen Aufenthalt dienen, zur Erholung von ihrer Berufsarbeit, oder als Sommerfrische, wenn sie dem Geschwirre der Großstadt entfliehen wollten, Großmutters Heim in Beckedorf war bequem und würdig ausgestattet und stand immer zu ihrer Aufnahme bereit. Etwas Anteil wollte sie, so lange sie lebte, an ihrem Erbe behalten. Der Garten war nicht wiederzuerkennen. Als die Wege gereinigt waren, die Rasenflächen wieder frisch angelegt, die Bäume und Sträucher beschnitten und schöne Blumen angepflanzt, war es der schönste Garten, den Beckedorf aufzuweisen hatte.

Es war Mitte Juli, an einem der schönsten Sommertage. Das Haus war festlich geschmückt mit Blumen und Girlanden. Die junge Frau Rechtsanwalt war schon früh auf den Beinen; sie erwarteten viele Gäste. Frau von Wrede half ihr, im großen Saal wurde eine lange Tafel gedeckt, in der Küche aber tummelte sich die Köchin, um ein schönes Festmahl herzurichten. Großmütterchen feierte heute ihren siebzigsten Geburtstag. Im allgemeinen Familienrat war beschlossen, daß dieser Tag in Beckedorf in Großmütterchens Heim gefeiert werden müsse. Sie, in ihrer Bescheidenheit, wollte nicht viel daraus gemacht haben, aber da die Kinder nicht nachließen, war sie's zufrieden. Um 11 Uhr vormittags wurden Oberpfarrers alle erwartet.

Vorher kam Bruger mit seiner jungen Frau und einem blondlockigen Buben von etwa zwei Jahren. Glück und Befriedigung strahlten aus Röschens

Augen; sie umarmte Meta und sagte: „Dies wird ein herrlicher Tag heute, hast du alles bereit?“

„Alles in schönster Ordnung“, sagte diese und führte die lieben Verwandten in die vordere Stube, in welcher ein reich bekränzter Geburtstagstisch stand, in der Mitte eine schöne Torte, worauf in großen Zahlen eine „70“ prangte.

Das Klavier war geöffnet, das Choralbuch aufgeschlagen; Meta bat Bruger, wenn die Großmutter komme, die Sänger des Geburtstagsliedes zu begleiten, was er gern versprach. Nun kam auch der Herr Rechtsanwalt Winter, ein kluger, freundlicher Herr mit goldener Brille. Er schüttelte den Gästen herzlich die Hände und meinte, er hätte sich heute früh aus der Arbeit losgemacht, weil er an den Bahnhof wolle, um die Gäste zu empfangen. Bruger begleitete ihn, während die jungen Frauen überall im festlich geschmückten Hause noch zu ordnen hatten. Endlich hörte man viele Stimmen, lachend und plaudernd kam die Gesellschaft daher.

Der Oberpfarrer führte die liebe Großmutter, die zunächst in einem andern Zimmer ablegen und eine Erquickung annehmen mußte. Unterdes scharten sich die Gäste alle um das Klavier, der Rechtsanwalt als Hausherr, holte das Geburtstagskind.

„Wo ist denn aber Philipp?“ fragte Röschen. „Erst jetzt merke ich, daß er gar nicht mitgekommen ist.“

„Er kommt direkt aus der Universitätsstadt, ich hoffe mit dem Schnellzug um zwölf Uhr“, sagte der

Oberpfarrer. „Ein Freund, der die Ferien bei uns zu verleben gedenkt, wird ihn begleiten."

Jetzt erschien die Großmutter am Arm ihres Neffen, und es erschallte vielstimmig das alte und immer neue Lied: „Lobe den Herren, den mächtigen König der Ehren."

Frau Elsner war tief bewegt, sang aber tapfer mit: „In wieviel Not hat nicht der gnädige Gott über dir Flügel gebreitet", und weiter: „Lobe den Herren, der deinen Stand sichtbar gesegnet, der aus dem Himmel mit strömender Liebe geregnet."

Beim Festmahl herrschte frohe Stimmung; viel Scherz und Humor, aber auch manches ernste Wort wurde gesprochen, vor allen Dingen der Großmutter ein vielstimmiges Hoch gebracht. Der Nachmittag vereinigte die Gäste unter den schönen Linden hinter dem Hause. Dort war's schattig und kühl, und der Kaffee mundete trefflich.

Die jungen Frauen und Mädchen flogen wie die Schmetterlinge in hellen Gewändern hin und her. Emmi, Nanni und Miezi waren nicht mehr unzertrennlich wie ehedem; sie waren zu verständigen, braven Jungfrauen herangewachsen.

Die 19jährige Emmi war Großmutters treueste Stütze, sie schaltete und waltete mit großer Umsicht und Gewandtheit.

Nanni hatte einen Kursus als Kleinkinderlehrerin durchgemacht und war wirklich in Tiefensee unter ganz vorteilhaften Bedingungen angestellt.

Miezi half Emmi im Hause, war auch hier heute

sehr hilfreich, sah aber jeden Augenblick nach der Uhr und seufzte: „Wenn doch Georg erst hier wäre."

Dann war sie verschwunden und kehrte am Arm eines jungen Mannes zurück, der nicht mehr den Namen des „hageren" verdiente, denn Georg Koch war jetzt stattlich und schmuck anzusehen. Er verdiente nun mit Recht den Titel „Vikar", denn er war es wirklich. Erst seit vierzehn Tagen waren die beiden verlobt, angetan aber hatte es ihm die Miezi schon von dem Augenblick an, als sie ihn so liebreich bei sich aufgenommen hatte. Erst wenn Herr Koch eine Pfarre hat, darf er ans Heiraten denken; Miezi will aber bald an ihre Aussteuer denken, die sie sich mit Hilfe der Schwestern selbst nähen will.

Die drei Kleinen treten allmählich in die Fußstapfen der Großen; sie sind fleißige Schulmädchen und genießen die Ferien bei Röschen oder bei Meta.

Zu Großmutters Freude spricht Eva davon, einmal Diakonisse zu werden.

Philipp, der lustige Student, scheint heute große Sachen vorzuhaben. Er hat noch einen Freund mitgebracht, mit diesem hat er viel zu flüstern, dann verschwinden sie und machen, wenn sie wiederkommen, geheimnisvolle Andeutungen.

Martin ist der dritte im Bunde. Er ist längst Gymnasiast der höheren Klassen und beim Onkel Oberpfarrer in Pension.

Mariechen ist das Herzblatt der Mutter und der verheirateten Schwester; sie ist aufgeblüht in den gesunden Räumen und dem prächtigen Garten.

Großmütterchen sitzt in einem bequemen Lehnstuhl im Mittelpunkt der großen Familie. Heute ruhen die Hände feiernd im Schoß; die Enkelinnen hatten alle Strickstrümpfe versteckt, damit Großmutter nicht auf den Einfall kommt, fleißig zu sein. Sie hat auch gar keine Zeit dazu, fortwährend kommen Gratulanten, und mit dem Nachmittagszuge finden sich noch Gäste aus der Hauptstadt ein, unter ihnen: Thea, Wilhelmine und Charlotte von Immenhoff.

Thea ist immer noch in ihrer Stellung. Sie hat sich treu bewährt, und während sie mit Röschen in der Lindenallee auf und abgeht, vertraut sie ihr an, daß sie wahrscheinlich für immer im Hause des Fabrikbesitzers bleiben wird, um ganz Mutterstelle für Ursula zu vertreten.

Ihre Schwestern finden Befriedigung in ihrem Beruf, auch Lottchen hat immer eine ihren Fähigkeiten angemessene Beschäftigung.

Josepha von Langen hat an Frau Elsner geschrieben und durch Nanni schöne Blumen und Früchte des Gartens geschickt. Sie ist nach wie vor die Wohltäterin ihres Dorfes und wird geliebt und verehrt von allen, die ihr nahestehen.

Eben, als Thea und Röschen aus der Lindenallee heraufkommen, bemerken sie Philipp, der mit einer alten Dame aus dem Hause tritt. „Wer ist das?“ sagen sie und sehen sich fragend an.

„Ich weiß es“, ruft plötzlich Röschen voller Jubel,

„es ist unser liebes, verehrtes Fräulein Hochberg", und freudig eilen beide auf sie zu, die sie erst fremd ansieht, dann aber ausruft:

„Kinder, ihr seid es! Jetzt erkenne ich euch, Röschen und Thea. Wie würdig seht ihr aus!"

„Nicht wahr?" sagte Röschen schelmisch. Und leise fügte sie hinzu: „Ich gehe nicht mehr durchs Fenster, Fräulein Hochberg, ich bin eine Frau Pfarrer geworden."

„Und Thea?"

Diese errötete und sagte: „Sie werden mich hoffentlich auch etwas verändert finden, Sie wissen durch meine Briefe von mir."

Fräulein Hochberg nickte. Sie sagte dann, daß sie sich lange diese Überraschung vorgenommen habe, sie sei in diesen Ferien in der Schweiz gewesen, habe aber auf der Durchreise in Beckedorf einen Tag rasten wollen, um Röschen wiederzusehen. Diese rief ihren Gatten und stellte ihn der geliebten Lehrerin vor, dann kam Meta dazu und war ebenso erstaunt und erfreut, Fräulein Hochberg zu sehen, wie die andern, und die alte Dame freute sich, gleich drei liebe Pflegekinder auf einmal zu treffen.

Sehr wertvoll war ihr die Bekanntschaft mit dem Großmütterchen, das heute seinen Ehrentag hatte. Die alten Damen saßen bald in eifrigem Gespräch beisammen und fanden heraus, daß sie trefflich zusammenstimmten. Dann zog es Fräulein Hochberg wieder zu der Jugend. Mit ihren lieben ehemaligen Pflegekindern hatte sie noch viel zu reden und zu beraten; wie glücklich machte es sie zu merken, daß sie alle auf Gottes Wegen wandelten.

Die andern jungen Mädchen, die viel von der würdigen Dame gehört, waren froh, daß sie sie kennenlernen durften; es war ein fröhliches Durcheinander. Nun kam der Oberpfarrer und die übrigen Herren dazu, ernste und heitere Gespräche wechselten miteinander.

Der Großmutter wird das Plaudern, Lachen und Schwirren der jungen Welt zu bunt. Ohne daß es jemand bemerkt, geht sie still nach dem untern Teil des Gartens. Dort ist noch die alte Steinbank unter der großen Buche, auf der sie so oft als Braut mit ihrem Verlobten gesessen hat. Dorthin lenkt sie ihre Schritte. Sie setzt sich und lauscht, wie in alten Tagen, dem leisen Flüstern der Bäume und überdenkt ihr Leben. Mühe und Arbeit ist es gewesen, aber der Segen Gottes hat nie gefehlt. Viel Leid hat sie erfahren, doch die Freude war überwiegend, da sie zufrieden war und alles aus Gottes Hand nahm. Ihr Gatte war ihr genommen, die einzige Tochter zu früh dahingegangen, und doch war sie von reicher Liebe umgeben. Frau von Wrede ersetzte ihr die Tochter; die Enkelkinder trugen sie auf Händen. Der Schwiegersohn aber konnte nicht genug rühmen und preisen, welch ein Segen durch sie in sein Haus gekommen war.

Sie faltete still die Hände und bat Gott, daß Er bei ihr bleiben möge mit Seiner Gnade und mit Seinem Segen, sie dankte Ihm für alles Gute, das Er ihr beschert, sonderlich auch dafür, daß sie jetzt Mittel in den Händen hatte, um den Schwiegersohn zu unterstützen in der Ausbildung seiner Kinder.

Lange blieb es nicht verborgen, daß Großmutter verschwunden war. Bald fand sich die ganze Gesellschaft unten im Garten ein. Das Pförtchen in der Mauer wurde geöffnet, und ein gemeinsamer Spaziergang am murmelnden Bächlein trug sehr zum Vergnügen der Jugend bei. Großmutter, die von Bruger sorgsam geführt wurde, ward wieder jung und lebendig, als sie Kindheitserinnerungen erzählte.

Das Feuerwerk am Abend, Philipps Überraschung, nahm einen glänzenden Verlauf. Hoch stiegen die Raketen und Leuchtkugeln in die Luft, die Feuergarben und Räder erregten allgemeine Bewunderung. So etwas hatte der alte Garten lange nicht gesehen.

Großmütterchen und die älteren Damen hatten sich ins Haus zurückgezogen und sahen dem Schauspiel vom Fenster aus zu. Als es sein Ende erreicht hatte, entstand eine Bewegung im Hause. Der Gesangverein des Städtchens, zu dem auch Bruger und der Rechtsanwalt gehörten, brachte der Großmutter ein Ständchen. Sie lauschte in tiefer Bewegung den schönen Psalmworten, von den kräftigen Männerstimmen gesungen:

Ich hebe meine Augen auf zu den Bergen, von welchen mir Hilfe kommt.

Weitere Titel aus unserer Reihe „Heimatlicht Geschenkausgabe“

Helene Hübener, **Die Nachbarn**
ISBN 3-86122-309-0
Bestell-Nr. 330 309, gebunden, 362 Seiten

„Böse Nachbarn sind ein Kreuz, unter dem alle seufzen. Aber Gott der Herr lenkt alles zum besten und wird auch ferner alles gut machen.“
Ganz unterschiedliche Menschen, die in einer Nachbarschaft zusammenwohnen, schildert uns die beliebte Schriftstellerin im vorliegenden Buch. Eine Erzählung, die alles hält, was der Name Helene Hübener verspricht.

Helene Hübener, **Unter einem Dach**
ISBN 3-86122-310-4
Bestell-Nr. 330 310, gebunden, 272 Seiten

In diesem liebenswerten Buch stellt uns die Autorin eine kinderreiche Familie vor, die erst vor kurzer Zeit aus einem stillen Forsthaus in ein großes Mietshaus am Rande der Großstadt gezogen ist.
Unter einem Dach begegnen wir einer gottesfürchtigen Gruppe von Menschen, die Freud und Leid miteinander teilt und in der eine unaufdringliche Nächstenliebe geübt wird. In kunstvoller Weise verknüpft Helene Hübener die vielfältigen Schicksale der Hausbewohner.

Helene Hübener, **Nur treu**
ISBN 3-86122-311-2
Bestell-Nr. 330 311, gebunden, 232 Seiten

„Der schöne Frühling hatte den strengen Winter vertrieben. Eine Reihe sonniger Tage waren aufeinander gefolgt, aber heute schien der April sein neckisches Spiel zu treiben: Regenschauer wechselten mit Sonnenschein, kaum freute man sich des blauen Himmels, so jagten wieder düstere Wolken herbei, und eh man sich's versah, kam ein Regenguß von durchdringender Art.“
Das Buch enthält zwei in sich abgeschlossene Erzählungen der beliebten Schriftstellerin: „Nur treu“ und „Was Christine bei ihrer Herrschaft erlebt“.

FRANCKE
Verlag der Francke-Buchhandlung GmbH